# 血性的失落

## 李国文闲话历史

李国文 著
曹勇军 编

江苏凤凰文艺出版社

## 图书在版编目（CIP）数据

血性的失落：李国文闲话历史 / 李国文著. — 南京：江苏凤凰文艺出版社，2018.1
ISBN 978-7-5594-0889-1

Ⅰ.①血… Ⅱ.①李… Ⅲ.①散文集－中国－当代 Ⅳ.①I267

中国版本图书馆 CIP 数据核字(2017)第 170637 号

| 书　　　名 | 血性的失落：李国文闲话历史 |
|---|---|
| 著　　　者 | 李国文 |
| 责 任 编 辑 | 聂　斌 |
| 出 版 发 行 | 江苏凤凰文艺出版社 |
| 出版社地址 | 南京市中央路 165 号，邮编：210009 |
| 出版社网址 | http://www.jswenyi.com |
| 印　　　刷 | 江苏凤凰新华印务集团有限公司 |
| 开　　　本 | 880×1230 毫米 1/32 |
| 印　　　张 | 8 |
| 字　　　数 | 180 千字 |
| 版　　　次 | 2018 年 1 月第 1 版　2020 年 1 月第 2 次印刷 |
| 标 准 书 号 | ISBN 978-7-5594-0889-1 |
| 定　　　价 | 36.00 元 |

（江苏凤凰文艺版图书凡印刷、装订错误可随时向承印厂调换）

# 目录

## 一 王朝的剪影

唐朝的天空 …………………… 003

唐朝的声音 …………………… 014

唐朝的胃口 …………………… 025

宋朝的泼皮 …………………… 035

宋朝的浪漫 …………………… 052

宋朝的夜市 …………………… 063

宋朝的耻辱 …………………… 076

清朝的皇帝嘴脸 ……………… 097

清朝的末帝大婚 ……………… 109

## 二 文人的悲剧

司马迁 ………………………… 123

曹操 …………………………… 133

嵇康 …………………………… 141

李白与王维 …………………… 153

李煜 …………………………… 167

苏东坡和王安石 ·············· 179
欧阳修 ·············· 193
李清照 ·············· 205
方孝孺 ·············· 219
张苍水 ·············· 229
纳兰性德 ·············· 240

# 一　王朝的剪影

# 唐朝的天空

这应该是上个世纪七十年代,或者还要早一点,两位国外学者谈起中国的事了。

日本创价学会的会长池田大作,在一次聚会上,与英国的历史学家汤因比(Toyngee J Arnold, 1899—1975),兴致勃勃地谈起了华夏文明。这位日本作家、政治和宗教活动家,忽发奇想,问这位专门研究东西方文明发展、交流、碰撞、互动的英国学者:"阁下如此倾情古老的神州大地,假如给你一次机会,你愿意生活在中国这五千年漫长历史中的哪个朝代?"

汤因比略略思索了一下,回答说:"要是出现这种可能性的话,我会选择唐代。"

"那么——"池田大作试探地问:"你首选的居住之地,必定是长安了。"

中世纪的长安,作为唐朝的首都,幅围广阔,人口稠密,商业发达,文化鼎盛,是公元九世纪前全球顶尖级的都市,堪与古罗马帝国的大罗马地区媲美。现在的省会西安,不过是在原来皇城及部分宫殿基础上,建起来的小而又小之的新城,与当年庞大的长安相比,简直不可同日而语。

在今天的西安,仰望苍穹,很难想象当年那近一百平方公里的唐朝都城天空，该是何等的气势。

1924年，鲁迅到西安去了一趟，就是为了这个天空。他一直有个长篇小说的写作计划，主人公是杨贵妃，因此，他来到故事发生的背景地，无非实地考察一下，寻找一点感觉。这种做法，在当今先锋才子眼中，自然是老派作家的迂腐行为了，会对其大摇其头，面露鄙夷之色的。

"唐朝的天空"这个说法，是鲁迅三十年代致日本友人山本初枝的信中提出来的。他说："五六年前我为了写关于唐朝的小说，去过长安。到那里一看，想不到连天空都不像唐朝的天空，费尽心机用幻想描绘出的计划完全被打破了，至今一个字也未能写出。原来还是凭书本来摹想的好。"

生活之树，有时也不常绿。不看倒好，一看，结果却是大失所望。

此长安已非彼长安了，在唐以前，这里曾是西周、秦、西汉、前赵、前秦、后秦、西魏、北周、隋，其中还包括黄巢的大齐，十一朝定为国都的城市，时间长达千年之久。但到唐代末年，有一个比黄巢更残忍的朱全忠，"毁长安宫室百司及民间庐舍，取其材，浮渭沿河而下，长安自此遂丘墟矣。"（《资治通鉴·唐纪八十》）经过这次彻底破坏以后，如刘禹锡诗云，"金陵王气黯然收"，长安风水尽矣！嗣后，除了李自成的短命大顺，没有一个打天下坐江山者，有在这里建都立国，作长治久安之计。所以，鲁迅以为来到这个以羊肉泡馍和秦腔闻名的西安，能够看到大唐鼎盛时期的天空，那自然要徒劳往返的了。

鲁迅此次访陕，看过秦腔，买过拓片，有没有吃过羊肉泡馍，不得而知。但这些离唐朝太远的事物，大概无助于他的创作，于是，那部长篇小说《杨贵妃》，遂胎死腹中，成为现代文学之憾。

不过，唐朝终究是伟大的唐朝，英国的汤因比，如果让他再活一次，竟舍弃伦敦而就长安。从来不作长篇小说的鲁迅，却要为唐朝的杨贵妃立传，还破天荒地跑到西安去寻找唐朝天空。我一直忖度，应该不能以今天基本贫瘠的西部状况，来考量两位智者对于那个伟大朝代的认知，从而觉得他们的想法，属于"匪夷所思"之类。看来，这个朝代，这座城市，不仅在中国历史，甚至在全人类历史上，也有着难以磨灭的影响。

在中世纪，自河洛地区，关中地区，以及长安而西，越河西走廊，一直到西域三十六国，由丝绸之路贯穿起来的广袤地区，由汉至唐，数百年间，中土与边陲，域外与更远的国族之间，虽然，没断了沙场厮杀，兵戎相见，枕戈汗马，狼烟鸣镝。即使到了隋末唐兴的公元七世纪，李世民开始他的贞观之治的时候，据钱穆《国史大纲》："自隋大业七年至唐贞观二年，前后十八年，群雄纷起者至百三十余人，拥众十五万以上者，多达五十余，民间残破已极。"但是，应该看到，冷兵器时代的战争，无论怎样铁蹄千里，怎样倾国来犯，其实，倒是某种意义上的"绿色"战争，相当程度上的"环保"战争，对于人类居住环境的危害，不是那么严重。甚至不如现在一个县城里的小化肥、小造纸、小化工，更能糟蹋地球呢！古人打完仗，拍拍屁股，回家继续种庄稼，所以，地照样绿，水照样清，空气照样清新，天空照样明亮。

中古时期，由于森林的蓄积，植被的完整，水土的保持，雪山的化融，河川湖泊的蒸发和补给，都还处于正常状态之中，因此，历经战乱的古都，由于"八水绕长安"的大气环境，能够保持郁郁葱葱、空气湿润、林木苍翠、鸟语花香的氛围。所以，才有可能出现王维《送元二使安西》的诗中前两句，"渭城朝雨浥轻尘，客舍青青柳色新"的场景。

虽然，诗的后两句："劝君更进一杯酒，西出阳关无故人。"似乎有点悲凉，那也只是我们读者的感受，但当事人就未必了。实际上，元二出了阳关，到了"大漠孤烟直，长河落日圆"（《使至塞上》），"暮云空碛时驱马，秋日平原好射雕"（《塞上曲》）的安西，即今之新疆库车。别看气候干旱，人烟稀少，沙尘肆虐，烈日炙烤，那也是另有引人向往的一个去处。

第一，当时的汉民族，还不那么深受礼教的束缚，敢于向往自由，能够追求率性，比后来的中国人要敢爱敢恨一些；第二，当时的少数民族，尚武少文，性腺发达，则更为放荡放肆，感情强烈。来自长安的元二先生，会在那弦歌嘈杂、觥筹交错、灯红酒绿、舄履杂沓的帐篷中，毳屋里，生出"独在异乡为异客"的感觉么？光那些达坂城的姑娘，就够他眼睛忙不过来了。

由于南北朝到隋唐的数百年间，中原的汉民族与边外的少数民族，不停地进行着胜者和败者角色互换的战争游戏，一个时期，大批被掳掠的汉人，被胡骑裹胁而西，一个时期，大批降服的胡人，进入汉人居住区域，打仗的同时，也是一个相互影响、此消彼长的融合过程。胡汉杂处的结果，便是汉民族的血液里，大量搀进胡人的剽悍精神，而胡人的灵魂中，也铭刻下汉民族的文化烙印。犹如鲁迅给曹聚仁的信中所说，"古人告诉我们唐如何盛，明如何佳，其实唐室大有胡气，明则无赖儿郎"，这种种族的杂交趋势，一直没有停止过，到了唐代，达到了顶峰。

正是这种异族血脉的流入，唐人遂有与前与后大不相同的气象。

今天还能看到的唐人绘画，如张萱的《虢国夫人游春图》

《捣练图》，如周昉的《簪花仕女图》，如永泰公主墓壁画《宫女图》中，那些发黑如漆、肤白如雪、胸满欲溢，像熟透了的苹果似的健妇；那些亭亭玉立、身材窈窕、情窦初开、热情奔放得不可抑制的少女。如阎立本的《步辇图》《历代帝王图》，如懿德太子墓壁画《仪仗图》，如长乐公主墓壁画《仪仗图》中，那些策马扬鞭、引弓满月的壮士，那些膀阔胸广、面赤髭浓的官人。试想，如此内分泌贲张的女性，如此荷尔蒙发达的男性，"春风玉露一相逢"，恐怕连整个大气层，也就是整个天空，都洋溢着难以名状的生殖气氛。

因此，出使安西的元二，也许在极目无垠的大漠里，驼铃声细，马蹄声碎，会感到寂寥和单调。但当绿洲憩息，与那些食牛羊肉、饮葡萄酒、骑汗血马、跳胡旋舞、逐水草而居的胡人，葡萄架下，翩翩起舞；席地小酌，美女如云；弦索弹拨，耳鬓厮磨；毡房夜宿，玉体横陈，那肯定是乐不思蜀了。

唐贞观四年（630年）平东突厥，在蒙古高原设置行政机构。九年（635年）败西部的吐谷浑。十四年（640年）灭高昌，打通西域门户。公元七世纪，丝绸之路重现汉代的辉煌。以长安为始发站，出玉门，过敦煌，经焉耆，龟兹，碎叶，可以到大食（波斯），天竺（印度），和更远的拂菻（拜占庭）。一直到九世纪，丝绸之路曾经是一条充满生气的，联结东西方的纽带。

由于丝路重开，商贸的往来，行旅的流动，文化的互动，宗教的传播，甚至比战争行为，更能加剧这种民族之间的沟通和融合。当时的长安城里，到底生活着多少胡人，至今难在典籍中查出这份统计。从唐刘肃《大唐新语》中一则案件的记载，便可想象得知胡人在长安城里，数量之多。正如文中所说，胡人戴着汉人的帽子，汉人穿上胡人的衣衫，孰胡孰汉，怕是官府也查不清楚。

"贞观中,金城坊有人家为胡所劫者,久捕贼不获。时杨纂为雍州长史,判勘京城坊市诸胡,尽禁推问。司法参军尹伊异判之曰:'贼出万端,诈伪非一,亦有胡着汉帽,汉着胡帽,亦须汉里兼求,不得胡中直觅,请追禁西市胡,余请不问。'纂初不同其判,遽命,觉吟少选,乃判曰:'纂输一筹,余依判。'"

依此推论,当时长安城内居住的胡人,要比现在北京城里的老外,多得多多。因此,胡人在唐代诗人的笔墨中,便经常出现。如李白诗:"落花踏尽游何处?笑入胡姬酒肆中"(《少年行》),如岑参诗:"君不闻胡笳声最悲,紫髯绿眼胡人吹"(《送颜真卿使赴河陇》),如李贺诗:"卷发胡儿眼睛绿,高楼夜静吹横竹",如元稹诗:"女为胡妇学胡妆,伎进胡音务胡乐"(《法曲》)……,也证明当时的长安城里,胡人之无处不在。

据陈寅恪《读莺莺传》考证,胡人的行踪,更渐渐由西而东,直至中原。他认为那位漂亮的崔相国之女,其实是诗人元稹有意模糊的一个文学形象。实际上,她是来自中亚粟特(今乌兹别克斯坦撒马尔罕北古布丹)的"曹"国女子,移民到长安洛阳之间的永济蒲州。他们以中亚的葡萄品种,酿成"河东之乾和葡萄酒",那是当时的一个名牌。既美且艳的莺莺,其实是一个当垆沽酒的"酒家胡",用今天的话说,一位"三陪小姐"而已。

从元稹笔下"最爱软欺杏园客,也曾幸负酒家胡"判断,张君瑞不过是诗人自己的化身罢了。如果曹九九(陈寅恪设想出的这位小姐芳名)不是胡女,真是相府千金,也就不至于被"始乱终弃"了。

以今观古,在KTV包间动手动脚的作家,在酒吧搂着小姐不老实的诗人,骗几个美女作家上套的评论家,吃爱好文学的女青年豆腐的编辑,我想,元稹和曹九九的春风一度,也就不必太在意了。何况事后在诗中还能写出一丝辜负之意,我对他的人格忍不住要肃然起敬了,至少不像当代文人,搞不好,还要别人为之擦屁股。

总而言之,唐朝的天空底下,是一个张开臂膀,拥抱整个世界的盛世光景。

对于李唐的西向政策,对于边外胡人的大量吸纳,唐初有过一次讨论。唐吴兢所著的《贞观政要》一书,在《论安边第三十六》中,记载了各个论点的交锋。中书令温彦博主张:"天子之于万物也,天覆地载,有归我者必养之。"秘书监魏征认为:"且今降者几至十万,数年之后,滋息过倍,居我肺腑,甫迩王畿,心腹之疾,将为后患。"凉州都督李大亮更上疏:"近日突厥倾国入朝,既不俘之于江淮以变其俗,乃置于内地,去京不远,虽则宽仁之义,亦非久安之计。每见一人初降,赐帛五匹、袍一领。酋长悉授大官,禄厚位尊,理多糜费。以中国之租赋,供积恶之凶虏,非中国之利也。"

讨论的结果,只有四个字,"太宗不纳。"

于是,用温彦博议:"自幽州至灵州,置顺、祐、化、长四州都督府以处之,胡人居长安者近且万家。"

如果以统治者维护其政权的需求,一个由僧侣统治的国家,被统治者的最佳状态,是庙宇里的泥塑木雕;一个由法老统治的国家,那就应该是陵墓里的木乃伊;一个由太监统治的国家,他的公民应该全部都是性无能者,至少也是阳萎患者;而对一个警察统治的国家,他要求每一个被统治者,最好都是"从现在起,你说的每一句话,我都要呈堂作供"的嫌疑犯。这样,"普天之下,率土之滨",就只有他一个人的声音。

然而,厚德载物的李世民,却是一个懂得"为君之道,必须先存百姓,若损百姓以奉其身,犹割股以啖腹,腹饱而身毙"的明主,他相信,"君,舟也;人,水也。水能载舟,亦能覆舟"(《贞观政要》)。因此,他以大海不择细流的精神,汉人也好,胡人也好,中土也好,西域也好,都是大唐的臣民,不分轸域,不计人种,不在乎化内化外,不区分远近亲疏,都在他的胸怀之中。因此,他不害怕别人的声音,更不忌惮与他不同的声音,他在中国封建社会中,如果不是唯一,也是少有的能听得进反对他声音的君主之一。

于是,我开始理解汤因比为什么要选择唐代为他的再生之地,鲁迅为什么要寻找唐朝天空为他长篇小说的背景了。这两位大师看重的,在中国,甚至世界历史上,也就是李唐王朝,曾经达到如此器度闳大而不谨小慎微,包容万物而不狭隘排斥,胸怀开放而不闭塞拒绝,胆豪气壮而不畏缩懦怯的精神高度,这是其他历朝历代所不及的。

"太宗自即位之始,霜旱为灾,米谷踊贵,突厥侵扰,州县骚然。帝志在忧人,锐精为政,崇尚节俭,大布恩德。是时,自京师及河东、河南、陇右,饥馑尤甚,一匹绢才得一斗米。百姓虽东西逐食,未尝嗟怨,莫不自安。至贞观三年,关中丰熟,咸自归乡,竟无一人逃散。其得人心如此。"(《贞观政要·论政体第二》)

到了贞观四年(630年),"天下大稔,米斗不过三四钱,终岁断死刑才二十九人,东至于海,南极五岭,皆外户不闭,行旅不赍粮,取给于道路焉。"630年,李靖破突厥,唐王朝"东极于海,西至焉耆,南尽林邑,北抵大漠,皆为州县,凡东西九千五百一十里,南北一万九百一十八里"(《资治通鉴·唐纪九》)。

所谓"唐朝的天空",从广义上讲,以长安为中心,向东,江湖河海,向西,丝绸之路,既无边界,也无极限,因为这是一个高度放开、略无羁束的精神天空。你能想象得多么遥远,它就是那样的毫无止境,你能想象得它多么辽阔,它就是那样的无边无沿。

就在这一年,李靖凯旋回朝。据《新唐书》:"夷狄为中国患,尚矣。唐兴,尝与中国亢衡者有四:突厥、吐蕃、回鹘、云南是也。"曾经不可一世,曾经逼得李渊向其俯首称臣的颉利可汗,由于李靖出奇兵,终于将其擒获。现在,这个最能带头作乱,最狡猾,也最卑鄙,最反覆无常,也最能装孙子的,为唐之患久矣的颉利可汗,束手就擒,俯首降服,李世民等于祛除了一块心病。于是,在长安城的南门城楼上,搞了一次盛大的顺天门受降仪式。这位突厥族首领终于不得不承认李世民为天可汗。

时为太上皇的李渊,很大程度上也是拍自己儿子的马屁,连忙出面,在兴庆宫张罗了一个小型派对,赶这个热闹。"上皇闻擒颉利,叹曰:'汉高祖困白登,不能报;今我子能灭突厥,吾托付得人,复何忧哉!'上皇召上与贵臣十余人及诸王、妃、主置酒凌烟阁。"那时不兴开香槟庆祝,也不搞烟火晚会助兴,但李靖缴获的战利品中,肯定少不了产自中亚的葡萄酒。那时胡俗甚盛,街坊多酒肆,遍地皆醉人,宫廷也不例外,大家喝得醉意盎然的时候,晚会上出现了一个史官不经意写出来的细节,但仅这一点点精彩,却表现出来只有在唐朝的天空底下,才会有的精神状态。

"酒酣,上皇自弹琵琶,上起舞,公卿迭起为寿,逮夜而归。"(《资治通鉴·唐纪九》)

宫廷舞会,在西方世界,是习以为常的。在东方,尤其在中国历代封建王朝里,九五之尊的天子,庄严肃穆还来不及,哪有一国之主,"手之舞之,足之蹈之"的道理?因此,凌烟阁里的这场舞会,正是钱穆在其著作《国史大纲》中所说"其君臣上下,共同望治,齐一努力的精神,实为中国史籍古今所鲜见"的最好写照。你也不能不服气在唐朝的天空里,这种在别的朝代少有的百无禁忌的强烈自信。

2002年诺贝尔文学奖获得者,匈牙利犹太裔小说家凯尔泰斯的《大屠杀作为一种文化》中,曾经引用乔治·桑塔亚纳(George Santayana)的名言:"一个有活力的社会必须保有它的智慧,以及对其自身及自身条件的自我意识,并且能够不断地予以更新。"老实说,很难想象,我们中国的皇帝,从宋以后,直至清末,这一千年间,由赵匡胤数到爱新觉罗·溥仪为止,可曾有过一位,在大庭广众,即兴起舞?而且,还要跳一种高难动作的少数民族舞?因为李渊手里的琵琶,是胡人的乐器,那么李世民跳的舞蹈,也必然是当时流行的"胡旋舞"。这一通狂舞,绝对是那个时期里,大唐帝国活力的最高体现。

按《新唐书·礼乐志》,这种"舞者立毯上,旋转如风"的"胡旋舞",节奏极火爆,情绪极热烈,动作极狂野,音乐极粗犷,是从西域流传到中土的舞蹈。白居易有一首《胡旋女》的诗,描写了一位女舞者的表演:"弦鼓一声双袖举,回雪飘飖转蓬舞,左旋右转不知疲,千匝万周无已时。"可以想象李世民伸展双臂,在舞场上或旋或转,老爷子反弹琵琶,亦步亦趋,该给这个唐朝的天空,增加一抹多么鲜丽的亮色啊!

于是,我对于这位自称"年十八便为经纶王业,北翦刘武周,西平薛举,东擒窦建德、王世充。二十四而天下定,二十九而居大位。四夷降伏,海内乂安"的李世民,钦服不已。就凭他以万乘之尊,翩然起舞这一点,其豁达豪爽之中,浪漫风流之外,所表现出来的万物皆备于我的大手笔、大作为、大自信、大开放,应该是英国的汤因比、中国的鲁迅这样的大智慧者,才对盛唐的辉煌,格外刮目而视的。

汤因比生前曾经预言,"二十一世纪是中国人的世纪"。

若如此,我相信,那时中国的天空,将更灿烂。

# 唐朝的声音

李清照在她那篇最为直言无讳的批评文章《词论》开头,讲了一个唐朝歌者的故事,很精彩,很提气。

> 开元天宝间,有李八郎者,能歌擅天下,时新及第进士开宴曲江,榜中一名士先召李,使易服隐名姓,衣冠故敝,精神惨沮,与同之宴所,曰:"表弟愿与座末。"众皆不顾。既酒行乐作,歌者进。时曹元谦、念奴为冠,歌罢,众皆咨嗟称赏。名士忽指李曰:"请表弟歌。"众皆哂,或有怒者。及转喉发声,歌一阕,众皆泣下,罗拜,曰:"此李八郎也。"

李肇的《唐国史补》也有类似记载。

> 李衮善歌于江外,名动京师。崔昭入朝,密载而至。乃邀宾客,请第一部乐及京邑之名倡,以为盛会。昭言有表弟,请登末座,令衮弊衣而出,满坐嗤笑之。少顷命酒,昭曰:"请表弟歌。"坐中又笑。及喉啭一声,乐人皆大惊曰:"是李八郎也。"罗拜之。

李清照的《词论》，所以从李八郎讲起，她是强调，诗和词，作为一门艺术，不仅仅是文学的，更是音乐的。对歌手而言，字正腔圆，可唱是第一诉求。必须琅琅上口，能够唱出来，方算合格。

因此，词对声韵的考究，胜过对文义的推敲。那时，李清照二十出头年纪，才高气盛，说话不留余地，对当代名家，甚至对欧阳修，对苏轼，也不怎么放在眼里。她说："盖诗文分平侧，而歌词分五音，又分五声，又分六律，又分清浊轻重。"在她眼中，这班大师的作品，虽然文义不错，但是音律不协，她调侃之曰："则不可歌矣"。并放言："词别是一家，知之者少"，这一句，把北宋词坛，统统否定。

这小女子，实在够有勇气的。

在宋代，词可唱，在唐代，诗也可唱。

因为，那时的印刷术不发达，而诗人很多，诗的产量也很高。如果只是停留在文本上，依赖于书籍的传播，流通范围是相当有限的。而诗集的出版，可不是如今花几个钱，买个书号那样简单。印书是一种奢侈，一种高消费，寒酸文人筹措大笔资金，自费出书，谈何容易？因此，即使很有名气的诗人，也得靠这些男女歌者，咏他们诗，唱他们词，这才能家弦户诵，把自己推销出去。所以，唐代为中国音乐史、诗歌史上的双双丰收的时期，也是歌唱家最吃香最光彩，诗人最张扬，或者还可以说是最牛皮的时期。

道理很简单，诗人推动着歌手这个行业的兴盛，歌手促进着诗词这门艺术的繁荣。唐朝的诗人，要买歌手的账，同样，唐朝的歌手，也很买诗人的账。歌手没有诗人的诗，出不了名，诗人没有歌手的唱，成不了名，是个互相需求的关系。特别有些歌手，专门唱某位诗人的诗，合作久了，那关系更密切，更亲近。例如——

杜甫《江南逢李龟年》："歧王宅里寻常见，崔九堂前几度闻，正是江南好风景，落花时节又逢君。"
　　刘禹锡《与歌者米嘉荣》："唱得凉州意外声，旧人唯数米嘉荣，近来时世轻先辈，好染髭须事后生。"

　　前诗中的李龟年，后诗中的米嘉荣，都是遐迩闻名的歌手，也是诗人的莫逆之交。而米嘉荣，更是从乌兹别克斯坦，撒马尔罕以东的米国来长安献艺的洋歌手。由此想见，当时长安城里的东市、西市，类似三里屯的歌厅、迪厅、酒吧、KTV里，吃演艺饭的唐代"京漂一族"，不仅有中土人，还有西域人，在这样华夷杂处、中外合璧的声色世界之中，唐诗跳出书面文字的羁绊，是一门益之以声韵、旋律、伴奏、表情、边歌边舞，以声音为表现手段，既有读者，更有听众的艺术。

　　唐玄宗李隆基，能写诗，更喜唱诗，凡搞文艺晚会，这是不能少了的节目。开元中叶，海内升平，某年某月，沉香亭畔，牡丹盛开，他兴致一来，便偕杨玉环作月夜之游。这位算得上中国最懂得人生享受的皇帝，一句话吩咐下去，烛光如炬，夜色如昼，那姹紫嫣红的花朵，那千娇百媚的美人，相互辉映，别有情趣。一般来讲，出身于农民阶层的统治者，天一黑，通常就使出全部精力于室内的床上作业。但唐玄宗，陇西贵游子弟，非蠢淫之徒，颇懂得一些风雅，于是，把这场宫廷里的烛光派对，搞得极有诗情画意。这种场合，凑趣的诗人不可少，酬应的诗作不可少，如同药中的甘草，菜中的味精，是不可或缺的，于是文人就派上用场了。

　　上曰："赏名花，对妃子，焉用旧乐词为？"遂命龟年持金花笺，宣赐翰林学士李白，进《清平调》词三章。上命梨园弟子约略调抚丝竹，遂促龟年以歌。太真妃持玻璃七宝杯，酌西凉州葡萄酒，笑领意甚厚。上因调玉笛以倚曲，每曲遍将换，则迟其声以媚之。（李浚《松窗杂录》）

那天，李大师事先喝得高了一点，轿子将其抬到宫内，"犹苦宿醒未解"，懵懵懂懂，不知所云。但到底是天才，援笔即成。尽管醉了，打着酒呃，写出来的诗，却能表达出那个时代的丰彩。《清平词》三首，现在读起来，仍是富丽堂皇的盛唐气象。

大气、高昂、雍容、华彩，是唐朝声音的特色，也是那个时代精神的实质。

每个时代，都有其相对应的声音表征，譬如，六十年代，《大海航行靠舵手》。你会想起三面红旗，浩浩荡荡；譬如，七十年代，《文化大革命就是好》，你就会想起革命狂飚，歇斯底里。所以，宋人李清照女士，很不满意宋词之不可歌，遂著《词论》以正视听。若以她的可歌性而论，当代文人所写的旧体诗词，就不敢恭维了。除了五言为五个字，七言为七个字，没出数学错误外，能如美国流行音乐RAP，能如顺口溜、莲花落、快板书、三句半，合辙押韵，八九不离十，可以说而唱之，也就谢天谢地了。

因此，说唐，不能不说唐诗，而说诗，不能不说李白，而说李白，在他全部作品中，不能不说他这首饮酒歌。

"人生得意须尽欢，莫使金樽空对月，天生我材必有用，千金散尽还复来。"

"钟鼓馔玉不足贵，但愿长醉不复醒，古来圣贤皆寂寞，惟有饮者留其名。"

"五花马,千金裘,呼儿将出换美酒,与尔同销万古愁。"(李白《将进酒》)

这首他的代表作,这首表现唐人风流的诗,这首也是他放纵不羁的性格之歌。必须交给一位出色的歌手,持卮而唱,淋漓尽致,声情并茂,酒酣耳热,方能唱出诗人的豪迈。而从"君不见黄河之水天上来",到"岑夫子,丹丘生,将进酒,杯莫停,与君歌一曲,请君为我侧耳听。"能唱得举座皆惊,心惕神励,抚髀击案,胸膺和鸣者,除了李清照《词论》里提到的那位念奴小姐,再无别人。

这位唐朝最出色的金嗓子,五代王仁裕的《开元天宝遗事》也讲到了她。

念奴者,有姿色,善歌唱,未尝一日离帝左右。每执板当席顾眄,帝谓妃子曰:"此女妖媚,眼色媚人,每啭声歌喉,则声出于朝霞之上,虽钟鼓笙竽嘈杂而莫能遏。"宫妓中帝之钟爱也。

念奴,皇室歌舞团中的大牌歌星,李隆基的"钟爱",一位歌手,在最高那里,够这两个字的级别,非同小可,其御用性质,不言而喻。不过,她人美艺高,声色俱佳,人长得漂亮,歌唱得更漂亮,别看意大利的帕瓦罗蒂,能唱到高音 C,也就是简谱两个点的"DO",让全世界的男高音敬服。唐代的这位女高音,其音域之宽之高之广,估计那位巨无霸,也望尘莫及。据野史,有一次,玄宗驾幸灞桥,万民欢腾,声震天日。有近侍进言,若能念奴引吭高歌一曲,其声所至,四野屏息,则微风拂柳之音，河水流逝之声，陛下也会听闻。一试果然，证明其穿云裂石、金声玉振的的歌喉，确非虚言，也难怪具有艺术秉赋的帝王，为之倾倒而"钟爱"了。

此说或系夸张，但词牌之一，《念奴娇》，因为"其调高亢"，为她所擅长，成为她的主打歌曲，遂以她名为名，口碑相传，直至今天，是众所周知的。我也纳闷，那时没有作协、音协搞排行榜，搞金像奖，没有电台、电视台搞十大金曲、四大天王之类的评比，怎么她获得以个人名为歌曲名的光荣？显然，这中间有一位不容置疑的权威说了话，才拥此不朽声名，在唐开元期间，那唯一的谁也不敢反驳的人物，我想，该是有功夫赞扬一位小姐的眼睛，还有兴趣发表一番音乐评论的，日理万机的万乘之尊了。

金口玉言，自然他说了算。

唐玄宗干得出来，第一，他有这份艺术鉴赏力，不是抖小聪明，小机灵，顽小花活，第二，他也有这份风流，堂而皇之，不扭扭捏捏，光天化日，不遮遮掩掩，直截了当，不假门假势，敢作敢当，不矫情装蒜，半点不想隐讳对这个歌手的"钟爱"。

这大概也就是唐朝的浪漫了。

李隆基，不是好皇帝，但他真风流，很个性，唐以后的宋元明清诸朝，休说一国之主了，连稍稍有点权势，有点身份，有点级别的臣宰员吏，藩台府臬，也只敢偷偷风流，决不敢公开浪漫。两块"肃静""回避"的牌子，在前面开道，脸部肌肉不硬不僵，也不对称啊！

于是，凡官必摆谱，走路迈方步，有权必拿架，张嘴说官话。于是，不苟言笑，喜怒不形与色，不让人猜透他心里的想法，便是官员们的标准面孔。因此，说他是活着的尸首，可以；说他比尸首多口气，也可以。他们即使想将这个漂亮歌唱家搞到手,绝不可能像唐玄宗那样本色,那样潇洒,那样性情中人。"哇噻,这小妮子的一双媚眼,真能放电啊,让朕实在有点吃不消呢!"

这一点,你得佩服李隆基,你得佩服唐朝出现的这种大气,你得佩服那整整一代人的张扬放肆的精神。据《旧唐书》,说这个玄宗——

> "听政之暇,教太常乐工子弟三百人为丝竹之戏,音响俱发,有一声误,玄宗必觉而正之。号为皇帝弟子,又云梨园弟子,以置院近于禁苑之梨园。"

> "太常又有别教院,教供奉新曲。太常每凌晨,鼓笛乱发于太乐署。别教院廪食常千人,宫中居宜春院,玄宗又制新曲四十余。"

> "每初年望夜,又御勤政楼,观灯作乐,贵臣戚里,借看楼观望。夜阑,太常乐府县散乐毕,即遣宫女于楼前缚架出眺歌舞以娱之,若绳戏竿木,诡异巧妙,固无其比。"

唐代宫廷的礼仪乐队,共分十部,每部又分为坐位和立位,整个加在一起,足有数千名乐手。这时的玄宗,我觉得更像那个日本人小泽征尔,在指挥着一个世界上从未有过的最庞大的交响乐团。因此,李隆基恐怕是中国历史上最能玩闹,而且玩闹得绝对正点的皇帝了。唐朝的声音到开元达到峰巅,与他有着莫大的关系。如果说,李世民二十三年的贞观之治,只能算是一次盛大彩排的话,那么,在李隆基的统治下,二十九年的开元之治,才算是正式的演出。中国文化史上的名诗人、名画家、名歌手、名乐手,几乎都在开元年间,联袂出现。西方历史上,也许只有十五世纪的文艺复兴,差可比拟。

应该看到，唐玄宗如此大排场大铺张，除了雄厚国力的支持，承平岁月的逸乐外，就其个人而言，是与他沉溺声色、生性放荡、纵情恃性、不拘形迹的胡人血统分不开的。鲁迅说过，"唐代帝王，大有胡气"，这胡气，还不仅仅是唐高祖李渊的从母，为隋文帝的独孤皇后，据此判断，李姓皇帝带有鲜卑或拓跋的尚未驯化的民族本性。而且，将来有朝一日，挖开乾陵，查一查DNA的话，匈奴、羯、氐、羌的基因，在李姓帝王的遗骸里，可能都混有一点的。

因此，一方面，唐代与前朝，与后代采取了绝不相同的对外政策，张开怀抱，展阔胸襟，以海纳百川的气魄，去拥抱整个世界；一方面，中土的华夏正声，已不能适应丰富多彩的盛唐气象，需要新的音乐元素，需要新的旋律、节奏、声韵、调式，使唐朝的声音更闳大，更壮观，也是势之所趋。于是，大肆扩张的胡风胡气，从未像唐朝这样，如水银泻地，无孔不入地进入中土，其潮蜂拥而至，其势锐不可当，其变化不可遏止，其影响波澜壮阔。

从《太平广记》卷二百四的《李謩》篇——这一个极不起眼的小故事里，也能看出胡乐逐渐融入听觉主流时，新旧力量的碰撞，此消彼长的争斗，也是一个相持不下的过程。但是，旧日的风韵，不管你多么惋惜，终于是要淡出的，而时代的声音，不管你喜欢还是不喜欢，不请自来，登堂入室，这是一种历史的必然，也是万事万物新陈代谢的必然。像李謩这样一位在教坊中，坐在首席位置上的笛手，也不得不在时风的感染下，在其特擅的笛子曲目中，注入新腔。一是潮流所至，二是饭碗所逼，这位名笛手无法抱残守缺，誓不与时代同步，那是不可能的。

有一次，在越州镜湖，也许是绍兴的鉴湖吧？众人泛舟于碧波万顷之上，喝花雕酒，吃茴香豆，听这位长安特邀而来的吹笛国手，独奏其拿手的《凉州》一曲。顿时，"昏噎齐开，水木森然，仿佛如有鬼神之来，坐客皆赞叹之，以为钧天之乐不如也。"在座知音，击节赞叹，偏有一位老者，不发一言。李蓦认为他看不起自己，又"作一曲，更加高妙，无不赏骇。"但这位老人，仍旧只是微微一笑，不置一词。李蓦沉不住气了，"你这是瞧不起我呀，老先生，难道你是此中老手？"

独孤生乃徐曰："公安知仆不会也？"坐客皆为李生改容谢之。独孤曰："公试吹《凉州》。"至曲终，独孤生曰："公亦能甚妙，然声调杂夷乐，得无有龟兹之侣乎。"李生大骇，起拜曰："丈人神绝，某实不自知，本师实龟兹之人也。"又曰："第十三叠误入水调，足下知之否？"李生曰："某顽蒙，实不觉。"独孤生乃取吹之，曰："此至入破，必裂，得无客惜否？"李生曰："不敢。"遂吹，声发入云，四座震栗，李生瞿怵不敢动，至第十三叠，揭示谬误之处，敬服将拜。及入破，备遂败裂，不复终曲。

这无疑是一次复古派的胜利，但故事的结局，却并非如此。

明旦，李生并会客皆往候之，至则唯茅舍尚存，独孤生不见矣。越人知者皆访之，竟不知其所去。（出《逸史》）

胜利者的子虚乌有，这种否定之否定的收场，颇有点调侃的味道。正如李清照《一剪梅》中"花自飘零水自流"句，古老的，垂暮的，完成了历史使命的，无论是人，是事，是物，或是一种精神，哪怕具有再美好的愿望，该终结的，该衰朽的，或者该完蛋的，也总是要消失在天际的，那是一个不可逆的进程。

所以，王之涣诗《凉州词》："羌笛何须怨杨柳，春风不渡玉门关。"这位笛子名家李謩，终于改用来自西域的羌笛。同样，杜牧诗《寄扬州韩判官》："二十四桥明月夜，玉人何处教吹箫。"只有夜深人静才能听到的洞箫，也被改良的乐器"尺八"所代替。正如最近入选联合国"人类口述和非物质遗产代表作"的古琴一样，中土的传统乐器，由于音量的局限，注定了逐步边缘化，雅玩化的式微前途。

因此，魏晋时的嵇康，叛了死刑，上了法场，在千百名看热闹的市民围观下，抬来桌子，铺上台布，还要架上焦尾琴，弹一曲《广陵散》，绝对是后人的夸张之笔。古琴，只宜士大夫在书斋里，写不出文章时，小姐在绣房里，找不到对象时，文学大师在府上，发现无人捧臭脚时，抚一曲《流水操》，聊以自慰。除非司马昭派电工给他接上电子音响，嵇康想在杀头前作闭幕秀，是作不成的。

于是，长安城里，自关陇直至中土，宫廷上下，自君王直至百官，无不陶醉于来自西凉、龟兹、疏勒、高昌，甚至更为遥远的域外音乐，无不耽迷于富有表现力的羌笛、胡笳、觱篥、羯鼓等胡人乐器，这样，使得唐朝的声音，出现前所未有的生气。

而在诸般乐器中，最强烈，最狂放，最亢激，最为玄宗所爱者，莫如羯鼓。

> 玄宗性俊迈，不好琴。会听琴，正弄未毕，叱琴者曰："待诏出！"谓内宫曰："速令花奴将羯鼓来，为我解秽。"（王谠：《唐语林》）

> 羯鼓出外夷，以戎羯之鼓，故曰羯鼓。其声焦杀鸣烈，

尤宜促曲急破，作战杖连碎之声。又以高楼台晚景，明月清风，破空透远，特异众乐。（南卓：《羯鼓录》）

李龟年善羯鼓，玄宗问卿打多少杖。对曰："臣打五千杖讫。"上曰："汝殊未，我打却三竖柜也。"后数年，又闻打一竖柜，因锡一拂枚羯鼓卷。（《太平广记》卷二百五，出《传记》）

一个皇帝，练他的羯鼓，鼓槌打断了好几个柜子，其执着，其专注，其孜孜不倦，你不能不敬佩。人们也许可以指责他一千个不是，痛斥这个如此不务正业的帝王。但是，有一条，或许更为重要的，这种在羯鼓上的投入、专心，不管不顾地我行我素，他在精神上的无禁忌，他在心灵上的无拘束，他的个性自由，他的特立独行，他的不达目的誓不罢休的精神，他的做他想做的事情，他的找他想找的快乐，那种敢作敢为的丈夫气概，可不是所有中国人都能具有的。他用他的鼓槌，在羯鼓上敲击出唐朝的声音，而且果真也就在中国历史上，敲出了开元之治二十八年的辉煌。元稹诗《行宫》曰："白头宫女在，闲坐说玄宗。"就冲这一个"说"字，值得对他刮目相看。

因为很多皇帝，最后只剩下一个"骂"字。

在中国历史上，每个朝代，都有特定的声音表情。或刚强，或柔弱，或暴烈，或萎靡，或气宇轩昂，或低三下四，或杀气腾腾，或哀鸿遍野，没有一个朝代，比得上唐朝所发出来的声音，那样华彩美妙，那样大度充实，那样丰富融和，那样令人感到心胸开阔，以致后来的中国人，不得不恭恭敬敬地尊之为"盛唐"。

一千年后的今天，这些已经相距十分遥远的盛唐之音，仍然使我们感奋，使我们向往，甚至还受到一些鼓舞，实在是值得后人琢磨的历史现象啊！

# 唐朝的胃口

现在,已经很难了解公元618年至907年期间,住在唐朝首都长安的市民,每餐饭吃些什么?喝些什么?

古代文人,能吃善吃好吃,而写吃,往往一笔带过,惜墨如金,不肯详说细节。但是,我们从字典辞书上还能看到的"馎饦"、"饆饠"、"焦䭔"、"馉脯"、"不托"、"胡饼"、"冷淘"等食物,那花式品种,还是颇为繁多的,看来唐人不存在城市早点难的问题。否则在西方历史学家心目中,也不会将古长安与古罗马相提并论。因此,我不大相信居住在首善之区的长安百姓,一早爬起来,揉着惺忪的双眼,走出里坊,来到路边摊点,也像当今北京的上班族,只有油条、豆浆、煎饼,永远不变的老三样可以选择,一路走,一路吃,满手油脂麻花地往公共汽车上挤去,若如此,还算什么中古时期世界上最繁华最富饶的都城?

但是,"馎饦"、"饆饠"之类面点,到底是什么样子?甜的咸的?蒸的烤的?油炸的水煮的?便不太清楚了。查《西阳杂俎》《齐民要术》《梦溪笔谈》这类古籍,都说得十分含糊。幸好,宋赵令畤的《侯鲭录》一书里,有一则《黄鲁直品食》,使我们能够略知距唐代不远的北宋时期,如黄庭坚等文人,他们是怎么样吃喝的。

> 黄鲁直云：烂蒸同州羊羔，沃以杏酪，食之以匕不以箸。抹南京面，作槐叶冷淘，糁以襄邑熟猪肉，炊共城香稻，用吴人脍，松江之鲈。既饱，以康山谷帘泉，烹曾坑斗品。少焉，卧北窗下，使人诵东坡赤壁前、后赋，亦足稍快。

在宋朱弁的《曲洧旧闻》中，也有类似的记载：

> 东坡与客论食次，取纸一幅以示客云："烂蒸同州羊羔，灌以杏酪，食之以匕不以筷；南都麦心面，作槐芽温淘，渗以襄邑抹猪、炊共城香粳，荐以蒸子鹅；吴兴庖人斫松江鲙。既饱，以庐山康王谷廉泉，烹曾坑斗品茶。少焉，解衣仰卧，使人诵东坡先生《赤壁前、后赋》，亦足以一笑也。"东坡在儋耳，独有二赋而已。

虽然朱弁所言，算起来应该是在宋代元符年间，苏轼流放海南儋耳期间的亲笔手书，但其可信度，不及与苏轼有过来往的赵令畤所记。赵系皇室，非常崇拜苏轼，连自己的这个名字，也是苏轼为他改过的。而且这部笔记，主要是记叙他所知悉的苏轼言行，所以，赵认为是黄鲁直所云，当系的论，而且从行文的口气上也比较顺畅。这两则大同小异的文字，不管是黄庭坚，还是苏东坡，让我们对唐宋年间的饮食状况的了解，提供了一点线索。

老实说，这顿饭，其值不菲。必须具有小康以上收入水平，同时具有良好胃口的消费者，才能埋得起单、才能消化得了的一份食谱。主食有面有米，副食有羊羔、仔鹅、鲙鱼、猪肉熟食。饭后，有好泉水烹好茶叶，自是沁人心脾的上佳品味。吃罢喝罢，解衣仰卧，真是好不自在。

不过，元符元年（1098）间的苏轼，日子过得并不开心。一辈子犯小人的他，又遭贬谪，渡琼州海峡，到海南的儋耳安置。好在那时没有实施对知识分子劳动改造政策，先生还有可能写字读书。可是，究竟是六十多岁的老人了，背井离乡，回朝无望，那坐以待毙的苦闷，那枯肠辘辘的煎熬，是他一生中最没落、最艰难的阶段。也许，回味往事，举笔落墨，大师给朋友写了这幅字，作一次精神会餐，不无可能。

我们遂可揣度唐、宋饮食之一斑。

北宋都城汴京，与唐东都洛阳，西都长安，同属中原，饮食习惯应该是基本相似。由于从秦陇，到关中，再到河洛地区的黄河流域，粮食作物以小麦种植为主，略可推断唐人的胃口，是以面食为主。"槐叶温淘"，我想可能是捞面或者酿皮一类的面制品。我曾在豫西北怀庆府的博爱、沁阳一地劳动改造过，修过从河南焦作到山西晋城的铁路。1958年正是三面红旗招展之际，河南也是招展得特别强烈的省份，那人民公社的大食堂，那屋子大的笼屉，那脑袋大的馒头，真有共产主义已经光临的感觉。

同时，我也领教了老祖宗神农氏尝百草，实际是给中国人带了一个坏头，老乡除了大口大口啃白面馍之外，不进其他油盐。结果，馍啃光以后，就三年灾荒。数千年来，中国人局限于从植物中吸取营养，这对于改善人口素质，提高健康水平，决不是件好事情。

因此，一个面有菜色的民族，想不当"东亚病夫"也难。

所以，我很看重苏轼文字中，那盆蒸得烂熟，令人食指大开的同州羊羔，实在是一个很重要的信号。至少表明在大唐盛世，一直延至五代、北宋，生活在黄河流域的汉民族，受到西域文明的薰染，饮食习惯上的逐步胡化，是不争的事实。国人的消化系统里，肉食渐渐成为很主要的成分，这是中华民族的一大幸事，也是中国历史上得以辉煌的物质基础。

一个人，活得好不好，一个国家，一个民族，活得好不好，胃口，是很关键的问题。

同州，即今之陕西大荔，由于南濒洛水，西临黄河，是个粮谷丰饶、水肥草美的农业县份，那里出产的胡羊，肉质细嫩，味美可口，乃泡馍的首选羊肉，至今有名。但在东坡文中，最应该引起我们关注的，不是羊肉的质地问题，而是他所说的做法和吃法，虽只不过是一道菜，但却有改变中国的重要意义。

在地球上，凡食肉类动物都凶猛，凡食草类动物，都温驯。唐代同胞可能从不断侵扰中原的胡人身上得到教训，人强欺侮人，人弱受欺侮，因此，神农氏的草食主义，在唐代，逐渐失去市场。同州，距离西域甚远，吃羊羔，绝对皈依西域正宗。

这盆蒸得稀烂的羊羔，更接近美国人的感恩节或圣诞节的火鸡，而与祭孔时全猪、全羊、全牛毫无共同之处。第一，在做法上"灌以杏酪"，绝非中国人的传统；第二，在吃法上"食之以匕不以箸"，也是对尝百草的神农精神，予以革命和否定。

"食之以匕不以箸"，看似小事一桩，但对唐人来讲，这个突破，意义重大。

世界上从来没有恒定不变的东西，民族特性也非铁板一块，饮食习惯并不是永远不可改变，所以，对付这只羊羔，除了一把锋利的刀，一副坚固的牙，一个强壮的胃，还需要那种绝非汉人所有，而是胡人天生的吃的心理，方能左手割肉，右手持杯，享咀嚼之趣；方能食膻啖臊，大快朵颐，得饕餮之乐。酒足饭饱之后，再加之一壶浓酽滚烫的好茶，沁入心田，那就齐了。

放下筷子,拿起刀子,在唐代,便是不以为奇的事情了。

> 肃宗为太子,尝侍膳。尚食置熟俎,有羊臂臑。上顾太子,使太子割。肃宗既割,余污漫刃,以饼洁之,上熟视,不怿;肃宗徐举饼啖之,上大悦,谓太子曰:"福当如此爱惜。"(宋·王谠《唐语林》)

因为不同饮食文明,表现着不同民族特性,这种食用工具的区区变动,也会起到不可小视的微调作用。一般来说,动筷,礼让谦恭,持刀,很难斯文,汉人用筷挟菜,温文尔雅,殷勤周到,多繁文缛礼之士;胡人持刀食肉,血气方刚,多剽悍强横,骑动掳掠之徒。所以,大唐盛世,与其说,唐人胃口朝胡人饮食靠拢,还不如说西域文明也在影响着中原文化,交流通常是相互的,开放从来是彼此受益的。

作为中原文化和西域文化的交汇点,唐代的长安,便是当时整个社会开放政策的实施中心,也是从广义上来理解大唐盛世,有一副极其良好胃口的集中体现。

谈唐代,不能不谈唐诗,谈唐诗,不能不谈李白。如果,我们从诗人笔下的"胡姬",在其诗篇中的出现频率,也可估计,或者想象,这座都城,是以怎么样的姿态,向全世界敞开怀抱了。

"胡姬貌如花,当垆笑春风。"(《前有一樽酒行》)
"细雨春风花落时,挥鞭直就胡姬饮。"(《白鼻䯌》)
"落花踏尽游何处?笑入胡姬酒肆中。"(《少年行》之二)
"何处可为别,长安青绮门,胡姬招素手,醉客延金

樽。"（《送裴十八图南归嵩山》之一）

从这些诗句所提供的意境，若能在冥思遐想中，神游一千多年前的古长安，那将是怎样一个体验啊！不过，我还是郑重劝一句，若是你读过白行简的《李娃传》，建议你先不要到唐代的红灯区平康里去，那儿是李娃和她姐妹们活动的领地，你的荷包里，若没有过多的银两，那是你无法承担得起的高消费。而是要到西市、金街一带，那里的食肆、酒店、歌楼、舞榭、倡馆、茶寮、戏场、杂市，才是好红火、好热闹的去处，才绝对是一个值得你逗留的风流所在，否则，李白跑那里去做什么？

你会发现那些打扮得粉妆玉琢、花枝招展的胡姬，玉脸生春，眉目传情，向你嫣然一笑，令你心旌荡漾，向你挥摆纤手，令你举步踟蹰。那摆动的绦带，曳地的长裙，袒露的襟领，洁白的肌肤，在扑面而来的香风里，弥漫着这些异域女子的荷尔蒙气息，该是怎样挑逗这个城市的勃然生机啊！

这就是唐朝的胃口，这就是长安的浪漫。

那时候，政治上不分畛域，张开怀抱，经济上不分族别，竞争谋生，宗教上的不分信仰，相互容忍，族别上的不分胡汉，悉为臣民。胡人几乎融进了城市生活的各个方面，"汉着胡帽，胡着汉冠"，甚至在服饰上，也在模糊着中外文化疏隔的界限。

我很钦佩唐朝的这种广义上的好胃口，它意味着一份自信，一份豪壮，一份担承，一份敢把天下纳入我胸怀的大气。那些阳萎患者，你就是打死他，他连这样想一想的勇气，也不会有的。自南宋至清末，中国之一蹶不振，吃亏就在胃口，都像林黛玉那样，只能挟一筷子螃蟹肉吃，小命都难保，焉谈爱？焉谈情？焉谈雄心壮志，焉谈民族复兴？也许积弱的中国，尤其 1840 年鸦片战争以来，中国人实在压抑得太久太狠，大唐盛世，遂成这个民族永远被憧憬的梦。

盛唐统治的大版图，大气魄，大形势，大开放，其实是一个漫长的民族融合过程的结果。经过公元420年至589年南北朝的拉锯战，到公元618年隋朝实现统一，既是人之所为，也是势之所趋。唐代的统治者，敢作敢为，大气豁达，可能与血液中的胡人基因有关，正如国学大师钱穆所考证的：

> 近人有主李唐为蕃姓者，其事作否无确据。然唐高祖李渊母独孤氏，太宗母窦氏，外祖母宇文氏，高宗母长孙氏，玄宗母窦氏，皆胡族也。则李唐世系之深染胡化，不容争论。唐人对种族观念，亦颇不重视。即据《宰相世系表》九十八族三百六十九人中，其为异族者有十一姓二十三人，时人遂有"华戎阀阅"之语。崔慎猷至谓："近日中书，尽是蕃人。"又唐初已多用蕃将，甚至禁军亦杂用蕃卒。（《国史大纲》）

正是这种混杂的人种优势，正是这种胃口的胡化倾向，唐代的文治武功，达到中国历史上的高峰。加速了边外属国的归附，推动了胡人内迁的涌入，也造就了中国历史上有名的贞观之治、开元之治的黄金时代。随着民风民俗的广泛传播，衣食住行的深入渗透，以麦面为主的中原人，在择食主张上多近胡人。

> 毕罗者，番中毕氏、罗氏好食此味。（唐·李济翁《资暇集》）
>
> 今衣冠家名食，有萧家馄饨，漉去汤肥，可以瀹茶；庚

家粽子，白莹如玉；韩钧能作樱桃毕罗，其色不变；有能造冷胡突鲙，鲤鱼臆，连蒸诈草，草皮索饼；将军曲良翰，能为驼峰炙。（唐·段成式《酉阳杂俎》）

中土人本来擅长于制作面食，曾几何时，也时尚胡风起来。记得贺知章初到长安，投师访友，出明珠为贽见之礼，主人了不在意，嘱童持去鬻胡饼数十枚，众人共食之。可见这种潜移默化的作用，岂能低估？由此，可以看到长安城里的原住民，不得不按照地道的西域风习，来调整自己的胃口。

因为着眼于摄取更多的动物蛋白，膳食结构发生变化，使得国人的体质、气质、精神、心态，也在嬗变之中。肉食增多，势必带来某些人种学上的演化。唐朝男人的豪放自信，唐朝女人的妩媚可爱，正是这种食物结构成分发生了变化的结果。

这个结论，很可能使有识者嗤之以鼻，但一杯牛奶，改变一个民族，却是发生在二十世纪日本的事情，那是有目共睹的。

在《资暇集》中，有一则《熊白唊》的故事，你便懂得唐人的好胃口了。

贞元初，穆宁为和州刺史，其子故宛陵尚书，及给事已下尚未分官，列侍宁前。时穆氏家法切峻。宁命诸子直馔，稍不如意则杖之。诸子将至直日，必探求珍异，罗于鼎俎之前，竞新其味，计无不为。然而未尝免挞斥之过者。一日给事直馔，鼎前有熊白及鹿脩，忽曰："白肥而脩瘠相滋，其宜乎？"遂同试，曰："甚异常品。"即以白裹脩改之而进，宁果再饱。宛陵与诸季望给事盛形于色，曰："非免免笞，兼当受赏。"给事颇亦自得。宁饭讫，戒使令曰："谁直？可与杖俱来。"于是罚如常数。给事将拜杖,遽命前曰:"有此味,奚进之晚耶?"于是闻者笑而传之。

熊白,即熊的脊肉,极嫩极肥,鹿脩,即风干的鹿肉,极干极韧,两者性质不同,炒蒸以后,却效果奇佳,鲜美异常。据说,现在到西安吃仿唐菜,还可以点到这道名品。试想这么一位老爷子,每顿食肉,食不好,还要敲儿子的屁股,固然可讽之曰"肉食者鄙",就知道那张嘴,而无远谋深虑,但不也感觉到他那粗鲁豪悍的可爱乎?

什么时代,什么胃口,胃口是决定出汉子,还是出侏儒的关键。这也是清人顾亭林在《日知录》里,早就感慨万分的话题,他说:

> 余见天下州城,为唐旧治者,其城郭必皆宽广,街道必皆正直,廨舍之为唐旧创者,其基址必皆宏敞。宋以下所置,时弥近者制弥陋。人情苟且,十百于前代矣。

顾炎武所说的一朝一朝的式微,我不禁想起晚清大学士徐桐——这位给老佛爷策动义和团扶清灭洋,提供理论依据,掌握宣传舆论的教父。庚子事变期间,尽管风烛残年,不得不每日进宫,以备慈禧垂询。可他,家住崇文门外,坐在轿里,往北抬,花市有洋人的教堂,他不能路过;往西抬,东交民巷有使团的洋鬼子,更不能路过;往南抬,绕路而行,又避不开当时北京城的红灯区八大胡同,可谓步履维艰。他那顶只好远走永定门,再经西直门,然后才从西华门进宫的轿子,成为京城的一个笑话。

一个人,为其狭隘的教义活到如此猥琐龌龊的地步,这个朝代,不亡何待?

这位老夫子,活了一辈子,闻夷色变,视洋为敌,闭目塞听,拒绝变革,如防洪水猛兽那样,抵制一切外来的新鲜事物。于是,倘若有谁端来唐朝穆宁吃得眉飞色舞的那盆"熊白唻",拦住那顶笑话轿子,捧过去,基本上已是一具政治僵尸的他,绝不敢举筷尝上一口的。

因此,好的胃口,包涵着宽容、博大,体现着接受、吸纳,意味着消化、摄取,代表着健康,活力。对一个人来说,足以雄壮体格;对一个朝代来说,足以强健精神;对一个城市来说,足以鼎盛壮大,对一个国家来说,足以生生不息。

唐朝伟大,在于唐朝从不挑食的好胃口,这一点,很重要。

# 宋朝的泼皮

——唯泼皮，其兴也勃，其败也速

一

泼皮，比流氓要狠，比无赖要凶，所有的中国人，了解人类社会中这种渣滓群体，都是从《水浒传》开始的。

以宋朝为背景的《水浒传》，堪称一部"泼皮教科书"。从这部小说，我们知道泼皮是项顶古老的职业，而且，我们还知道泼皮在宋代最发达，最泛滥。

《水浒传》的第六回，鲁智深大闹五台山后，再难在寺院里待下去，智真长老就把他介绍到开封府的大相国寺去。开封乃大宋王朝的首善之区，大相国寺乃皇家常去礼佛的庙宇。不像五台山，峰高岭陡，地广人稀，连个派出所也未设得一个。鲁智深，酒劲上来，是个和尚打伞，无法无天，敢把庙门都拆了的主，谁也奈何不得。若是打发到都城相国寺，这厮胆敢寻是惹非的话，天子脚下，不怕没人管他。这想法当然不错，可大相国寺的住持智清禅师，却不这么看，当着众人埋怨这位师兄好没分晓，你送来这块烫手山芋，我能留他在市中心的大庙里惹祸吗？恰巧，大相国寺在酸枣门外有块菜园子，属于寺院的三产之列，原来管事的和尚不想在那个城乡结合部呆了，正好鲁智深没处安排，就派到那儿掌管。

宋朝的开封很发达，即使隶属郊区的酸枣门外，也是人烟稠密之地，只要有人口，有买卖，有饮食酒店，有三教九流，就有泼皮。于是，那"一个叫过街老鼠张三，一个叫青草蛇李四"的泼皮出现了。这是两位档次较差，没什么气候的泼皮，其绰号，一个鼠，一个蛇，就注定了委琐卑劣、出息不了的实质。真正称得上泼皮的泼皮，那气势要比他们地道得多。何谓气势，一曰本事不大，装出来特有本事，二曰勇气有限，装出来特有勇气，三曰横鼻子竖眼，装出来特别不好惹的样子。此辈通常游手好闲，横行街区，欺行霸市，逞雄一方。不是为非作歹，寻衅闹事，就是打砸抢拿，坐地分赃。不过，若是碰到一个比他胆量大，比他敢下手，比他不怕死，比他更歹毒的对手，估计不交手还罢，一交手不死即伤，遂光棍不吃眼前亏，可以变得比孙子还孙子，比孬种还孬种。

宋代泼皮之发达，与当时商业之繁荣，经济之成熟，城市的拓展，市井之发达，有着莫大的关系。大宋王朝，在中国历史上，是一个相当畸形的朝代，它非常富有，但又非常孱弱，它应该很有钱，但穷得入不敷出，它曾经不可一世，但总是不经一战，立刻败到不可收拾，它拥有高度优秀的文明和文化，无与伦比的文学和艺术，但也是程朱理学的罪恶渊薮，吃人礼教的滥觞所在。但是，由于市场经济发达，资本运营顺利，商品周转频密，利润空间加大，整个社会财富的规模，要比春种夏播、秋收冬藏的农业经济，不知扩大多少倍，于是，一、这个社会养得起吃闲饭的，二、这个社会需要管闲事的，三、这个社会既然有养尊处优的不劳而获者，也就应该有游手好闲的不务正业者。

由汉至唐，中国人基本不再以游牧为生，而生活在日出而作、日入而息，一切仰给于土地耕作，如鸡刨食，捯一口，吃一口的农业经济之中。如无天灾，差可温饱，如遇灾荒，就得饿饭。因此，在这个农耕为主的社会环境里，一无生存空间，二无勒索对象的泼皮，也就无立足之地。故而在唐代文学作品中，几乎看不到"泼皮"这个名词。例如唐人白行简的《李娃传》，那位荥阳公子落魄以后，沦落到成为职业哭丧者，下三烂之极，也不敢到平康里姐姐们所居之地，当一名吃白食者，或者，当一名打秋风者。按他包养上厅行首的资深嫖客本钱，完全可以以这等社会渣滓面目出现，光棍一下，有何不可？可是他"泼皮"不起来，只能可怜巴巴地乞食讨饭为生。所以说，泼皮是城市商品经济的副产品，只是由于城市商业运动的能量，远超过政府行政能力，遂留下这些无法无天者的活动空间。

《水浒传》里那些梁山英雄，大多起家泼皮，习惯白吃白拿，也就不以为奇；即使原来的正经人，如八十万禁军教头林冲，如玉麒麟卢俊义大官人，也觉得要在江湖上混下去，不他妈的扯下脸皮而泼皮，还无法生存。于是在士农工商阶层以外，不轨之徒、宵小之辈、匹夫之流、无赖之类，像寄生虫游走于三不管地界，以骚扰、胁迫、敲诈、勒索等等手段，成为街区一霸，属正常现象。而劫州劫县，对抗官府，占山为王，扰乱一方者，则是团体型的成帮成伙的泼皮，那就更不可一世了。

宋朝的泼皮分两种，一种是强梁型的，一种是无赖型的，"过街老鼠张三"和"青草蛇李四"，属于后者。"且说菜园左近有二三十个赌博不成材破落户泼皮，泛常在园内偷盗菜蔬，靠着养身。"他们害怕新来的和尚，不知深浅，砸了他们借以谋生的饭辙，要先给他一个下马威，决定趁着给他祝贺上任，恭贺履新的机会，将他扳倒在菜园的粪池里，教训他一顿。这种无赖手段，下作营生，绝对是这些没什么出息，没什么本事，甚至也没有什么膂力，很类似当下文坛上那些上不得台盘的末流评论家，发帖到网络上，满嘴喷粪，靠骂名人出名一样，因为几乎不花什么成本，一个个干得十分起劲。

本来，这伙流氓、无赖，缠着扭着鲁智深，本想就势给点颜色看看，没料到那和尚如铁桩一样，休想扳动。鲁智深是谁？早看透他们的把戏，说白了，这位大爷可不是凡夫俗子，乃是披着和尚直裰的头一等泼皮。还未让他们得手，就飞起一脚，只听得扑通两声，说时迟，那时快，先将为首者踢进去粪窖。一脚踢出去，两人掉粪窖，可见功夫了得。这两个三等泼皮，没想到落得这样满身是粪，满头是蛆的结果，傻了。何况那粪窖没底似深，只是挣扎，也爬不出来。"鲁智深喝道：'你那众泼皮，快扶那鸟上来，我便饶你众人。'众人打一救，搀到葫芦架边，臭秽不可近前。智深呵呵大笑道：'兀那蠢物！你且去菜园池子里洗了来，和你众人说话。'两个泼皮洗了一回，众人脱件衣服与他两个穿了。"

接下来，"智深叫道，'都来廨宇里坐地说话。'智深先居中坐了，指着众人道：'你那伙鸟人，休要瞒洒家，你等都是什么鸟人，来这里戏弄洒家？'"从这番拷问中，我们也就随着长了一点对于泼皮的认识：

所谓无赖型的泼皮，一，等于鸟人。二，多为不成材的破落户。三，基本上没有什么真本事、真功夫，但心眼儿比较肮脏。四，你要治得了他，他就俯伏在地，如果你制服不了他，他就要消遣你、收拾你，使你日夜不宁。

而强梁型泼皮，又不同些，无论站直，还是躺倒，有个汉子形象。某种意义上，具有亚里斯多德《悲剧论》中所说的"英雄宁自毁也不龌龊而死"的壮烈情怀，他敢为他的"光荣"牺牲，绝不惜命。因为，他只能赢，不能输，连打个平手也不行。赢得输不得，是泼皮奉行不渝的宗旨。赢，他是爷，输，他是孙。问题在于他不能成孙，一旦成孙，他也就完蛋了。

后来，世界变了，资产阶级出现，资本主义登场，小市民成为城市的主角，市侩主义，侏儒哲学，以及台湾柏杨先生所说"酱缸文化"，达到极致境地，无论怎样神圣高尚的原则，无论怎样高贵优秀的精神，都一律在铜臭中庸俗化、低俗化、恶俗化，那种古典色彩的泼皮，遂不多见，而如"过街老鼠张三"和"青草蛇李四"这类落水狗，输就输，败就败，一抹脸也就过去了的无赖型泼皮，成为主流。因此，鲁迅先生笔下的那个阿Q和小D，还有王胡，可能会扭打在一起，但绝演出不了鲁智深拳打镇关西那火并的血腥场面。

花和尚所以在五台山落发为僧，所以被打发到到酸枣门外看菜园子，缘由却是因为这场火并。话说渭州城里，状元桥下，那个肉铺掌柜郑屠，显然也是一个强梁型泼皮。既然敢自称镇关西，自是霸男占女、为非作歹的地头蛇。尽管他螃蟹走路，横行街巷，脚一跺，城门楼都乱颤不已。可他却是一个有眼力见的坐山虎，一看鲁提辖登门，亮出的那两条肌肉发达的胳膊，伸出的那一双醋钵大小的拳头，就明白，这是一个不好惹的汉子。"来者不善，善者不来"这八个字，他掂得出斤两，马上立正敬礼，小心翼翼侍候。

两个强梁型泼皮相遇，后发制人，很重要，郑屠赶着陪笑脸，连忙上肉案，按鲁达的吩咐，亲自操刀。

泼皮挑事的经典手段，无非三者，一曰挑衅，二曰激怒，三曰动手。他先"要十斤精肉，切做臊子，不要见半点肥的在上头"。弄好了,又"要十斤都是肥肉,不要见些精的在上面,也要切做臊子"。接着,"再要十斤金软骨,也要细细地剁做臊子,不要见些肉在上面。"郑屠不傻,知道这主是找碴来了,笑着说道:"却不是特地来消遣我?"而鲁智深看挑衅不成,只好激怒。"洒家特地要消遣你!"然后,抄起两包臊子,"劈面打将去,却似下了一阵肉雨。"

一再退让的郑屠,忍无可忍,"两条忿气从脚底下直冲到顶门,心头那一把无名业火,焰腾腾的按捺不住,从肉案上抢了一把剔骨尖刀,托地跳将下来。"这正是鲁智深所要达到的目的,他被激怒了,他要动手了,而且,出手在先,好!这求之不得的机会,岂能错过?"早拔步在当街上",因为店堂岂是大动拳脚的所在。郑屠其实不想惹这个入侵者,可他也是一个泼皮,泼皮的金科玉律,只能赢不能输,再也退不起了;再退,就是输到家了,输到家的结果就是,再也不能在渭州立足,那怎么行,只有应战。

"郑屠右手拿刀,左手便来要揪鲁达。被这鲁提辖就势按住左手,赶将入去,望小腹上只一脚,腾地踢倒了在当街上。鲁达再入一步,踏住胸脯,提起那醋钵儿大小拳头,看着这郑屠道:'洒家始投老种经略相公,做到关西五路廉访使,也不枉了叫做镇关西。你是个卖肉的操刀屠户,狗一般的人,也叫做镇关西。'"由此,我们听得出来话外之音,他之所以要收拾郑屠,并非完全是为了金翠莲,起因虽是这位外乡女子,受了欺侮,遂路见不平、扶难济厄。但更深层次,却是这两个泼皮之间,一为坐地的屠户,一为外来的提辖,在同一势力范围内,确立高低地位的冲突。在鲁智深看来,称得上镇关西者,只能是他,而不是郑屠。我估计,花和尚早就看他不顺眼了。

地盘,很重要。在这个世界上,虽然中国拥有文字记载的历史，长达三千多年，值得骄傲，但中国人的文明进化程度，却并不占有领先位置，甚至有些方面相当落后愚昧。就譬如这个地盘意识，说得不好听一些，恐怕与哺乳类雄性动物用尿液圈出领地的行为，相差无几，至今还在某些人的灵魂深处盘桓着。我认识的几位故去的文坛老爷子，德高望重，是毫无疑问的了。可当他们健在，指点江山时，不也霸着那两亩三分地，生怕别人会去偷他庄稼似的。

这就是杨志卖刀为什么惹了麻烦的原因了，同样的理由，也是因为地盘，千不该，万不该，不打招呼，在泼皮牛二的天汉州桥上，卖他那把祖传的刀。

本来，杨志是在僻静一带的马行街兜售那把刀的，他有点不好意思，人要落到变卖祖产这地步，总是脸上无光的事。"立了两个时辰，并无一个人问。将立到响午时分，转来到天汉州桥热闹处去卖"，就出了事。因为，他进入了泼皮牛二的地盘。

我们都深有休会的，就以所谓的文坛为例，那也决不是个免费开放，谁都可以进去玩耍的大众乐园。实际上，任何一个试图涉足文学者，如果你有雄心壮志，如果你想大展宏图，看来，第一件事，就是要拜码头。第二件事，尤其是要拜对码头。想当年，文坛那几尊菩萨，拜谁不拜谁，学问大着咧！人在江湖，身不由己，地盘意识，你是万万不可疏失的。

杨志丢失了花石纲，丢掉差使，心中好不郁闷，也是他相信体制，相信主流的结果，夙不知体制只是保护权力，主流从来听从强者，你一个没落分子，才不在体制和主流关心范围之中。傻乎乎的杨志认为，天子脚下，首善之区，卖一把自家的刀，还要跟谁打招呼，备个案吗？错了，先生，就在你吆喝时，麻烦来了。只见"黑凛凛一大汉，吃得半醉，一步一颠撞将来"，于是，我们终于一睹大宋王朝最典型的泼皮，牛二先生。

《水浒传》给他的出场诗，为"眉目依稀似鬼，身材仿佛如人"。接着介绍："原来这人，是京师有名的破落户泼皮，叫做没毛大虫牛二，专在街上撒泼行凶撞闹。连为几头官司，开封府也治他不下，以此满城人见那厮来都躲了。"如今，像这位找"青面兽杨志"碴的"没毛大虫牛二"式的古典泼皮，可谓凤毛麟角。无论在口头上、文字上，已较少见到。这个"没毛大虫牛二"，你不能不钦佩他，他上无后台，下无徒众，旁无帮衬，单枪匹马，似乎是一个天马行空的人物。凭其凶狠，官府办不得他，凭其撒泼，街坊惹不起他，至少在天汉州桥这一块，他背后既无官方和黑道的势力支撑，左右也无朋友和团伙的实力帮衬，单打独挑，霸占一块地盘，无人敢惹。

这就是宋朝的泼皮了，现如今，在资本主义的竞争机制下，不要说流氓、混混、青皮、光棍，必须成帮成伙，方能横行霸道，就连西西里岛的黑帮教父，也得操控一个严密的黑社会家族组织，以铁和血的暗杀手段，才能左右政局，掌控财富。泼皮的集团化、联盟化，在这个世界上，已是趋势。当年的日、德、意轴心国，发动世界大战，眼下的美利坚合众国，要当国际宪兵，说到底，因为有实力，因为有野心，而且总想当老大，才拉几个喽罗，耀武扬威，不可一世。其实，他们的手段，看谁不听话，就敲打敲打他，看谁不顺眼，就侵略侵略他，与牛二在天汉州桥一站的德行，没有什么差别。要是论资排辈的话，泼皮美国应该向这位"没毛大虫牛二"，磕头认祖。

倒霉蛋杨志，先是失陷花石纲，丢了差使，后是遭遇梁山泊，不甘落草，这个一心想做好人的好汉，流落京师，却无好人相助，盘缠用尽，只好将家传宝刀拿到市场上换几贯钱钞。正好，逢着牛二，杨志不知底细，拿着插有草标的宝刀站在那里。插根草，就是可以出售的商品，这种集市交易标识，一直到清末民初仍在民间沿用。

牛二要买这把刀，其实是起哄，杨志当真，开价三千，约合现在的人民币五百元，按说不贵。牛二说："什么鸟刀，要卖许多钱。"他只给三百文。杨志当然不卖，因为这是一把宝刀，"第一件，砍铜剁铁，刀口不卷。第二件吹毛得过。第三件杀人刀上没血。"牛二说那就试来看，结果铜钱剁了，毛发吹了，接下来，牛二要他做杀人刀上没血的试验，"我不信，你把刀来剁一个人我看。"杨志这才觉得碰到麻烦，"禁城之中，如何敢杀人？你不信时，取一只狗来，杀与你看。"

那泼皮耍无赖了，"你说杀人，不曾说杀狗。"

杨志火了，"你不买便罢，只管缠人做什么！"

泼皮的特点，一是蛮不讲理，二是罔顾一切，他紧揪杨志："我鳖鸟买你这口刀。"

杨志道："你要买，将钱来。"

牛二道："我没钱。"

杨志道："你没钱，揪住洒家怎地？"

牛二道："我要你这口刀。"

换个别人，碰上牛二，只好认输，这刀恐怕就到泼皮手中了。

但杨志才不怕这个死搅蛮缠的泼皮咧，简直岂有此理，明摆着要逼着老子乖乖就范，不由大怒。见他没完没了地寻衅，又是撞头，又是动手。正好，刀掣在手中，一时性起，"望牛二颡根上搠个着，扑地倒了"，"赶入去，把牛二胸脯上又连搠了两刀，血流满地，死在地上。"

强梁型的泼皮，通常都是以赌命为其最后手段。一个比你弱的泼皮，他不认输他就得死；一个比你强的泼皮，你不认输你就得死，这就是泼皮的铁血法则。杨志敢当着街坊邻舍，要了牛二的命，其实，他也本着泼皮的这条金科玉律行事。

二

所以，说到大宋王朝，不能不说泼皮。为什么说宋必说泼皮呢？因为大宋王朝的开国皇帝赵氏兄弟，从得到这个政权，到失去这个政权，也是按泼皮的原则行事。说到赵家两兄弟的陈桥兵变，这话就长了。

在中国王朝更迭史上，如此毫无准备，如此漫不经心，竟能获得成功，史无前例。在他以前，隋文帝篡北周，用了差不多半辈子功夫，李渊灭隋一统天下，浴血奋战数十载，五代十国的政权，虽然短命，但其称帝为王，也是从戎马生涯中，逐步跃登高位。无论革命也好，篡位也好；无论夺权也好，政变也好，哪有不殚精竭虑、费日耗时的准备？哪有不潜行谲迹、徐图大计的等待？而公元960年2月3日，行军至陈桥驿扎营的赵氏兄弟，撺掇军士哗变，从当日晚八点到次日早七点，一个对时都不到，赵匡胤套上那件黄袍，就算改朝换代成功而当上皇帝。然后，一边敲锣打鼓，一边舞枪弄棍，喧嚷进城，叫嚣进宫，简直儿戏一般坐上了龙椅。

王夫之说过最透彻了："赵氏起家什伍，两世为裨将，与乱世相浮沉，姓字且不闻于人间，况能以惠泽下流系邱民之企慕乎！其事柴氏也，西征河东，北拒契丹，未尝有一勋，滁关之捷，无当安危，酬以节镇而已逾其分。以德之无积也如彼，而功之仅成也如此，乃乘如狂之乱卒控扶以起，弋获大宝，终以保世滋大，而天下胥蒙其安。"（《宋论》）

一以黄袍加身、炒作造势，二以动刀动枪、兵变威胁，三以虚张声势、舆论压力,四以伪善面貌、连蒙带唬,从而骗取了柴荣寡妻孤儿的天下;其强拿强夺,其逼人就范,其鸭霸行径,其无赖嘴脸,绝非王者之道,用起哄架秧子的手段,夺得江山,乃地道的泼皮行为也。

如果当晚,闻讯的后周政权,立马实行宵禁,调动队伍勤王,不让这位叛乱的都检点回师京城,在外无援军、内无接应的情况下,关在城外的赵匡胤,只有束手就擒。现在看起来,他之推三阻四,不肯穿那件黄袍,也是敢作敢为而不敢承担的泼皮手段,怕万一不成功而留一手的光棍行径。赵匡胤比赵光义以及赵普之流,要清醒一点,一无周密部署,二无足够准备,三无群众支持,四无有力后援,这种绝对是脑袋一热的行为,朝廷稍有压力,当局稍加警告,这群乌合之众,就会一哄而散。所以,他赖着不肯就位,其实也是在耗时间,看看距离四十里外的开封城,有些什么动静?一直到天快亮了,探子回来报告,城门大开,这哥儿俩合十称幸,真是命大,竟然侥幸成功,用了最小的资本——吆喝,取得了最大利润——政权。

这年,赵匡胤三十三岁,赵光义二十一岁。陈桥驿闹事三人组的另一个成员赵普三十八岁,此人能说会道,被那两个行伍弟兄,视作智囊。在中国,不豁出一身剐,是不敢把皇帝拉下马的。赵普敢于介入两兄弟阴谋,也想趁浑水摸鱼捞一把,估计也是一个相当泼皮的家伙。没有一点泼皮舍命的精神,不敢陪着赵氏两兄弟,玩这种黄袍加身的游戏。王夫之在《宋论》中对赵普这个"口给"之徒,看法很坏。"夫口给者,岂其信为果然哉?怀不可言之隐,相诱以相劫,而有口给之才,以济其邪说,于是坐受其穷。"至少在下列两件事上,他给赵氏兄弟出了不妥的主意(也许那哥儿俩本来也是这样的想法,他投了赞成票)。结果:

"宋之君臣匿情自困，而贻六百年衣冠之祸，唯此而已矣！"

第一，"曹翰献取幽州之策，太祖谋之赵普。普曰：'翰取之，谁能守之？'太祖曰：'即使翰守之。'普曰：'翰死，谁守之？'而帝之辩遂穷。"赵匡胤很害怕唐代地方诸侯，世袭节度使的祸乱，遂哑口结舌。为此，遂有第二，提出杯酒释兵权，实施重文抑武的基本国策，免得再来一次黄袍加身，从而对军队进行"强干弱枝"、"守内虚外"的改造，以致"将不谙兵"、"兵不知将"，大大削弱战斗实力。

正是这个主意，由开封而北，悉为无险可踞的一抹平川，大门敞开；加之军事力量弱化以后，难以阻挡长驱直入的北方骑兵。于是，大宋王朝三百年间，始终未能摆脱被动挨打的局面。如果，用曹翰之策，延续柴荣的北伐胜势，收回燕云十六州，按照王夫之的意见，未必就是败局。而且，"孰是曹翰之奋独力以前，而可保坚城之邃下邪？"那么，以后"太宗之大举北伐"，也不至于"惊溃披离而死伤过半"了。"以普忮害之小慧，而宋奉之为家法，上下师师，壹于猜忌"，"则赵普相，而曹翰之策不足以成功，必也。"

王夫之感叹系之，"险诐之人，居腹心之地，一言而裂百代之纲维。呜呼！是可为天下万世痛哭无已者也！"

赵普有赵普的道理，他是泼皮，崇尚实力，他当然会认识到，在中国内战史上，北伐鲜有成功者，而汉之匈奴，晋之鲜卑，唐之突厥，所以给中原腹地造成骚扰不已、战乱无穷的灾难，就是由北而南，据高临下，倾巢出动，势如席卷。北方多骑兵，铁蹄如风，行进神速，倏忽而来，急窜而去；南方多步兵，挖壕筑墙，常处守势，骚扰频仍，防范不迭。因此，中原主力即使赢了一时，未必守得长远。这位师爷所以彻底改变原来北周皇帝柴荣的战略决策，实施先南后北，发动对南方诸国的战事，也是揣摩透了赵氏两兄弟，这对"弋获大宝"的幸运儿，未必不作如此想。

石敬瑭把燕云十六州，割让给契丹，自是奇耻大辱，收复失地，在赵匡胤心目中，也是责无旁贷的正事。因为不仅仅为了雪耻，而是为了中原的安全着想。失去屏障，焉有长治久安？但公元959年柴荣一举夺下宁、莫、瀛三州，收复瓦桥、益津、淤口三关，这样的幸运未必会降临到他头上。若循曹翰之策，倾全国之力投入北伐战争，与契丹决一雌雄，第一，他驾驭得了这场幅员广大，牵涉到整个北部中国的大战役吗？第二，他指挥得动那些曾经与他平起平坐的各路军头，以及他率领得了千军万马吗？第三，他能控制得住后方不给他制造混乱，而且对战事进行保障供给吗？第四，从泼皮的角度考虑，旗开得胜，马到成功，自然就是万事大吉了；万一双方胶着，战事不见进展，万一暂时失利，攻势受到挫败，万一敌强我弱，伤亡损失惨重，如此这般下来，他这个皇帝当得成当不成，就得两说着了。于是，他不得不认同那位半部《论语》治天下的滑头赵普的"口给"之词，掉头向南，攻灭荆南、湖南、后蜀、南唐等国。

赵老大持重，求稳第一，绝对是做正事的主，但不一定做得大事，他未敢北伐，给大宋王朝种下无穷灾难；赵老二胆大，敢于行险，绝对敢于做大事，但不一定做得正事，他轻率北伐，同样给大宋王朝种下无穷灾难。

赵光义，能坐上大位，有点来路不正。公元976年（开宝九年），一个大雪之夜，赵匡胤突然病毙。当时在场者，只有这两弟兄。"烛影斧声"的这起宫廷谋杀案，连正史也无法回避赵光义因此而继位的谜团。紧接着，为了巩固他的帝位，想方设法，除掉对他造成威胁的可能继承人，如其弟赵廷美，如其侄赵德昭，由于其用心险恶，手段恐怖，连他的长子，都吓得神经错乱，成为废人。同时，他还将归降的南唐等国君主，相继鸩杀，或毒死，无所不用其极。这个不做正事，却敢做大事的泼皮，为一新面目，为一壮声威，便轻率发动北伐战争。

公元978年（太平兴国三年）在强攻大同，灭了北汉，消耗国力元气之后，既未犒赏三军，也未养精蓄锐。马不停蹄，连续作战，于次年，也就是公元979年（太平兴国四年），发动全面的对辽战争。亲率大军，转戈北伐，于幽州（治今北京市）的高梁河（现在的西直门外展览路一带）遭到辽军的毁灭性打击，他也于此役中箭受伤，乘驴逃脱。980年（太平兴国五年），又亲征伐辽，进抵大名府（治今河北大名），于莫州（治今河北任丘），为辽军所败。公元986年（雍熙三年），再次大规模地进攻辽国。调遣三十万大军，兵分五路，结果溃败于涿州（治今河北涿县）的岐沟关。一而再，再而三，赵光义不得不按泼皮的定律办事，我输了，我就得从你眼前消失。从此，大宋王朝再也无力北伐。

说来也可怜，这个王朝就像一个成年汉子，面对强悍的北方，老大一把年纪，还穿着开裆裤，连国之根本的首都开封，都毫无遮拦地暴露在敌人的铁骑之下。试想，该是如何地让中国人扫兴了。

公元1004年（宋景德元年，辽统和二十二年）契丹倾全国之力来犯，萧绰（即萧太后）及其子耶律隆绪（即辽圣宗），率兵亲征，声势浩大。先围定州（治今河北定县），后抵澶州（治今河南濮阳）。因为濮阳距离开封，只有百多公里，对骑兵来说，在濮阳吃过早饭，到开封吃午饭足来得及。京师大骇，朝野陷入极度恐慌之中。赵光义的儿子赵恒（即真宗），这个泼皮的第二代，既做不得正事，更做不得大事，唯一能做的，就是逃跑。在一片迁都声中，幸有寇准力主抵抗。他的理由很简单，只要陛下前脚离开开封，后脚人心就散，后方一乱，前线必败。你还没有逃到目的地，就会被乘胜而来、势不可挡的契丹骑兵俘虏。

他问寇准："那怎么办？"

"只要陛下御驾亲征，辽军必退，国土自安。"

宋真宗是个脓包，"作战是你们将帅的事，我去何用？"

他开导这位皇帝，契丹萧太后已经四十六岁，尚能冒兵矢之险，任鞍马之劳，带兵打仗，咱堂堂大宋天子，竟不抵一位妇道人家，连上前线都不敢？先帝北伐时三十九岁，你现在三十六岁，年富力强，没有理由退缩。

赵恒还在犹豫之中，寇准就命令起驾，将这位大宋皇帝抬往正在交锋的澶州前线。

北宋时，黄河流向东北，夺海河直奔渤海。南宋时，黄河流向东南，由淮河直注黄海。此时的澶州，黄河穿城而过，一分为二，北城正是宋军和辽军鏖战之地，御驾到了南城，赵恒不想再冒险了，因为对岸传来的擂鼓声、号角声、厮杀声、浪涛声，吓得他魂飞魄散。寇准自然不能由他，戏曲里那个寇老西的倔强形象，史实上也有记载，他说，"陛下不过河到北城坐镇，算什么亲征？万千士兵就等着一睹天子丰彩，为国拼命。浮桥万无一失，即请陛下启程。"在寇准和众将领一再保证安全之下，宋真宗到了北城。

在宋人李焘《续资治通鉴长编》卷五十八中，有这样的记载。"丙子，车驾发卫南，是日，次南城，以驿舍为行宫，将止焉。寇准固请幸北城，曰：'陛下不过河，则人心危惧，敌气未慑，非所以取威决胜也。四方征镇，赴援者日至，又何疑而不往？'高琼亦固以请，且曰：'陛下若不幸北城，百姓如丧考妣。'签书枢密院事冯拯在旁呵之，琼怒曰：'君以文章致位两府，今敌骑充斥如此，犹责琼无礼，君何不赋一诗，咏退敌骑耶？'即麾卫士进辇，上遂幸此城。至浮桥，犹驻车未进，琼乃执挝筑辇夫背曰：'何不亟行！今已至此，尚何疑焉？'上乃命进辇。既至，登北城门楼，张黄龙旗，诸军皆呼万岁，声闻数十里，气势百倍，敌相视益怖骇。"

辽太后和她的儿子，仗其骑兵优势，千里奔袭，直抵黄河。所以敢远离战略后方，孤军深入，就是因为看透了宋真宗的胆怯。如果说他的父亲赵光义，作为泼皮，还敢屡次三番地北伐，而这个泼皮的儿子，竟然连西夏的李继迁，也不敢动一指头。按王夫之在《宋论》中所说，一个"蕞尔小丑，陷朔方，胁朝廷，而羁縻弗绝；及其身死子弱，国如浮梗，而尚无能致讨，且不惜锦绮以饵之使安"。那么，对萧绰和耶律隆绪而言，这等便宜，不要白不要，这等好处，不拿白不拿。"宋之君臣，可以虚声恐喝而坐致其金缯，姑以是胁之，而无俟于战也。则挟一索赂之心以来，能如其愿而固将引去。故其攻也不力，其战也不怒，关南之土，亦可得而得，不得则已之本情。"于是，"兵甫一动，而议和之使先至，（曹）利用甫归，而议和之使复来，则其且前且却，倘佯无斗志者，概可知也。"

宋辽两军，在澶州相峙多日。因为援军渐增，宋军形势见好，特别在澶州城下，宋军用床子弩，射杀辽营统军顺国王萧挞览，"敌大挫衄，退却不敢动"，但宋真宗不但不抓住战机，组织反攻，反而派出特使，力主和谈。这个窝囊废只是想立刻停战，其实胜负未分，你并非输家，干吗要允诺地盘不让，给钱可以，也就是不割地，只赔款呢？这就是宋朝的荒唐了。

据《长编》："以殿直、阁门祗候曹利用为东上阁门使、忠州刺史。利用之再使契丹也，面请岁赂金帛之数，上曰：'必不得已，虽百万亦可。'利用辞去，寇准召至幄次，语之曰：'虽有敕旨，汝往，所许不得过三十万，过三十万勿来见准，准将斩汝。'利用果以三十万成约而还。入见行宫，上方进食，未即对，使内侍问所赂，利用曰：'此机事，当面奏。'上复使问之，曰：'姑言其略。'利用终不肯言，而以三指加颊，内侍入曰：'三指加颊，岂非三百万乎？'上失声曰：'太多！'既而曰：'姑了事，亦可耳。'宫帷浅迫，利用具闻其语。及对，上亟问之，利用再三称罪，曰：'臣许之银绢过多。'上曰：'几何？'曰：'三十万。'上不觉喜甚。"

澶渊之盟，是一份丧权辱国的和约，是宋真宗赵恒在有利的军事形势下屈辱求和的结果。看起来，一代不如一代，这个泼皮的儿子，一到动了真刀真枪的时刻，立马就把会脑袋塞到裤裆里去。由此可知，泼皮的没落版，为流氓，流氓的没落版，为瘪三，瘪三的没落版，大概就是鲁迅先生笔下的阿Q了。当他得知行赂契丹的额度为三十万，而不是三百万，那副大喜过望的样子，便大致了解宋朝的没落泼皮，是个什么德行了。

所以，你知道泼皮多少，也就懂得大宋王朝的多少。

# 宋朝的浪漫

——《秋江》的真实故事

凡文人，无不具有一点浪漫气质。

浪漫，成就文人，越浪漫，越有可能造就真正的文人。所以，不浪漫，当不成文人，至少当不成真文人，大概是可以肯定的。

一点也不浪漫的文人，最好去当锱铢必较、涓滴归公的会计员；或者，去当颗粒归仓，一尘不染的管库员。中国文学史上常常发生的误会，就是将会计员和管库员，弄来当作家和诗人；而把作家和诗人，送去做会计员和管库员。凡各得其所的朝代，文人相对活跃，文学遂有可能繁荣；反之，各不得其所的朝代，文人活得很没趣，文学也就发达不起来，于是，只有凋敝。

如果当初，给一个无论如何也浪漫不起来的人，一把刨坑的铁镐，一副担水的铁桶，去植树造林。有六十年功夫，至少可以绿化好几座荒山秃岭。但是，非要塞给这个不会浪漫，不懂浪漫，也不敢浪漫的人，一支蘸水的钢笔，一沓厚厚的稿纸，去进行创作。写了一辈子书，可谓绞尽脑汁，码了一辈子字，堪称搜索枯肠。结果，在纪念他从事创作六十周年之际，除了他自己外，鬼也说不上来他的成名作是什么？他的代表作是什么？可是，六十年来，造纸厂却不得不砍伐森林，制造纸张，用来印刷他所写出来的，由于不浪漫因而也就不文学的小说和诗歌。

按时下流行说法，其实这是一种很不低碳的浪费行为。

所以，文学史证明了这一点，浪漫，乃文人的天性。唯其浪漫，才有文学。浪漫和文学，本是一枚硬币的两面，这一面有多大面值，那一面也会有多大面值。这就是说，浪漫有多少，文学也该有多少。什么叫浪漫？浪漫就是感情的全部释放，就是个性的充分张扬，就是天资的完全展现，就是内分泌饱和到临界程度，就是身体的每一个细胞，处于活跃兴奋的状态之中。那些循规蹈矩，只知道等因奉此的，那些按部就班，不敢越雷池一步的，那些点头哈腰，唯信奉本本主义的，那些头脑冬烘，连放屁也没味道的……基本上进入木乃伊境界的文人，既别指望他们浪漫，也就更别指望他们文学。

所以，中国的大文人，必先有大浪漫，才有大文学，如唐之顶尖文人之一李白，如宋之顶尖文人之一苏轼，这都是我们耳熟能详的典范。

中国的小文人，并不因为其小，便收缩规模，只能小浪小漫。事实并非如此，成就有高低，名声有大小，但在浪漫面前，人人有份，一律平等。大文人可以大大落落、大张声势的浪漫，小文人照样也可以大锣大鼓、大显身手的浪漫。

南宋诗人张孝祥（1132—1169），字安国，号于湖居士，历阳乌江（今安徽和县东北）人，为唐诗人张籍之后裔。据宋人陆世良《宣城张氏信谱传》，张于湖"幼敏悟，书再阅成诵，文章俊逸，顷刻千言，出人意表。绍兴甲戌，廷试擢第一，时年二十有三。"在脱脱主撰的《宋史》中，也称他"读书一过目不忘，下笔顷刻数千言。年十六，领乡书，再举冠里选，绍兴二十四年，廷试第一。高宗谕宰相曰：'张孝祥词翰俱美。'"

张孝祥参加的这年科举，没想到竟与秦桧之孙秦埙同科，秦桧为了能让他的孙子稳居榜首，做足功夫，所有考官都由他点名安排，悉由其党羽充任。据说考官董德元，从"誊录所取号得之，喜曰：'吾曹可以富贵矣！'遂定为第一，榜未揭，（另一考官沈）虚中遣吏逾墙而白秦（熺，桧之子）"。这班马屁分子内外勾结，共同作弊之下作，"喜曰"的嘴脸，"逾墙"的丑态，简直到了乌烟瘴气、令人发指的地步。

接下来便是廷试，也就是宋高宗的亲自面试。策问题为"师友渊源，志念所欣慕，行何修而无伪，心何治而克诚"，秦埙显然早知试题，对曰："自三代以下，俗儒皆以人为胜天理，而专门为甚，言正心而心未尝正，言诚意而意未尝诚，言治国平天下，而于天下国家者曾不经意，顽顿忘节……顾欲士行之无伪，譬犹立曲木而求直影也。"张孝祥的策论，与秦埙正身守节、修德养性的观点，有着根本的不同，他着眼大局，以家国为怀，表达出一个中国文人在此国亡家破时期，应该有的挽危救艰、奋起图存的精神诉求。"往者数厄阳九，国步艰棘，陛下宵衣旰食，思欲底定，上天佑之，畀以一德元老，志同气合，不动声色，致兹升平，四方协和，百废俱举，虽尧舜三代无以过之矣……今朝廷之上，盖有大风动地，不移存赵之心，白刃在前，独奋安刘之略，臣辈委质事君，愿以是为标准，志念所欣慕者，此也。"虽然甲乙分明，高下立见，但大主考汤思退仍内定秦埙夺魁。宋高宗看罢秦埙的策对，通篇"皆桧、熺语"，有点烦。而史载，这个浪漫的张孝祥"廷对之顷，宿醒犹未解，濡笔答圣问，立就万言，未尝加点"。高宗将秦埙的答卷放在一边，看到御案旁尚有他卷，遂择而观之。"上讶一卷纸高轴大，试取阅之，读其卷首，大加称奖。""而又字画遒劲,卓然颜、鲁,上疑为谪仙,亲擢首选。""复自裁择,乃首擢公,亲洒宸翰:'议论坚正,词翰俱美。'"

"先是,岳飞卒于狱,时廷臣畏祸,莫敢有言者。公方第,即上疏言岳飞忠勇天下公闻,一朝被谤,不旬日而亡,则敌国庆幸而将士解体,非国家之福也。又云,今朝廷冤之,天下冤之,陛下所不知也。当亟复其爵,厚恤其家,表其忠义,播告中外,俾忠魂瞑目于九原,公道昭明于天下。"在权奸秦桧气焰不可一世之际,在主和派投降主义猖獗一时之际,在汉奸卖国贼里应外合嚣张之际,也是这个根本就不想打也不敢打早被金人吓破了胆的赵构主政之际,张孝祥说出了中国人不能不为岳飞说伸张正义的话,确有石破天惊的意义。

因此,他不光文章过人,而且,非常非常之爱国,这是中国文学史上总要为他大书特书的一笔。"伏枥壮心犹未已,须君为我请长缨",主张收复失土,反对苟且偷安,报国之心,出自肺腑,从戎之念,时在胸臆,为南宋初期著名主战派代表人物,与李纲、岳飞、赵鼎、胡铨、张元幹等人齐名。他的一首《六洲歌头》,是他在建康留守任上写的,最为脍炙人口。

长淮望断,关塞莽然平。征尘暗,霜风劲,悄边声,黯销凝。追想当年事,殆天数,非人力,洙泗上,弦歌地,亦膻腥。隔水毡乡,落日牛羊下,区脱纵横。看名王宵猎,骑火一川明。笳鼓悲鸣,遣人惊。

念腰间箭,匣中剑,空埃蠹,竟何成!时易失,心徒壮,岁将零,渺神京。干羽方怀远,静烽燧,且休兵。冠盖使,纷驰骛,若为情?闻道中原遗老,常南望,翠葆霓旌。

使行人到此，忠愤气填膺，有泪如倾。

据说，读罢了这首新作之后，在主座上倾听的张浚，为之动容，激动万分，心潮澎湃，实在无法再平静下来，只好罢席而去。

对文人而言，哀莫大焉生错了时代，哀莫大焉在这个时代里被彻底阉割，你不但不能浪漫，而且也不能文学，若你托生到这个时代，你不想完蛋也不行，那些既不浪漫，也不文学的同行，会第一个伸出手来掐死你，中外古今，无不如此。张孝祥的全部不幸，就是生在中国历史上最没起子的王朝。第一，这个王朝的全部皇帝（包括北宋和南宋），基本上都是无大作为，无大起色，更无大器度，无大胆略，从来也站不直的窝囊废。第二，由于这些令人泄气的统治者，北宋一百六十七年，宁可以岁币，以绢匹，花大笔的钱，向辽、向党项购买太平；南宋一百五十三年，宁可称臣称侄装孙子，向金、向元求得偏安一隅。于是：

中国历史上最大卖国贼，得以售其奸，

中国历史上最多投降派，得以张其势，

中国历史上最嚣张的隐性汉奸，得以肆行妄为。

这三者，上下交征恶，大宋王朝便像残焰枯烬的一盏油灯，风雨飘摇，奄奄一息，直到最后一滴油耗尽，赵氏王朝便在珠江口的崖山上，跳海终结。这其间，推波助澜的隐性汉奸，在中国败亡史上，从来扮演着一个可耻的角色。

在中国知识分子当中，隐性汉奸，是一股极其可恶的离心力量。当中国处于绝对强大的时期，他们只是说些冷话，泼些凉水，起着腐蚀的作用；当中国处于相对弱势的时期，他们就会兴风作浪，煽风点火，起到破坏的作用；当中国处于强敌的包围之中,他们就是一支第五纵队,他们就会进行颜色革命,起到推翻政权的作用。

隐性汉奸,尽管打着各式各样的旗号,尽管戴着各式各样的面具,但万变不离其宗的是:一,中国的一切一切都错。即使对的,也错。二,外国的一切一切都对。即使错的,也对。他们这种永恒不变的看法,也是所有中国人用来判断过去的隐性汉奸,和现在的隐性汉奸,一把百试不爽的尺子。

在这个由最大卖国贼、最多投降派和最嚣张的隐性汉奸猬獕的组合体里,虽然,公元1154年(绍兴二十四年),张孝祥举进士第一。据说,如果不是高宗赵构在殿试时,第一眼,看到张的考卷,书法竟是如此优美,再看一眼,张的策论文章,行文竟然如此漂亮,立刻,擢为第一。主考官提醒道,名次排列已定,第一名已内定为秦桧的孙子秦埙,高宗调卷一看,改为第三。发榜以后,秦桧无奈,可随后就设名目,将张罗织入狱。幸秦桧不久死,孝宗朝屡迁中书舍人,直学士院,领建康留守。张浚渡江与金人作战不利,上至已为太上皇的赵构,下至满朝满野的隐性汉奸,一齐发难,张浚罢,张孝祥受牵连,这位爱国诗人到底被乌龟王八蛋们联手排挤出局,寻以荆南湖北路安抚使请祠,进显谟阁直学士致仕。

有什么办法呢?卖国贼手中有权力,投降派人多有声势,而隐性汉奸可以造舆论,可以搅浑水,可以颠倒黑白,可以混淆是非,这也是当下那班笔杆子唱衰中国,帮腔美国的老手段。于是,张孝祥活不过四十岁,便悒悒而亡,这大概也是自然不过的事情了。一个最浪漫,也最文学的天才,最不能容忍的,便是卑鄙。而那一张张看不胜看的,隐性汉奸的无耻嘴脸,如跌入蛆虫泛滥的粪缸里,不死何待?

纪晓岚在《四库全书总目提要》中，特别强调其"举进士第一"，对张孝祥的文学成就，评价极高。"皆称其词寓诗人句法，观其所作，气概亦几几近之。《朝野遗记》称其'在建康留守席上赋《六洲歌头》一词，感奋淋漓，主人为之罢席'。则其忠愤慷慨，有足动人者。"又曰："其门人谢尧仁序称，孝祥每作诗文，辄问门人，视东坡何如？今观集中诸作，大抵规摹苏诗，颇具一体。纵横兀傲，亦自不凡。故《桯史》载王阮之语，称其平日气吞虹霓，陈振孙亦称其天才超逸云。"

就是这样一位在文学史上说不上是顶尖的，但在同时代的侪辈中，却是铮铮佼佼的一流文人。他不但有非凡的文学成就，而且更有绮丽的浪漫故事。

你无论如何想不到，就这位极文学、极浪漫的张孝祥，元曲大家关汉卿《萱草堂玉簪记》，与他有关；明代戏曲家高濂《玉簪记》，也与他有关；而明代无名氏杂剧《张于湖误宿女贞观》，和明人《燕居笔记》中的《张于湖宿女贞观》，都更是明明白白地以他的浪漫形象为作品题材。如此多的作品，聚焦在他身上，仅此一点，便可想知，在张孝祥那个时代，此人不但是一个丰华出众的文章高手，更是一个风流蕴藉的多情才子。否则，他怎么可能成为元、明、清三代戏曲、杂剧、话本的舞台上，一个屡被演绎的浪漫人物呢？

甚至到了二十一世纪，白先勇先生还将这出《玉簪记》，改编成现代版昆曲，将要继青春版《牡丹亭》之后，在北京南新仓的皇家粮仓小剧场里献演呢！

从宋人周密《癸辛杂识》中一则记闻，可以充分领教这位文人的浪漫，中外古今，大概还找不到别的文人，能够浪漫得出这样一次以他为中心的嘉年华式欢宴聚会。当时，张孝祥受主持北伐的将领张浚邀请，到他司令部所在地，为建康留守。随后，又知京口，即今之镇江，可能距离淮蚌前线更近些，这样，张浚就派王宣子接他，要他从南京移镇于此。这就是"张于湖知京口，王宣子代之"的来历。斯时，"多景楼落成，于湖为大书楼扁"。张于湖书法出色，自是他当仁不让之事。他的字，现在还能看到，如《泾川帖》，当得上潇洒飘逸、神韵悠然的美誉。据说，宋高宗、宋孝宗对其字都赞叹不已。据《宋史》本传："孝祥俊逸，文章过人，尤工翰墨，尝亲书奏札，高宗见之曰：'必将名世。'"陆游说过，"紫微张舍人书帖，为时所贵重，锦囊玉轴，无家无之。"连最刻薄、爱挑剔的朱熹，也认为"安国天资敏妙，文章政事皆过人远甚。其作字多得古人用笔意，使其老寿更加学力，当益奇伟"。

据宋人叶绍翁的《四朝闻见录》载："今南山慈云岭下，地名方家峪，有刘婕好寺。泉自凤山而下注为方池，味甚甘美，上揭'凤凰泉'三字，乃于湖张紫微孝祥所书。夏执中为后兄，俗呼夏国舅，偶至寺中，谓于湖所书未工，遂以己俸刊所自书三字易之。孝宗已尝幸寺中，识孝祥所书矣，心实敬之，及驾再幸，见于湖之匾已去，所易者乃执中所书。上不复他语，但诏左右以斧劈为薪。幸寺僧藏于湖字故在，诏仍用孝祥书。"

所以，这次楼匾题字，非张于湖手书莫属。"公库送银二百两为润笔，于湖却之，但需红罗百匹。于是大宴合乐，酒酣，于湖赋词，命妓合唱甚欢，遂以红罗百匹犒之。"看来，他之谢绝银两，而讨红罗百匹，是要馈赠给那些佳丽的。估计那天盛会，至少有上百位丽服盛妆、奢华曳冶、花枝招展、灿若桃李的红粉佳人凑趣，才能营造出来云鬟玉臂、满室生香、袅袅婷婷、莺歌燕舞的浪漫气氛。

也许只有风流到顶点的张孝祥，才有此等大手笔。当代文坛上那些既无浪漫也无文学的俗不可耐之辈，或者，即使那些稍有一点浪漫，稍有一点文学的半瓶醋之流，可敢这样非分地浪漫一下，怕是连放肆地想一想也是不敢的。当代那些下流作家，最大的本领，就是来不及地让笔下的男女人物脱裤子，然后，一边流着哈拉子，一边描写他们交合的性行为，这才是他们毕生所追求的"浪漫"。

现在，让我们回到南新仓的皇家粮库的小剧场里，等待新版《玉簪记》的上演吧！早些年，我曾经在四川成都郊区一家小戏院里，看过一个来自外县的剧团，所演出的高腔折子戏《秋江》。初冬的成都，那一份飕飕的冷意，不多的观众，那一副瑟缩的神色，我对主人说，早知如此，不若找个地方喝茶。固执的主人，一定要我"等哈，等哈"，即等一下的意思。终于在好几次"等哈"以后，陈妙常出场。我敢说，那简直是奇迹，本来叽叽喳喳、乱哄哄的剧场，一下子鸦雀无声，连兜售瓜子花生的小贩，也呆住了。显然，这位看上去极其美艳，细打量极其娟秀，称得上光彩照人的女演员，将大家吸引住了。虽然，她那身行头很破旧，她那副头面也很寒酸，但是，眼波流情，顾盼生春，表现出一位急切想得到爱情，所谓思春女尼的大胆和追求。从来也不曾见过如此唱、念、做俱佳的演员，一台戏，全被她一个人驾驭住了。

尤其她唱得那么甜美，那么温柔，由不得你不凝神聆听。

你看那鸳鸯鸟儿成双成对，好一似那和美的夫妻。白日里并翅而飞，到晚来交颈而眠。奴与潘郎虽则是相亲相爱，怎比得鸳鸯鸟儿，一双双，一对对，飞入在波浪里……永不离。

最后的这三个字,是由后台的帮腔唱出来的,其音高亢,其声绵长,令人回味无穷。

秋江之上,道姑陈妙常追赶书生潘必正这段船上的戏,是改编自明代传奇《玉簪记》中《追别》一折。看起来,不但文学史留住了张孝祥,连戏曲舞台也留住了这位于湖居士,而当时那些蛆虫似的隐性汉奸,烟飞灰灭,早扫入历史的垃圾堆,这大概就是天道好还、正义不衰的公理了。

最为浪漫的一个插曲,莫过于张孝祥授临江令,到该地的女贞观去探望他的姑母的时候,曾经向这位在庵修行的陈妙常示爱过。

这就是浪漫透顶的张孝祥的行止了,他没想到在尼观里,竟有这等堪称绝色的美人,遂留宿寺观。《玉簪记》的故事,高濂依据的是前辈关汉卿的《萱草堂玉簪记》,绝非凭空虚构。而从清人雷琳的笔记《渔矶漫钞》所述,宋女贞观陈妙常尼,年二十余,姿色出群,诗文俊正,工音律,也可证实确有其事,确有其人。本来,这位才子,拜见了姑妈以后,就打算告辞的。但他却执意要留下不走,这就是张孝祥毫无顾忌的浪漫了。

他还写了一首《杨柳枝》,挑逗这位美丽的女尼。

> 碧玉簪冠金缕衣,雪如肌;从今休去说西施,怎如伊。
> 杏脸桃腮不傅粉,貌相宜;好对眉儿共眼儿,觑人迟。

陈妙常显然不为所动,也写了一首《杨柳枝》,拒绝了他。

> 清净堂前不卷帘,景悠然;闲花野草漫连天,莫胡言。独坐洞房谁是伴,一炉烟;间来窗下理琴弦,小神仙。

据清人冯金伯的《古今女史》,更有惊人的戏剧性结局。

"宋女贞观陈妙常尼,年二十余,姿色出群,诗文俊雅,工音律。张于湖授临江令,宿女贞观,见妙常,以词调之,妙常亦以词拒于湖。后与于湖故人潘法成私通情洽,潘密告于湖,以计断为夫妇,即俗传《玉簪记》是也。"

我又回想起高腔折子戏《秋江》中的那位惊鸿一瞥的女演员,如此出神入化地演出了陈妙常之急切、之担忧、之惶惧、之憧憬。那双会说话的眸子,告诉观众,她所以情不自禁地去追赶潘必正,显然是不得已而为之。让我们一起为她担心的,更不知道会是一个怎样的结局,在等待着她。现在看起来,张孝祥抛开自己,法外施仁,玉成这场婚姻。你会不由得赞叹,在这个世界上,成人之美,也许是一种最高尚的品行了。

张孝祥有一首《西江月·题溧阳三塔寺》,

> 问讯湖边春色,重来又是三年,春风吹我过湖船,杨柳丝丝拂面。世路如今已惯,此心到处悠然。寒光亭下水如天,飞起沙鸥一片。

我查不出溧阳三塔寺,与临江的女贞观,距离有多么远,更找不到诗中的"三年",从何年到何年。但是,这首《西江月》,却使我们看到诗人的博大胸怀。也许,文人的浪漫,能够达到这样的境界,也算是臻于极致了。

# 宋朝的夜市

——这才开始了全日制的中国

在《太平广记》卷四百八十四的《李娃传》中，唐代白行简写过这样一个情节，那位荥阳公之子自见李娃一面以后，念念不忘，经打听，知道住在鸣珂曲的这位女郎乃倡家，遂携重金造访。小婢见客人叩门，急忙走告李娃，说上次假装丢失马鞭，故意逗留不走的公子上门来了。自那次邂逅之后，李娃对这位来京应试的举子，有着堪称一见钟情的印象，显然也一直期盼着他的再出现。于是，可想而知，这一对青年男女，该是多么情投意合，心心相印了。谈笑间不觉天色"日暮"而街坊"鼓声四动"。这是唐朝的规矩，也是唐朝以前历代的规矩，禁夜，百姓到了晚间就失去行动自由。每晚，军士以鼓声周知百姓，禁夜即将开始，这也就是"暮鼓晨钟"的来历。

李娃的母亲，也许是养母，用时下的话说，即"妈妈桑"，便关心地问起来，公子你住在哪里？远近如何？是不是应该动身回去？可这位公子怎么舍得离开这位明眸皓齿、艳美娇媚的李娃呢？一位漂亮的小姐，对年青异性来说，就是一块磁铁。他不想走，至少不想马上走，便编了一个谎。"生绐之曰：'在延平门外数里。'"因为鸣珂曲在平康里（坊）内，邻近东市，延平门则在西市之西，这之间，应该相距十公里以上。"荥阳公之子"冀其远而见留也。姥曰：'鼓已发矣，当速归，无犯禁。'生曰：'幸接欢笑，不知日之云夕。道里辽阔，城内又无亲戚，将若之何？'"李娃也愿意他留下来，便说："不见责僻陋，方将居之，宿何害焉。""生数目姥，姥曰：'唯唯。'"于是，他达到目的，得以留宿。

据此，可以看到唐朝之实施禁夜令，最为坚决彻底，天子脚下的都城长安当然更是严格。唐·韦述的《西都杂记》称："西都禁城街衢，有执金吾晓暝传呼，以禁夜行，惟正月十五夜敕许驰禁前后各一日，谓之放夜。"当代人读至此，大概无不一身冷汗。试想，一年之中，只有三天不"禁夜"，其余三百六十二天的夜间，民众不得在所居的坊里以外，从事任何活动，这实在是很痛苦的限制。在《太平广记》卷一百的《张无是》中，就有因怕犯夜而有家归不得的情节："唐天宝十二载冬，有司戈张无是，居在布政坊，因行街中，夜鼓绝，门闭，遂趋桥下而跧。"现在可以估计，《李娃传》中的"鼓声四动"，大概是即将禁夜的准备信号，《张无是》中的"夜鼓绝"，则是禁夜令生效之时。鼓声刚起时，这位公子马上离开鸣珂曲，回到其骗老太太所说的住处，"延平门外数里"，大概是来得及的。何况他骑的是马，只要紧赶两鞭，也就不至于犯夜了。而张无是所以"跧"在桥下，不能回家，因为夜鼓已经敲过，随而"门闭"；城门或是坊门一关。他只能露宿街头，那后果很可怕，必然要被巡逻的"执金吾"（类似警察或城管的执法人员）抓住，反倒不如躲在桥洞底下将就一宵为妥。

犯夜的处罚，据《大清律例·夜禁》："凡京城夜禁，一更三点，钟声已静之后，五更三点，钟声未动之前，犯者，笞三十。

二更、三更、四更，犯者，笞五十。外郡城镇，各减一等。"据说北京前门大街的宵禁，晚清还在断续施行，直到辛亥革命成功，才彻底去除。可见禁夜令在中国，至少有三千年历史，也就是说，中国人在这三千年中，大部分时间里，夜晚无行动自由，只有憋在家里自我闭关一途。如果走出家门，必被逮治。而犯夜，是要受笞的，晾出屁屁吃板子，又羞又痛，随后还得贴棒疮膏药。在《太平广记》二百六十五的《温庭筠》中，这位晚唐风流人物，知名诗人，就因"醉而犯夜，为虞侯所系，败面折齿"。一般来讲，受笞，打的是屁股，不知为什么他们专打诗人的脸。估计温庭筠自视甚高，不会太买账；而局子里的人并非文学爱好者，也不想参加诗协或者作协。于是乎，温庭筠很吃了些苦头，以致"败面折齿"，弄得牙都掉了，十分狼狈。

"禁夜"乃中国第一恶政，是封建统治者最乐用，也是最常用的专制手段，以治安为名，冠冕堂皇地限制人身自由，堪称可恶之极、可恨之极。为什么会有这种既不抓你，也不打你，却要你入夜以后，必须老老实实地待在家里的"禁夜令"？至今未有人考证出来，谁是这种精神折磨的始作俑者，我认为，百分百是御用文人拍马屁拍出来的"好事"。因为，文人巴结上统治者以后，得以在权力的盛宴中啖到一点残羹膆饭，马上会从"帮闲"的说嘴阶段过渡到"帮凶"的动手阶段，以半个主子自居。先是琢磨出这个"牧"字，来描写统治者和被统治者的关系，以讨好统治者，麻醉被统治者。何谓牧，牧牛牧羊之牧也，老百姓是人，不是牲口，焉能用这个牧字？然而，正是这些无耻文人，一身贱骨头，称州长为州牧，称郡守为郡牧，称统领万民的皇帝为天下之人牧。于是帝王也好，官员也好，也就堂而皇之地按照牧养牲畜的办法，白天赶出去自行觅食，晚上撵回来关进圈舍，来统治他的百姓。老百姓一旦等同于牲口,那也就难逃牲口的命运。《孟子·梁惠王上》说:"今夫天下之人牧,未有不嗜杀人者也。"孙奭疏:"言今天下为牧养人民之君,未有不好杀人者"。真是一针见血。牧牛者杀牛,牧羊者杀羊,都是再正常不过的事情,以此类推,牧人者杀人,岂不是顺理成章之事么?

法国启蒙主义者卢梭说过:"人是生而自由的,但却无往不在枷锁之中。"我不知道夜晚必须禁足的法令,算是何种枷锁?但人之所以称为人,而不是动物,就在于他有思想,有人格,有灵魂,有尊严,哪怕只是一天的二分之一,或者三分之一,被剥夺了自由,虽然呆在自己的家里,但也与坐牢无异。所以,对老百姓的残害似乎不大的禁夜,其束缚手脚、桎梏心灵、压迫思想、箝制精神的副作用,却不可谓小。

在中国历史上,实施禁夜令最坚决的莫过于唐朝,取消禁夜令最彻底的莫过于宋朝。两相比较,宋朝经济之繁荣、市场之茂盛、物资之丰富、商业之发达,远超过唐朝。就因为一个禁夜,一个不禁夜,一字之差,天壤之别,这才开始中国人的全日制中国。一天二十四个小时全部属于你自己,对今天的中国人来讲,绝对不会将其当一回事的。然而,对唐朝人而言,对宋朝人而言,却是一个获得全部自由和失去部分自由的大问题。日本历史学家内滕虎次郎的"唐宋变革论",认为唐朝为中世纪的结束,宋朝为近世的开始。我认为,取消禁夜令是这次划时代变革的分界线。如果说,唐朝是中国游牧社会的最后腾起,那么宋朝,则是中国农业社会过渡到商业资本社会的最早辉煌。

一般而言,对唐朝,人必称盛唐,对宋朝,人必称弱宋。唐之盛,盛在其武功雄伟、军威将强、征服藩属、拓土开疆的光荣上;宋之弱,弱在其国土仄狭、强邻压境、纳贡求存、苟且偷活的猥琐上。盛唐，是收保护费的，弱宋，则是交保护费的，一收一交，强弱立见。不过，从治和乱的角度来评价，唐朝的乱世之长，治世之短，适与宋朝的治世之长，乱世之短相反。"凡唐之世治如此其少，乱日如彼其多。其治安之久者，不过数十年。""唐自高宗以后，非弑械起于宫闱，则叛臣讧于肘腋，自开元二十余年粗安而外，皆乱日也。"所以，唐诗人元稹的《行宫》诗，才有"白头宫女在，闲坐说玄宗"的憧憬太平往事之语。而宋朝，"自景德以来，四方无事，百姓康乐，户口蕃庶，田野日辟。"当神宗朝发动对西夏的战事，大宋臣民已经过了百十年的和平岁月，根本不知兵戈为何物。

治世与乱世的差别，不用多长时间，就能看出分晓：一，打仗要死人，人口必缩减；二，战争要破坏，城市必完蛋。唐承隋末大乱，宋继五代战火，两朝所接的烂摊子，基本相似。唐初人口为两千五百万，宋初人口为三千万，两朝人口总量大致相同。从唐初到安史之乱前的天宝十四载（755年），用了一百〇六年，人口达到五千三百万。宋初到靖康之变前的大观四年（1100年），用了一百〇四年，境内人口竟超过一亿，前者翻了一番，后者翻了两番。唐朝经安史之战、节度之祸、藩镇之争、黄巢之乱后，国家残破之极，靖康之变以后，国土锐减的南宋，其人口总数仍与鼎盛时期的唐朝持平。

唐朝人口超过十万以上的城市为十七座，宋朝人口超过十万以上的城市为五十二座，显然，治世长的宋，其人口繁殖速度，其城市建设规模，要大于快于乱世长的唐。宋朝的首都开封，为当时世界上最大的城市之一，人口过百万。唐朝的首都长安，占地面积大于开封，人口也过百万，但长安"百千家似围棋局，十二街如种菜畦"，坊和市分开，实施封闭式管理，日暮鼓动，户户关门，坊市禁闭，路人绝迹，唯有逻卒。黑夜是真正意义的黑夜。宋朝的首都开封和杭州，则是不夜之城，由于坊市合一，没有营业时间和营业地点的限制，夜市未了，早市开场，间有鬼市，甚至还有跳蚤市场。人来客往，买卖兴旺。"处处各有茶坊、酒肆、面店、果子、彩帛、绒线、香烛、油酱、食米、下饭鱼肉鲞腊等铺。盖经纪市井之家，往往多于店舍，旋买见成饮食，此为快便耳。"

有一幅张择端的《清明上河图》，现存故宫博物院，画的是鼎盛时期的开封，立刻给你一种生气勃勃的视觉感受。在这幅画上，你看不到唐时长安那雄伟、堂皇、气派、大度的王者风范，但市民之忙忙碌碌，力夫之竞竞营营，店铺之财源滚滚，车马之喧嚣过市，仕女之丰彩都丽，文士之风流神韵，建筑之鳞次栉比，街衢之热闹非凡，绝对是唐朝的长安、洛阳见不到的物质繁荣、经济发达。

在中原地区称帝为王的朝代，以宋朝的面积最小，而小到最不堪时，宋高宗只剩下浙东和东海几个岛屿。即使其最大时，北宋的国土面积也只有唐朝的一半。长江以南的南宋就很可怜了，只有明朝的三分之一，或清朝的五分之一。而这个王朝却能每年给北方恶霸邻邦，交数十万银子、数十万匹绢为保护费免遭战火。居然这项花费，只不过占整个国家总收入的十分之一。西夏、党项、辽、金、元理直气壮地要这批银绢，因为是纳贡。宋王朝虽然也不大愿意掏，因为名义不好听，你在下，他在上，不过想到老子有钱，掏出一点打发这些穷要饭的花子，也还是一种精神的胜利。

如果没有精耕细作，如果没有农业改良，如果没有市场竞争，如果没有全心全力，不可能生产出足够的粮食，来填饱这翻了两番的人口肚皮。唐之粮食亩产量很低，仅为一石。唐末黄巢之乱，所以不得不以人为食，因为整个社会财富积累极少，经不起这些蝗虫般的流寇、拉锯式的消耗，吃尽耗光，神州也就只有陆沉一途；而靖康之变后，北方沦落，中原人口，背井离乡，大量流亡，不但王侯卿相、豪门望族、富商巨贾、文武百官，举家南渡，就连州县吏胥、生员举子，乃至升斗小民、寻常百姓，也想尽一切办法，南逃求生。这是中国历史上继魏晋南北朝以后，又一次人口大迁徙，然而被金人追得走投无路的南宋政权，却能依靠物阜民康的江浙地区，接纳了数十万北来同胞，并逐步安顿下来，发展起来，营造出一个再度辉煌的局面，就是因为宋之粮食亩产量为二至三石，加之套种小麦，加之开垦荒地，加之农业改良，产量徒增。

可以断言，一个实施禁夜令的朝代，其臣民不可能会全心全力。尽管禁夜令不枷不锁不系绳索，然而这种精神上的枷锁，心灵上的绳索，即使剥夺部分自由，那也无从谈积极性和主动性。大宋王朝能够以突飞猛进的姿态，创造出比其前朝、比其后代的巨大财富，应该说，是取消禁夜令，把夜晚还给老百姓的结果。某种程度上类似上世纪七八十年代，三中全会以后，不再提阶级斗争为纲，调动了中国人前所未有的能量而出现的改革奇迹那样。人心齐，泰山移，人的能动性，要是激发出来，确实具有不可思议的力量。

从国家年度财政收入来观察，盛唐不如弱宋远甚。在平常年景下，北宋岁入为八千至九千万贯文，南宋岁入为一万万贯文，唐朝岁入为三千余万贯，不过是宋朝的一个零头。宋不仅强于前朝的唐，与后朝明、清相较，也不逊色。明朝隆庆五年（1571年）国家收入为二百五十万两，万历二十八年（1600年）国家收入为四百万两，按通常一贯铜钱兑换一两白银换算，那么，北宋岁入折合八百至九百万两，南宋岁入折合一千万两。明朝的岁入，不过为北宋的二分之一，为南宋的三分之一，不免相形见绌，更何况明朝领土和人口均大于宋朝，尤其南宋，只有半壁江山，看来，明朝臣民，真是很丢脸，从皇帝直到平民，干劲都不如两宋。清朝顺治七年（1650年），岁入为一千四百八十五万两，离宋朝最高年收入一千六百万两，尚有差距。一直到道光、咸丰年间（1850左右），经济总量才稍稍超过两宋。可清朝的人口总数此时已达三亿，比之宋徽宗时期的一亿，多出两倍。一亿人和三亿人所创造出来的财富相等，夫复何言？有人做过这样的统计，南宋以五千五百万人口，占全世界人口总数百分之十五，创造了世界财富百分之七十五。而1700年到1820年清朝康雍乾所谓"盛世"，中国的经济规模在世界的比重，也只有百分之三十二，而人口却是世界总量的百分三十六，这就是大宋王朝的老百姓，在走出"禁夜令"以后的经济奇迹。

因此，宋朝绝非我们印象中这个积贫积弱的耻辱王朝；积贫积弱是事实，耻辱蒙羞也是事实，北宋最后两个皇帝被敌国捉走当了俘虏，死在异国他乡；南宋第一个皇帝被打败只能逃到海上存身，倒数第三个皇帝被元人抓走，最后一个皇帝逃到海上也不得不被大臣背负着跳海，在中国封建王朝兴亡史上，再没有比两宋王朝更让人泄气的了。然而在强敌压境、战乱频仍、俯首服低、花钱买和平的三百年间，宋朝人却创造出经济上的极大丰足、文化上的极度辉煌，却是他朝难以望其项背的。中国人的三大发明，罗盘、火药、印刷术，就是这个积贫积弱的耻辱王朝，对于历史做出的伟大贡献。人称盛唐的李氏王朝，却在这方面交了白卷。

取消禁夜令，释放出来的区区生产力，也许很有限，但人们拥有一天二十四个小时的完全自由，那产生出来的精神能量，却是无限的。美国历史学家墨菲说："在很多方面，宋朝是中国历史上最令人激动的年代。后来的世世代代历史学家批评它，是因为它未能顶住异族入侵，而终于被他们痛恨的蒙古人打垮。但宋朝却从960年存在到1279年，长于三百年的平均朝代寿命。"他认为宋朝："完全称得上是当时世界上最大，生产力最高和最发达的国家。"（《亚洲史》）

日本学者加藤繁在《宋代都市的发展》中说：唐代"坊的制度——就是用墙把坊围起来，除了特定的高官以外，不许向街路开门的制度——到了北宋末年已经完全崩溃，庶人也可以任意面街造屋开门了"。加藤繁所说的"北宋末年"，准确地说应为唐朝末年，直至五代，禁夜令流于形式，渐渐式微，民众也不太在乎了。《花间集》中张泌那首《浣溪纱》，就是一个例证，其首句"晚逐香车进凤城"，明显犯了夜禁。可同为晚唐诗人的张泌（842—914），要比温庭筠（812—870）幸运得多，究竟小三十岁，加之又逢乱世，显然，已不大坚持夜禁，他这才敢放心大胆地盯梢泡妞，也不必担心受到"败面折齿"的答责。

从宋人孟元老的《东京梦华录》里的"州桥夜市"一节，我们约略知道北宋鼎盛时期的汴京夜晚，市面之繁华、商铺之稠密、钱财之富裕、物品之丰足，恐怕连当下的开封，也无法相比。"出朱雀门，直至龙津桥，自州桥南去，当街水饭、爊肉、干脯。王楼前獾儿、野狐、肉脯、鸡。梅家鹿家鹅鸭鸡兔肚肺鳝鱼包子、鸡皮、腰肾、鸡碎，每个不过十五文。"接下来，从朱雀门的曹家从食，"直至龙津桥须脑子肉止，谓之杂嚼，直到三更。"而"东角楼街巷"一节里，从夜到明，从天亮到天黑，宋朝的首都简直就是一个不眠之城。"自宣德楼去东角楼，直至旧酸枣门，最是铺席要闹。南通一巷，谓之'界身'，并是金银彩帛交易之所，屋宇雄壮，门面广阔，望之森然，每一交易，动即千万，骇人闻见。以东街北曰潘楼酒店，其下每日自五更市合，买卖衣物书画珍玩犀玉。至平明，羊头、肚肺、赤白腰子、妳房、肚胘、鹑兔、鸠鸽、野味、螃蟹、蛤蜊之类讫，方有诸手作人上市买卖零碎作料。饭后饮食上市，如酥蜜食、枣糕、澄沙团子、香糖果子、蜜煎雕花之类。向晚卖河娄头面、冠梳领抹、珍玩动使之类。东去则徐家瓠羹店，街南桑家瓦子，近北则中瓦，次里瓦。其中大小勾栏五十余座。内中瓦子莲花棚、牡丹棚；里瓦子夜叉棚、象棚最大，可容数千人。自丁先现、王团子、张七圣辈，后来可有人于此作场。瓦中多有货药、卖卦、喝故衣、探博、饮食、剃剪纸画、令曲之类，终日居此，不觉抵暮。"

在"会仙酒楼"一节中，从汴京人的夜生活，其阔绰，其挥霍，也令人惊叹咋舌。"大抵都人风俗奢侈，度量稍宽，凡酒店中不问何人，止两人对坐饮酒，亦用注碗一副，盘盏两副，果菜碟各五片，水菜碗三五只，即银近百两矣。虽一人独饮，碗亦逐用银盂之类。"当时酒楼饭店所用餐具，悉以纯银打造，若不富得流油，岂敢如此奢华。在"民俗"一节中，"其正店酒户，见脚店三两次打酒，便敢借与三五百两银器。以至贫下人家，就店呼酒，亦用银器供送。有连夜饮者，次日取之。诸妓馆只就店呼酒而已，银器供送，亦复如是。其阔略大量，天下无之也。"

在"潘楼东街巷"一节中，"潘楼东去十字街，谓之土市子，又谓之竹竿市。茶房每五更点灯，博易买卖衣物图画花环领抹之类，至晓即散，谓之'鬼市'。又投东，则旧曹门街，北山子茶坊，内有仙洞、仙桥，仕女往往夜游，吃茶于彼。"而"马行街铺席"一节，那夜市游人之稠密，店铺生意之红火，仕女簪载之亮丽，车来马往之喧闹，也许只有北京的王府井、上海的南京路，堪与一比了。马行街在新旧封丘门之间，长约十里，"坊巷院落，纵横万数，莫知纪极。处处拥门，各有茶坊酒店，勾栏饮食。市井经纪之家，往往只于市店旋买食物，不置家蔬。北食则矾楼前李四家、段家熬物、石逢巴子。南食则寺桥金家、九曲子周家，最为屈指。夜市直至三更尽，才五更又复开张。如要闹去处，通晓不绝。寻常四梢远静去处，夜市亦有焦酸豏、猪胰、胡饼、和菜饼、獾儿、野狐肉、果木翘羹、灌肠、香糖果子之类。冬月虽大风雪阴雨，亦有夜市；姜豆、抹脏、红丝水晶脍、煎肝脏、蛤蜊、螃蟹、胡桃、泽州汤、奇豆、鹅梨、石榴、查子、榅桲、糍糕、团子、盐豉汤之类。至三更方有提瓶卖茶者，盖都人公私荣干，夜深方归也。"

宋人蔡絛在《铁围山丛谈》里，专门谈到了马行街。"天下苦蚊蚋，都城独马行街无之。马行街，都城之夜市，酒楼极繁盛处也。蚊蚋恶油，马行街人物嘈杂，灯火照天，每至四鼓罢，故永绝蚊蚋。上元五夜，马行南北数十里，夹道药肆多国医巨富，声伎非常，烧灯尤壮观。故诗人多道马行街灯火。"马行街之富，只是汴京一角，由此可见宋朝的都城汴京，尽管面积小于唐朝的都城长安和洛阳，不但其发达富足的程度，远胜前朝，而在社会公平方面，如进学之不计贫富，如科举之不问家世，如土地之不抑兼并，如用人之不限士庶；如经商之不受限制，如贸易之不禁海运，如消费之不约奢华，如文化之不计雅俗，因此，在相对和平时期里，宋朝居民的自由程度、幸福指数，绝非前朝所能企及。

孟元老著《东京梦华录》，时已南宋，对于他曾经生活了二十多年的汴京盛况，既是难以磨灭的记忆，也是割舍不去的隐痛。在他笔下，无不美轮美奂，无不弥足珍贵，这也是曹雪芹在黄叶村写《石头记》的心情，凡失去的，都是最美好的，凡再也得不着、见不到的一切，唯有悔恨而已。所以，他说当年的汴京，倾注着怀旧之情。"太平日久，人物繁阜。垂髫之童，但习歌舞。班白之老，不识干戈。时节相次，各有观赏，灯宵月夕，雪际花时，乞巧登高，教池游苑。举目则青楼画阁，绣户朱帘，雕车竞驻于天街，宝马争驰于御路。金翠耀目，罗绮飘香。新声巧笑于柳陌花衢，按管调弦于茶坊酒肆。八方争凑，万国咸通，集四海之珍奇皆归市易；会寰区之异味，意在庖厨。花光满路，何限春游，箫鼓喧空，几家夜宴？伎巧则惊人耳目，侈奢则长人精神。"

虽然，"仆数十年烂赏叠游，莫知厌足"。但是，"一旦兵火，靖康丙午之明年，出京南来，避地江左，渐孜桑榆。暗想当年，节物风流，人情和美，但成怅恨。"其实，据宋吴白牧的《梦粱录》和宋周密的《武林旧事》，南宋的都城临安，其城郭之美，其街市之繁，其店铺之密，其物品之丰，其人烟之盛，其商贾之富，其仕女之靓，其娱乐之盛，并不亚于汴京。而"杭城大街买卖昼夜不绝，夜交三四鼓，游人始稀，五更钟鸣，卖早市者又开店矣"的夜市规模，也远超过开封。汴京最鼎盛时，拥有一百万人口，而杭州的常驻人口为一百五十万，加上流动人口，加上不断从北方逃奔故国的遗民，当超过此数，成为当时世界上最大的城市。固然，林升的那首《题临安邸》："山外青山楼外楼，西湖歌舞几时休，暖风薰得游人醉，直把杭州作汴州。"讽刺了醉生梦死的杭城人，但生于斯死于斯的二百万甚至更多的百姓，却用双手和智慧，创造了中国历史上的"黄金时代"。

然而这个好的开端，却被身后的辽、金、元，以及西夏、党项等强邻扼杀。正如古希腊亡于古罗马，古罗马亡于日耳曼一样，文明永远屈服于野蛮。一个满腹诗书、体单力薄的文弱书生，绝对打不过头脑简单、四肢发达的赳赳武夫。这也是汉化得多一点的辽国，败于汉化得少一点的金国，而汉化得少一点的女真人，却败于完全没有汉化的蒙古人的道理。

可这个"黄金时代"，无论北宋，无论南宋，都是坚决不实施禁夜令的朝代，也许这是最值得记住的一点。

因此，这个朝代商业之发达，贸易之兴隆，资本市场之出现，商品经济之形成，上层建筑之松动，政治体制之变化，文化生活之多样，消费模式之趋奢……这一切，都来自于宋朝人一天得以掌握自己的二十四个小时，不视人眼色，不仰人鼻息，不受人制约，不求人保护的自由之果。

这也就是陈寅恪的名言："华夏民族文化历千年之演变，造极于赵宋之世。"然而，宋朝的意义远不止此，严复曾经说过："中国所以成为今日现象者，为宋人所造就十八九。"这才是我们认识宋朝的真谛。

# 宋朝的耻辱
## ——中国人永远的心头之恨

公元1127年（靖康二年），汴京（今开封）城破，宋徽宗赵佶（1082—1135）、钦宗赵桓（1100—1161）父子，为金人所俘，与后妃、皇室、贵戚、臣工一起，共约一万四千人的大队俘虏，分七个批次，押解北上。

据《宋俘记》，金兵押俘北上，共分七起：

> 首起宗室、贵戚男丁二千二百余人，妇女三千四百余人，濮王、晋康平原、和义、永宁四郡王皆预焉，都统阇母押解。
>
> 二起昏德妻韦氏，相国、建安两子，郓、康两王妻妾，富金、嬛嬛两帝姬，郓、康两王女，共三十五人，真珠大王设野母、盖天大王赛里、千户国禄、千户阿替计押解。
>
> 三起重昏妻妾、珠珠帝姬、柔嘉公主，共三十七人，宝山大王斜保、盖天大王赛里押解。
>
> 四起昏德公、燕、越、郓、肃、景、济、益、莘、徐、沂、和信十一王，安康、广平二郡王，瀛、嘉、温、英、仪、昌、润、韩八国公、诸皇孙、驸马、昏德妻妾、奴婢，

共一千九百四十余人，万户额鲁观、左司萧庆、孛堇葛思美押解。

五起帝姬、王妃等一百有三人，侍女一百四十二人，二皇子元帅斡离不押解。

六起贡女三千一百八十人，诸色目三千四百十二人，右监军固新、左监军达赉押解。

七起重昏侯、太子祁王、缨络帝姬及从官十二人、侍女一百四十四人，国相元帅粘没喝、右司高庆裔、都统余睹押解。

据《呻吟语》："靖康二年三月二十九日黎明，太上启跸，共车八百六十余两，发自刘家寺。夜宿封邱界，太上以下及房酋毳帐二，布棚四十八为一围；郑后以下及房酋萧庆毳帐三，布棚八十八为一围，皆有馆伴朝夕起居；帝姬以下及房酋斡离不毳帐五，布棚十二为一围。"

据《三朝北盟会编》卷八九靖康二年三月二十九日己未引曹勋《北狩闻见录》云："四月初一日绝早，分路转城北去，到刘家寺东寨内约饭上皇，初见二太子，又要皇后已下嫔妃、诸王、帝姬皆出见，席地坐定，遣王汭译奏曰：自古圣贤之君，无过尧舜，犹有揖逊归于有德，历代革运底事，想上皇心下煞会得。本国比取契丹，所得嫔妃儿女尽分配诸军充赏。以上皇昔有海上之德甚厚，今尽令儿女相随，服色、官职一皆如故。因劝酒曰，事有远近，但且放心，必有快活。时上皇致谢曰……两朝主盟，惟某获罪，非将相之过，实某罪在天，故请以一身少答天谴，愿不及他人。"又同条引《靖康遗录》云："二帝之行也，不得相见。分为四处：上皇与泗、景、肃诸王；上与燕、越二王及皇太子；

大长帝姬从郑皇后；帝姬、诸王从朱皇后；诸驸马别为一处，以铁骑驱拥而去。"

直到最后一刻，赵佶还在作最后的挣扎，祈求留下来。

"黎明，宋太上等抵刘家寨，国相驰马至云：'有诏见立张邦昌为楚帝。古无不亡之国，想宜领会。赵佶与太祖皇帝先立盟好，今知悔祸，可封为天水郡王；赵桓可封为天水郡公。妻子相随，服饰不改，用示厚恩。'又指挥元帅府，叛逆赵构（即后来的南宋高宗）母韦氏，妻邢氏、田氏、姜氏、先遣入京禁押。二皇子供太上饭，太上云：'罪皆在我，请留靖康，封界小郡。诸王、王妃、帝姬、驸马不与朝政，请免发遣。'皇子曰：'朝命不可违，此去放心，必得安乐。'午后，令王妃、帝姬出见父母、夫婿，抵暮即令归幕。幕后为财货幕，留道宗夫妇宿，前为饮宴幕，留诸王、驸马宿，声息相闻。三鼓起程，分作七军，从官赍重在二军，太上、诸王、驸马在三军，郑后宫属在四军，王妃、帝姬在五军，额鲁观、萧庆为都押使，车八百六十余辆。"

······

这是世界历史上罕见的一支俘虏队伍，也是一次野蛮屠杀文明，愚暗灭绝理性，动物本能压倒良知，落后民族其劣根性大发作，疯狂施虐的血腥路程。据金人可恭所著《宋俘记》载："天会四年十一月二十五日，既平赵宋，俘其妻孥三千余人，宗室男、妇四千余人，贵戚男、妇五千余人，诸色目三千余人，教坊三千余人，都由开封府列册津送，诸可考察。入寨后丧逸二千人，遣释二千人，仅行万四千人。北行之际，分道分期，迨至燕、云，男十存四，妇十存七，孰存孰亡，曹莫复知。"

在欧洲，公元三世纪，北非的汪达尔人，从撒丁岛、科西嘉岛、西西里岛入侵意大利，并攻陷罗马城，历时半个月，有计划地洗劫该城，将许多珍贵艺术品抢劫一空。公元十世纪，金人对开封的大掠夺，就是这种海盗暴行的翻版。可汪达尔人只要财物，不及其他，跃马黄河的女真或女直族，真是欲壑难填，什么都要，没有不要的东西，尤其是女人，尤其是年青的具有贵族身份的女人。特别可怕的，他们着意搜罗十三岁以下的少女，还要检验是否为处女之身，恐怕连汪达尔人也下作不到这种阴刻程度。金人对中原王朝的掳掠，所造成的神州陆沉的惨状，事隔千年，重读残存的历史记载，犹触目惊心。

略列数端，以资佐证：

一，1125年（宣和七年）十二月二十日止，"共津运金三十余万两，银一千二百余万两。"二十六日止，"又津运括取及准折金五十万两，银八百万两。"

二，1126年（靖康元年），"金遣使来，索金一千万锭，银两千万锭，帛一千万匹。"

三，1127年（靖康二年）正月十九日，"开封府报纳房营金十六万两，银六百万两。"

四，二月二十三日，"城内复以金七万五千八百两、银一百十四万五千两、衣缎四万八十四匹纳军前。"

五，1127年（靖康二年）"十四日，房尽索司天官、内侍、僧道、秀才、监吏、裁缝、染木、银铁各工、阴阳、技术、影戏、傀儡、小唱诸色人等及家属出城。"（以上均宋·韦承《瓮中人语》）

六，"二十二日，以帝姬二人，宗姬，族姬各四人，宫女一千五百人，女乐等一千五百人，各色工艺三千人，每岁增银绢五百万两匹贡大金。"

七，"原定犒军金一百万锭、银五百万锭，须于十日内输解无缺。如不敷数，以帝姬、王妃一人准金一千锭，宗姬一人准金五百锭，族姬一人准金二百锭，宗妇一人准银五百锭，族妇一人准银二百锭，贵戚女一人准银一百锭，任由帅府选择。"

八，"十七日，国相宴皇子及诸将于青城寨，选定贡女三千人，犒赏妇女一千四百人，二帅侍女各一百人"；"自正月二十五日起，开封府津送人、物络绎入寨，妇女上自嫔御，下及乐户，数逾五千，皆选择盛妆而出。收处女三千"；"帅府令妇女已从大金将士者，即改大金梳装。元有孕者，听医官下胎。"（以上均金·李天民《南征录汇》）

九，据《开封府状》："大金副元帅府指挥函件曰：'契勘二庶人誓约，愿献犒金一百万锭，银五百万锭。先续过纳金二十四万七千六百两，用情准（折合）四万九千五百二十锭；银七百七十二万八千两，准一百五十四万五千六百锭。不欲照五十两一锭旧例，所缩已多，是依庶人续约，准折金六十万单七千七百锭，银二百五十八万三千一百锭。具详别幅，仍缩金三十四万二千七百八十锭，银八十七万一千三百锭，限五日内尽数津纳，如仍隐匿延稽，当府即纵兵大索，毋贻悔吝，须议指挥。右下开封府准此。大金天会五年三月十四日。'"

十，据《南征录汇》，由于多次勒索搜检查抄强征，府库一空，金人开始网罗贵族女子，以人抵金，将这些贵族女性，押往北方，以供淫欲。"原定犒军费金一百万锭、银五百万，须于十日（上文为五日）内轮解无阙。灵不敷数，以帝姬、王妃一人准金一千锭，宗姬一人准金五百锭，族姬一人准金二百锭，宗妇一人准银五百锭，族妇一人准银二百锭，贵戚女一人准银一百锭，任听帅府选择。"最可耻者，开封府官员的明细账，令人发指。《开封府状》记：一，选纳妃嫔八十三人，王妃二十四人，帝姬、公主二十二人，人准金一千锭，得金一十三万四千锭（内帝妃五人倍益）。二，选纳嫔御九十八人，王姜二十八人，宗姬五十二人，御女七十八人，近支宗姬一百九十五人，人准金五百锭，得金二十万五千五百锭。三，族姬一千二百四十一人，人准金二百锭，得金二十四万八千二百锭。四，宫女四百七十九人，采女六百单四人，宗妇二千间九十一人，人准银五百锭，得银一百五十八万七千锭。五，族妇二千单七人，歌女一千三百十四人，人准银二百锭，得银六十六万四千二百锭。贵戚、官民女三千三百十九人，人准银一百锭得银三十三万一千九百锭。以上，都准金（共折合）六十万单七千七百锭，银二百五十八万三千一百锭。

十一，据宋《朝野佥言》，1127年（靖康二年）正月二十九日，"军前索教坊内侍等四十五人，露台妓女千人，蔡京、童贯、王黼、梁师成等家歌舞及宫女数百人，先是，权贵歌舞及内人自上皇禅位后皆散去。至是，令开封府勒牙婆、媒人追寻，哭泣之声遍于闾巷，闻者不胜其哀。"

十二，据元脱脱《宋史》："凡法驾、卤簿、皇后以下车辂、卤簿、冠服、礼器、法物、大乐、教坊乐器、祭器、八宝、九鼎、圭璧、浑天仪、铜人、刻漏、古器、景灵宫供器、太清楼、秘阁、三馆书，天下州府图及官吏、内人、内侍、技艺工匠、倡优，府库蓄积为之一空。"

……

如果，当时有大型运输工具，我估计，连汴梁城也会运到金人的发源地黑龙江、吉林一带。这种落后的，愚昧的，因小利益而肆意进行大破坏的农民式贪婪，从来就是中国历史上所有灾难的总病根。

这年四十五岁的赵佶，与他传位的儿子赵桓，也被金人囚俘而去，再也没有回到他们朝思暮想的家国。

可怜的诗人皇帝，只能在沉吟中度过余生。"玉京曾记旧繁华，万里帝王家。琼楼玉殿，朝喧箫管，暮列琵琶。花城人去今萧索，春梦绕龙沙。忽听羌笛，吹彻梅花。"这首《眼儿媚》，是在解送途中作的，那夜，忽闻远处的笛声，颇哀怨，有感而发。同行的赵桓也和了一首，写竣，父子执手大哭。

宋徽宗是诗人，是画家，而且是真的诗人，真的画家，非一般附庸风雅的帝王可比。《汤垕画鉴》称："徽宗性嗜书画，作花鸟，人物，山石，俱入妙品。作墨花墨石，间有如神品者。历代帝王善画，徽宗可谓尽意。所作《梦游化域图》，人物如半小指，累数十人，城郭宫室，旍幢鼓乐，仙嫔云雾霄汉，禽兽龙马，凡天地间所有物，色色俱备，为功甚至。令人起神游八极之感，不复知有人世间奇物也。"

最近，在北京的嘉德拍卖会上，他的一幅《写真珍禽图》，创下中国画售出两千三百五十万人民币的天价纪录。作为文人的宋徽宗，诗词一流，绘画一流，连他的书法，所创造出来的"瘦金体"，也是一流；作为皇帝的宋徽宗，对不起，却是末流，而且是末流中的末流，因为他是一个亡国之君。

历史，从来是政治的历史，宋徽宗的风流韵事，艺术上的辉煌成就，只是一笔带过的另碎。所以一个作家，千万别把自己看得太重，尤其时下我等鸦鸦乌的作家，在大历史的万古长卷中，你连一粒尘埃的资格，也不会获得的。看看赵佶，要不是这次拍卖，老百姓中有多少人知道他会画画，会作诗，但从《水浒传》，从《金瓶梅》，从《大宋宣和遗事》，所有人都知道他是个昏君。赵佶在位二十五年，凡中国昏庸之君的所有毛病，他都具备，凡中国英明之主的应有优点，他全没有。但是，他在国破家亡之际，没有逃跑，这一点，值得肯定，可以说他愚，但不可以说他不敢承担亡国之责。他完全可以学唐玄宗逃到西蜀去。宋代的国土疆域，虽不如唐代幅员辽阔，但仍有半壁江山，足可周旋一阵。本来已经离开了开封，可还是接受了臣民们的意见，又跑回来，与他儿子一起被金人掳劫而去。

这一点，说明他只有文人气质，而无政治头脑。当诗人、画家，可以，当帝王、领袖，就不是材料了。跑路，尚有复辟的可能，株守，只能被俘当亡国奴。从此之后的十年，大部分时间关押在黑龙江的依兰，也就是五国城，终于，死于非命，连个葬身之地也没有。赵佶被虏以后，他的第九个儿子赵构，在归德（今商丘）称帝，是为高宗，也就是《说岳全传》上"泥马渡康王"的故事，从此，史称南宋。1135年，赵佶被金人在羞辱折磨中痛苦死后，长达两年，凶信才传到南方。国力衰弱、仰人鼻息的赵构，只好不断地派祈请使，到金朝恳求将其还活着的生母，和已经亡故的父亲灵柩送回。

生不能还乡，死也得埋葬在故土才是，所谓"落叶归根"，这是中原的风俗。

自赵匡胤黄袍加身后，宋王朝一直未能振作，更谈不上强大，先是辽侵扰，后是金侵略，最终为元侵占，还有西夏、党项，在西北边陲不断侵犯，这些习骑射、性骠悍、好劫掠、尚武力的北方强邻，或大军压境，勒索钱帛，或长驱直入，侵城掠地。赵姓帝王，为苟且偷安计，只好一会儿称弟，一会儿称侄，一会儿称臣，签订城下之盟，纳土输粟，低头乞活，贡缴岁币，换来太平。从宋真宗的澶渊之盟起，到宋神宗西北军事失利止，基本上就是采取这种缴保护费的得过且过政策。先崛起与大宋王朝叫板的辽，白吃白拿白穿白用一百多年宋朝的贡献以后，从精神到物质，从身体到灵魂也渐渐地汉化了。汉化不是坏事，但汉化以后，其游牧民族的尚武精神、强壮体魄，也因此而削弱，遂不敌身后出现的更野蛮落后、更具有野心的金。金在膨胀，辽在龟缩，问题出在赵佶这个浮浪子弟加之政治白痴的身上，他觉得是个机会，可以借金之力灭辽，收回他祖先一直想收而收不回来的燕云十六州。于是，就有了海上之盟，于是，在所有有识见的人士一致反对之下，发动了这场自己找死的联合战争。结果，金军将辽军打得一败涂地，而一败涂地的辽军，却又将宋军打得两败涂地。这就是寓言所说的"前门揖狼，后门进虎"，赵佶除掉了一只狼，却引进来一只虎，那只狼已经没有牙齿，而这只虎却张开血盆大口，吃完了辽以后，要来吃宋。这就是公元1120年后金兵南下，包围开封的前因后果。

赵佶再也笑不出来，其弱智，其低能，其无血性，其奴颜婢膝，在一本名叫《吊伐录》，也叫《大金吊伐录》的书里，看到他最充分的表演。

这本撰人不详的书，显然是金人的手笔。收集了北宋靖康年间金兵包围汴京期间，胜利者和失败者的官方书信。从其书名，"吊民伐罪"，便可知编纂这部史料档案，其目的在于揭露宋徽宗赵佶，和他儿子宋钦宗赵桓，因失德，因背信，因腐败，因淫佚，而致亡国，而致俘虏的全过程。其中载有这两位皇帝向金主乞命的求哀书，以及金主剥夺他们帝位，降为公，降为侯的诏书，然后，这对父子对此惩罚又贱骨头到了极点的谢表，让任何一个中国人都感到无法忍受的耻辱。

原件原文抄录在下：

一，宋方哀求金方收兵。靖康元年闰十一月二十六日，大宋皇帝致书大金国相元帅、皇子元帅："久蒙恩惠，深用感铭。不省过尤，尚烦责数。比者大兵累至城下，危然孤垒，攻击何难？及已登临，犹存全爱，方图请命，更辱使音，特俾安心，仍无后虑，感极垂涕，夫复何言！谨遣右仆射何、济王栩、中书侍郎陈过庭求哀恩告，切冀收兵。天雪沍寒，敢祈保啬。不宣。白。"

二，金方不予理会，宋方再次乞求。靖康元年闰十一月二十七日，大宋皇帝致书于大金国相元帅、皇子元帅："比者遣何等奉书，想已呈彻，危迫之恳，必蒙矜悯，言念和好之重，出于大德。听从弗明，以致召衅，远烦旌旗，深所不遑，然念师徒既登城堞，何、济王栩等又未回归，城内人情惶扰异常，抚谕不定，深忧自致生事，却使不能奉承德意，敢望特加存全，早赐指挥，少驻兵马，以安人心。所有欲约事目，一一谨即听从，便当歃血著盟，传之万世。其为大恩，何以方此？谨再遣使御史中丞秦桧、徽猷阁学士、朝奉郎李若水、武翼大夫王履求哀请命。祁寒应候，冀倍保调。不宣。白。"

三，金方提出以赵佶及其他皇族为质。天会四年闰十一月二十七日，大金固伦尼伊拉齐贝勒、左副元帅、皇子、右副元帅致书于大宋皇帝阙下："币章既报，美问复臻，虽承恩告之言，未副质亲之素。再叙悃愊，更烦听览。且重兵才至，屡望会盟，因谓疑惑，乃从高意，惟索上皇已下为质而已，亦不依应，遂生兵怒，以致攻击，而一无他辞，但云收兵，其理安在？况事势及此，宜从初议，早冀上皇与皇子出质，别差近上官员交割已画定州府军县，及比至开门抚定以来，更遣逐州府长官血属执质。仍使前项逐官亲戚每州各一名，同交割官前去说谕，俾知纳土。又，一面速送所索官员并家属。缅惟照亮，曲认恳诚。专奉书陈达不宣。白。"

四，宋方拜求允准赵佶不出。靖康元年闰十一月二十八日，赵桓谨致书于大金国相元帅、皇子元帅："适何等还，伏领书示及已蒙约军兵未令下城，再造之恩，何以论报？且蒙恩许免亲诣。然欲上皇、皇子出郊，今城已破，生死之命属在贵朝，又焉敢拒？但父子之间，心所不忍，如何躬诣军前！求哀请命，如蒙曲赐矜念，更为望外允从，岂胜至幸？如其不然，自惟菲德，难胜大宝，若蒙更立本宗，但全性命，存留宗庙，保护生灵，区区一身受赐已厚，岂胜哀祈急迫恳切之至？冬序严寒，倍加珍啬。不宣。白。"

五，金方废除其帝位，降封赵佶为昏德公。制诏佶曰："王者有国，当亲仁而善邻；神明在天，可忘惠而背义。以尔顷为宋主，请好先皇，始通海上之盟，求复山前之壤，因嘉恳切，曾示允俞。虽未夹击以助成，终以一言而割锡。星霜未变，衅隙已生。恃邪佞为腹心，纳叛亡为牙爪。招平山之逆党，害我大臣；违先帝之誓言，怨诸岁币。更邀回其户口，惟巧尚于诡辞。祸从此开，孽因自作。神人以之激怒，天地以之不容。独断既行，诸道并进。往驰戎旅，收万里以无遗；直抵京畿，岂一城之可守？旋闻巢穴俱致崩分，大势既以云亡，举族因而见获。悲衔去国，计莫逃天，虽云忍致其刑章，无奈已盈于罪贯，更欲与赦，其如理何？载念与其底怒以加诛，或伤至化，曷若好生而恶杀，别示优恩，乃降新封，用遵旧制，可封为昏德公。其供给安置，并如典礼。呜呼！事盖稽于往古，曾不妄为；过惟在于尔躬，切宜循省。祗服朕命，可保诸身。"

六，金方降封赵桓为昏德侯。制诏桓曰："视颓网以弗张，维何以举；循覆辙而靡改，载或尔输。惟乃父之不君，忘我朝之大造，向因传位，冀必改图，且无悔祸之心，翻稔欺天之恶，作为多罪。矜恃奸谋，背城下之大恩；不割三镇，构军前之二使。潜发尺书，自孽难逃。我伐再举，兵士奋威而南指，将臣激怒以前驱，壁垒俱摧，郡县继下，视井惟存乎茅经，渡河无假于苇航。岂不自知，徒婴城守；果为我获，出诣军前。寻敕帅臣，使趋朝陛。罪诚无赦，当与正于刑名；德贵有容，特优加于恩礼。用循故事，俯降新封，可封为重昏侯。其供给安置，并如典礼。呜呼！积衅自于汝躬，其谁可怨？降罚本乎天意，岂朕妄为？宜省前非，敬服厥命。"

七，赵佶对其降封的表态。"臣佶伏奉宣命，召臣女六人赐内族为妇，具表称谢。伏蒙圣恩赐敕书奖谕者，仰勤睿眷，曲念孤踪，察流寓之可怜，俾宗藩之有托。伏念臣栖迟一已，黾勉四迁，顾齿发以俱衰，指川途而正邈，获居内地，周闻流言，得攀若木之枝，少慰桑榆之景。此盖伏遇皇帝陛下扩二仪之量，孚九有之私，悯独夫所守于偷安，辨众情免涉于疑似。臣敢不誓坚晚节，力报深仁，傥伏腊稍至于萧条，赖葭莩必济乎窘乏，尚祈鸿造，俯鉴丹衷。臣无任瞻天望圣，激切屏营之至。"

八，赵佶对其降封的第二次表态。"天恩下逮，已失秋气之寒；父子相欢，顿觉春光之暖。遽沐丝纶之厚，仍蒙缱绻之颁，感涕何言，惊惶无地。窃以臣举家万指，流寓三年，每忧糊口之难，忽有联亲之喜，方虞季子之敝，谁怜范叔之寒，既冒宠荣，愈加惊悸。此盖伏遇皇帝陛下唐仁及物，舜孝临人，故此冥顽，曲蒙保卫。天阶咫尺，无缘一望于清光；短艇飘摇，自此回瞻于魏阙。"

九，赵桓对其降封的表态。"暂留内殿，忽奉王言，特许手足之相欢，更被缣绵之厚赐，喜惊交至，恩旨非常。伏念臣禀性冥顽，赋质忠实，负邱山之罪；天意曲全，联瓜葛之亲。圣恩隆大，方念无衣之卒岁，遽欣挟纩之如春。此盖伏遇皇帝陛下仁恕及人，劳谦损己，虽天地有无私之覆载，而父母有至诚之爱怜。念报德之何时，怀此心而未已。"

（据《金史·太宗记》："天会六年八月丁丑，以宋二庶人素服见太祖庙，遂入于乾元殿，封其父昏德公、子重昏侯。是日，告于太祖庙。"又同书《熙宗纪》："皇统元年二月乙酉，改封辽海滨王耶律延禧为豫王，昏德公赵佶天水郡王，重昏侯赵桓为天水郡公。"则宋二帝其封当在北迁之后，抑或先有王、公之封，史未载。）

十，赵佶被押解北上，到达终点的上书。臣佶言："伏蒙宣命，差官馆伴臣赴和啰噶路安置，于今月二日到彼居住者。曲照烦言，止从近徙；仍敦姻好，尚赐深怜。大造难酬，抚躬知幸。窃念臣举家万指，流寓连年，自惟谴咎之深，常念省循之效。神明可质，讵敢及于匪图；天地无私，遂得安于愚分。惊涛千里，颠踬百端，幸复保于桑榆，仅免葬于鱼鳖。此盖伏遇皇帝陛下垂邱山之厚德，扩日月之大明，非风波而可移，亦浸润而不受。回瞻象阙，拜渥泽以驰心；仰戴龙光，感孤情而出涕。"

……

金政权形成很晚，1115年（政和五年）才正式有了国家机器，那时，赵佶当着他风流快活的皇帝，与李师师风花雪月，与周邦彦争风呷醋，与高太尉鞠场展艺，与蔡太师琴棋书画，根本没把刚走出茹毛饮血的原始社会，"于夷狄之中，最微最贱"（明·杨循吉《金小史》）的女真或女直当回事。然而，野蛮有野蛮的强悍，文明有文明的软弱，完颜氏政权一天天抖起来，成了暴发户，赵氏王朝一天天败下来，成了破落户。1121年（宣和三年）灭辽以后，挥师南下，1127年（靖康二年），打进开封，俘房走徽钦二帝，灭宋。被金兀术赶到长江以南，甚至赶到更南诸省的赵氏政权，在金人眼里，只是一个属国。

赵佶本来还指望着他的老八，直捣黄龙，拯救他于水火之中，现在，故国亡命天涯，羁俘无有归日，他幻想中的复归，渐次破灭，最后，连梦也做不成了。"裁剪冰绡，轻叠数重，淡著燕脂匀注。新样靓妆，艳溢香融，羞杀蕊珠宫女。易得凋零，更多少无情风雨。愁苦！问院落凄凉，几番春暮！凭寄离恨重重，这双燕何曾，会人言语。天遥地远，万水千山，知他故宫何处？怎不思量，除梦里有时曾去。无据，和梦也新来不做。"这首《燕山亭》，"见杏花作"，据说是赵佶幽禁期间的绝笔。大概随后不久，他就在痛苦的绝望中，离开人世。

或许，他只能魂归故里了。

小人得志的嘴脸，通常是不怎么好看的。暴发的有钱者如此，暴发的有名者也如此，文学界那些暴得大名者，大家所以躲避瘟疫般的离得他远远的，也是因为那张突然阔起来的，自以为是大师的嘴脸，很不受看。因此，一个暴发的政权，那份趾高气扬，可想而知。赵构的吁求，他们一直延宕到1142年（绍兴十二年），才准所请。派宣慰使送回人和棺的同时，还刁钻地寒碜你，带去了册封赵构为宋帝的诏书，这样不给面子，当然是很难堪的。

中国人，尤其中原汉族，尤其知识分子，很在乎形式，很在乎名分，很在乎面子上的那一点尊严。"打人别打脸，骂人别揭短"，这是弱者诉求的最低线。至于背后，怎么低三下四，怎么弯腰屈背，都可以，哪怕装孙子喊你爷，也是无所谓的。但是，当着众人，公开场合，像阿Q那样承认自己："我是虫豸"，还是难以下台的。

不过，真是到了"穷寇"的时候，那些"宜将剩勇"穷追猛打的造反派们，按住你的脑袋，让你说，我是牛鬼蛇神，我是王八蛋，我是虫豸，你敢反抗吗？你敢咬紧牙关至死也不张嘴吗？十年"文革"期间，我就软弱过的，甚至二十年前"反右"期间，我连阿Q那点悻悻然也不敢有。我看到有些人，或者，没看到但听说过某些人，甚至比我还要软弱的软弱。尽管时过境迁，加之时来运转，又像死了鸭子那样，嘴硬起来，日放一屁，大写杂文，把自己打扮成反"左"勇士。其实，大家心知肚明，这些人的屁股上，没擦干净的屎迹，比明代帝王廷杖上留下的自以为光荣的"人腊"，更令人掩鼻。

所以，我能理解作为弱势王朝的赵构，对这个崛起于北方的暴发户，那十二万分的无奈。

试想一下，一个"父死则妻其母，兄死则妻其嫂，叔伯死则侄亦如此。无论贵贱，人有数妻"（元·宇文懋昭《金志》）的与禽兽相差无几的民族，是可以理喻的吗？完颜氏虽然建立了皇权，穿上了龙袍，坐在了龙椅上，上溯七代，把宇宙洪荒时代跟着牛屁股、马屁股转的牧马的爹，放牛的爷，封为太祖、高祖，但血液中的原始愚昧，半开化的蒙昧，并不因此有所改变。正如我们一些作家，出两趟国，喝两杯速溶咖啡，认识两个外国鬼子，就以为与世界接轨；其实，文明、文化、知识、学问、人格、品德、风度、教养，不是艾滋病毒，扎一针就能传染上的。

所以，著《二十二史札记》的赵翼，很诧异这些统治者，干嘛？干嘛呀！如此热衷于乱伦，热衷于禽兽般的性行为；是啊，陛下，你已经贵为天子，万乘之尊，要什么样的女人，不唾手可得呢？为什么一定要将有血缘关系的姐妹，有伦理关系的姑嫂，纳入后宫，纵淫无度，乃至老母幼女，姻亲眷属，像畜牲一样都不放过呢？

金李天民《南征录汇》中，有这样一则记载："皇子语太上曰：'设也马（金兵将领）悦富金帝姬（钦宗妃），请予之。'太上曰：'富金已有家，中国重廉耻，不二夫，不似贵国之无忌。'国相怒曰：'昨奉朝旨分俘，汝何能抗？'令堂上客各取二女走。太上亦怒曰：'上有天，下有地，人各有女媳。'"这些尚未进入文明社会，只要是女人，只要长有那部件，按住了就要进行交配的帝王，连本族妇女都难逃脱其淫暴，何况是战利品的中原女子？你跟他讲廉耻，讲人伦，讲孝道，讲礼仪，讲为人子的义务，讲中原人的传统精神，讲孔夫子的儒家伦理，岂不是对牛弹琴么！

赵构的吁求，金人觉得好笑，笑完了，又捣鬼，送回一个空棺材，里面放的是一段朽木，一盏破灯，拿你开心。这使我们回想起"文革"期间，那些戴高帽、阴阳头、挂木牌、喷气式，恶意丑化施虐的手段，愈下等的人，愈能想出下流的主意。文明处于不文明的脚板下，文化处于无文化的掌心里，无论古今，那无所不极的卑鄙，绝对是知识分子痛苦的灾难渊源。

偏安一隅的宋高宗，终于悟过来，从老祖宗澶渊之盟起，不就捏着鼻子接受苛刻条件吗？我算老几？我为什么就不能忍了这口气？何况，迎母后，葬先帝，某种程度上，也是他继承正朔，赓续国脉的一次表演机会。于是，他决定大张旗鼓，以转移视线，冲淡金主册封的那份尴尬。礼迎场面甭提多么堂皇了，入境伊始，据清毕沅《续资治通鉴》："初，后既渡淮，帝命秦鲁国大长公主、吴国长公主迎于道。至是，亲至临平奉迎，用黄麾半仗二千四百八十三人，普安郡王从。"一路辉煌，沿途供奉，百姓拥戴，夹道欢迎，可谓盛况空前。不过，皇太后想到与赵佶同在五国城羁押期间，有时连饭也没得吃，衣也没得穿，有时大雪封门堵在地坑里，只有瑟缩等死，也许觉得她儿子这种形式主义，更多的是伪善。还有更多的皇亲国戚，还有更多的同胞手足，在金人铁蹄下呻吟呢！

还有赵构的兄长赵桓，还活着呢！你为什么不一起祈请归还呢？

赵构这一点自私，是很正常的，上任皇帝活着回来，他这个下任皇帝还干不干？不过，即使请求放人，金朝也未必肯，实际上，连宋徽宗的骨殖，也没有回到故国，那抬着的棺材里，空空如也。金朝压根儿不想把他放回来，即使死了的皇帝，剩下一把骨头，也不还给你们。一个欠开化的民族，不那么遵守游戏规则，发一些匪夷所思的怪牌，行事有点不合逻辑，你也无可奈何。

梓宫运回来，当然就得下葬。

当时，中土人对女真族的鄙弃，甚于契丹，认为绝无信义可言，要打开棺材验尸。朝臣们也议论纷纭，众说不一："先是选人杨炜贻书执政李光，以真伪未辨；左宣义郎王之道亦贻书谏官曹统，乞奏命大臣取神梓之下者斲而视之。"但是，赵构主意已定，因为他只有认账一条路好走。"既而礼官请用安陵故事，梓宫入境，即承之以椁，仍纳衮冕衣于椁中，不改敛，遂从之。"强者有权对弱者随意施虐，被征服者也唯有哑巴吃黄连，忍气吞声的承受而已。

果然，南宋亡后的1279年（元朝至元十五年），有盗墓贼杨髡等强行挖掘宋陵，"于二陵梓宫内略无所有。或云止有朽木一段，其一则木灯檠一事耳。当时已逆料其真伪不可知，不欲逆诈，亦聊以慰一时之人心耳。盖二帝遗骸飘流沙漠，初未尝还也，悲哉！"（据宋·周密《癸辛杂识》）对宋徽宗来讲，他永远埋在那冰封雪盖的黑土地下，汴京的繁华，临安的绮丽，江南的秀美，和中原的万千气象，都在这个飘泊无归者的魂牵梦萦之中。据清昭梿在其《啸亭杂录》中谈道："五国城在今白都纳地方。乾隆中，副都统绰克托筑城，掘得宋徽宗所画鹰轴，用紫檀匣盛瘗千余年，墨迹如新。又获古瓷数千件，因得碑碣，录徽宗晚年日记，尚可得其崖略。云于天会十三年寄迹于此，业经数载，始知金时所谓五国城即此地也。"

九百年过去，伤痛的乃至血腥的记忆，渐渐沉积，乃至湮没，对那些无日无夜往北行走的大队俘虏的遭际，当然是不公平的。现在为被押北去的赵佶想，这位诗人、画家，极昏庸也极倒霉的皇帝，难道他不思索，这仅仅是对他个人的惩罚吗？

显然不完全是。

跋涉数千里，行程近两年，沿途疲毙的，杀戮的，冻馁而死的，葬身沟壑的，涉水没顶的，忍受不了蹂躏践踏侮辱糟蹋，以及被公狗似的押解兵丁，被沿途金朝官吏，逐日逐夜地奸污而无颜存世的，到达终点，男十存四，女十存七，按金官方统计，事实上死的人数超半，苟活的，为奴仆，为妾侍，更糟的，发往边远的荒漠，当牲口卖掉……

据南宋洪迈《容斋三笔》卷三《北狄俘虏之苦》，我们看到更为悲惨的镜头："元魏破江陵，尽以所俘士民为奴，无分贵贱，盖北方夷俗皆然也。自靖康之后，陷于金虏者，帝王子孙，宦门仕族之家，尽没为奴婢，使供作务。每人一月支稗子五斗，令自舂为米，得一斗八升，用为餱粮；岁支麻五把，令绩为裘。此外更无一钱一帛之入。男子不能绩者，则终岁裸体。虏或哀之，则使执炊，虽时负火得暖气，然才出外取柴归，再坐火边，皮肉即脱落，不日辄死。惟喜有手艺，如医人乐工之类，寻常只团坐地上，以败席或芦藉衬之，遇客至开筵，引能乐者使奏伎，酒阑客散，各复其初，依旧环坐刺绣；任其生死，视若草芥……"

说到底，碰上了野蛮的强者，对文明的弱者而言，便只要灭绝。

这次嘉德拍卖会上的那幅《写生珍禽图》，据文物专家鉴定，认为这幅画是他登基之前，为端王时期的作品。从这幅画中，对作为艺术家的赵佶，将大自然中的飞禽，那灵动翔飞的神韵，描摹得如此惟妙惟肖，让我们惊讶。看出他对于自然，对于生命，对于美丽，对于青春的热爱。也看出他投身于艺术创作时，观察事物的敏锐，感受生活的深刻。当他一路北上，看到沿途遗尸狼籍，弱女呻吟，血染河川，饿莩瘦毙的场面，我不知这位艺术家该怎样想他自己？

对这样一位竭尽全力、认真其事、聚精会神、一丝不苟，以精细、精心、精到、精致的创作态度，力臻完美的艺术家，我们不禁想起赵佶的老祖宗赵匡胤，在俘获李后主时所说的一句话，"李煜若以作诗工夫治国事，岂为我虏乎"（宋·蔡涤《西清诗话》）。同样，我们也可以这样来议论宋徽宗，他要是能把一笔一划用在书画诗词的功夫，用在"治国事"上，他会成为金人的俘虏吗？

宋无名氏所著《大宋宣和遗事》，虽是民间文本，倒是高屋建瓴，将宋徽宗之所以败亡，说得一清二楚。

"这位官家（也就是宋徽宗），才俊过人，口赓诗韵，目数群羊，善画墨君竹，能挥薛稷书，能三教之书，晓九流之法。朝欢暮乐，依稀似剑阁孟蜀王；论爱色贪杯，仿佛如金陵陈后主。遇花朝月夜，宣童贯、蔡京；值好景良辰，命高俅、杨戬。向九里十三步皇城，无日不歌欢作乐。盖宝箓诸宫，起寿山艮岳，异花奇兽，怪石珍禽，充满其间；画栋雕梁，高楼邃阁，不可胜记。役民夫千万汴梁直至苏杭，尾尾相含，人民劳苦，相枕而亡。加以岁岁灾蝗，年年饥馑，黄金一斤，易粟一斗，或削树皮而食者，或易子而飧者。宋江三十六人，哄州劫县，方腊一十三寇，放火杀人。天子全无忧问，与臣蔡京、童贯、杨戬、高俅、朱勔、王黼、梁师成、李彦等，取乐追欢，朝纲不理。"

李后主和宋徽宗这两位在中国文学史有一席之地的帝王，简直像暹逻双胞胎那样相似，在艺术上超人绝顶，臻于极致，在政治上一塌胡涂，糟糕透顶。既是极风流，极才华，极高贵，极潇洒的文人，也是极奢糜，极淫佚，极腐败，极堕落的帝王。"或谓徽宗，乃南唐李后主后身，其然，岂其然乎"（邵玄同《雪舟脞语》），这当然是多情文人的附会。虽然两人皆为昏君、庸君，但如宋徽宗那样昏而且庸者，在历史上还是罕见的。他能在执政二十五年期间，一而再，再而三，以至于四地信任绝对的奸佞蔡京，四次免其职，四次又起用，其执迷不悟至此，也确是不可救药。

"自古书传所记，巨奸老恶，未有如京之甚者。太上皇屡因人言，灼见奸欺，凡四罢免，而近倖小人，相为唇齿，惟恐失去凭依，故营护壅蔽，既去复用，京益蹇然。自谓羽翼已成，根深蒂固，是以凶焰益张，复出为恶。倡导边隙，挑拨兵端，连起大狱，报及睚眦。怨气充塞，上干阴阳，水旱连年，赤地千里，盗贼偏野，白骨如山，人心携贰，天下解体，敌人乘虚鼓行，如入无人之境。"（徐自明《宋宰辅编年录》）

于是，蔡京、高俅等六贼为祟，更加速了大宋王朝的灭亡进程。

宋洪迈在《容斋随笔》中质疑说："予顷修《靖康实录》，窃痛一时之祸，以堂堂大邦，中外之兵数十万，曾不北向发一矢，获一胡，端坐都城，束手就毙。"其实他应该明白，北宋之亡，固然是亡于金人的大举进攻，但这个处于崩溃边缘的政权，早已民不聊生，人心涣散，危机四伏，穷途末路。别说毫无还手之力，连招架之功也不具备。即使金人不入寇，方腊、宋江之后的农民武装，也会络绎不绝地揭竿而起。

宋徽宗注定是要败亡的，不过，他败亡在一个极其愚昧落后而且野蛮剽悍的敌人手里，那就更倒霉些。他们用这种慢慢地消遣你，不到最后一刻也不停止折磨的死法，让你死得难看，所透出来极原始的近乎食人生番式的悖逆，令人不寒而栗。如果说宋太宗用牵机药鸩死李后主，只是数日间事，那么完颜氏弄死宋徽宗的过程，一直迁延八年之久，这位可怜的艺术家，恐怕是中国帝王中死期最长的一个。

文明的力量是强大的，这是就人类发展的全过程而论，但并不是绝对的。有时，黑暗的野蛮也会弄得日月无光，了解这一点，也就明白历史为什么有时会出现短暂的倒退现象了。

## 清朝的皇帝嘴脸

一

康熙二十一年（1682年），正月十九，玄烨谕令，将吴三桂骸骨分发各省。

这种发泄仇恨的奇特做法，堪称首创。如此高智商的皇帝，情急之下，做出这等没水平的事情，只能证明他气极败坏到无以复加的程度，才出此下策。说白了，即使将其骸骨磨成齑粉，对死了四年之久的吴三桂，除了落一个笑柄外，又有什么意义呢？再说，将其骸骨分发各省，予以展示，更是匪夷所思。如此野蛮而且下作的报复手段，不但起不到儆戒作用，无非使人徒增反感而已。

他为什么非这样做不可，因为这位皇帝差一点栽倒在吴三桂手下。

吴三桂为中国历史上最大的汉奸之一，如果他真赢了的话，我相信也没有几个中国人会高兴的。但是，康熙有相当一段时期，被这个吴三桂逼到墙脚，老百姓还是觉得很开心，因为这个汉奸居然弄得他很丢脸。康熙当然知道汉人看他的笑话，你养了一条狗，你又惹了这条狗，这条狗转过屁股来咬你，活该！所以，他恨这个吴三桂，恨到极点。

他有两个想不到，一是想不到局促在云南一隅的他，挥师北上，来势凶猛。广西、四川、贵州、湖南、福建、广东诸省响应，江西、陕西、甘肃等省波及，不知如何是好？二是更想不到八旗子弟兵，尤其不成器。"观望逗留，不思振旅遄进，竟尔营私适己希图便安，或诿兵甲之不全，或托舟楫之未具，借端引日，坐失时机者。甚而干预公事，挟制有司，贪昌货贿，占据利薮。更有多方渔色，购女邻疆，顾恋私家，信使络绎。尤可异者，玩寇殃民，攘夺焚掠，稍不如意，即指为叛逆。不知怎样应对？"

《清通鉴》记他在永兴之战失利以后，"忧心忡忡，现于词色"，虽然，他最后险胜了，但是，这是一道道最简单的算术题，傻子也能算清这笔账。吴三桂死时已七十四岁，这年玄烨刚二十五岁，两人相差四十九，快五十岁，有足够的时间等到他自然死亡后，肯定是树倒猢狲散的局面。何必打八年仗，生灵涂炭，满目疮痍？然而，年轻气盛不可一世的他，等不及。自以为是天纵过人的他，不能等。康熙的道理非常简单，非常自信，朕八岁登基。十四岁亲政。十六岁就不动声色地拿下辅臣鳌拜，独掌朝政大权。那么，朕二十岁了，还不撤除三藩，以去心腹之患，更待何时？

于是，此人信心满满，志在必得，因为先前有决策权的大臣，如鳌拜等，不是杀头，就是打倒，再也无人阻挡，谏劝此事之不可为。后来剩下的大臣，如明珠等，都是马屁精之流，只会顺杆儿爬。玄烨遂在处置吴三桂、耿精忠、尚可喜三位汉族藩王的策略上，改变多尔衮、顺治一直到鳌拜的利用之、收买之、尊崇之的同时，逐步削减之的手段。这班人未必喜欢这个为满清王朝立下汗马功劳的平西王，但是相信年龄不饶人，是个绝对真理，相信时间最后可以摆平一切，也是客观规律。

然而，康熙高估了自己，他以为能把拥有至高权力，如四辅臣，如鳌拜等统统拿下，吴三桂岂在话下？可他没有仔细思量，鳌拜之流固然在朝廷里有党羽，有耳目，可都在陛下的视线之内，掌控之中呀！而吴三桂却远在南疆，鞭长莫及，何况那是有地盘、有军队的实力派？现在，你一纸谕令，要他和他的部属，撤出经营了十年之久的云南、贵州，再去驻防山海关，再去拓荒垦边，分明是激其生变，促其反叛。

别看如今对康熙的吹捧，甚嚣尘上，对盛世的渲染，离奇过分。其实，他不高明，至少在"撤藩"上，走了一步臭棋。在中国历代王朝中，逼反功臣，引发内战，是在建国三十年后，而且一打就是八年，只有这个康熙这个太自信的笨蛋，才能干得出来的糗事。其狂妄，其愚蠢，其冒险，可想而知。

结果，这场仗，打了八年，吴三桂差不多打下了长江以南的半壁江山，其间，双方进行过六次殊死决战，吴军胜四，清军胜二，吴是占上风的。几年的仗打下来，吴的总兵力为清军的两倍，无论数量和质量上，玄烨都不是吴的对手。因此，如果不是吴三桂病死，战争未必很快结束。既然战争还要进行下去，那么，他被吴三桂打败的可能是存在着的。至少还要再打上若干年，才能定胜负，唯其如此，玄烨的赢，赢得如此忐忑。

"幸荷上天眷佑，祖宗福庇，逆贼遂尔荡平。倘复再延数年，将若之何？"这是发自他内心的话，说明他请得了神，而送不了神的尴尬，曾经使他六神无主过。

在中国历史上，撤藩，是一种最高统治者不得不做，然而最好不做的危险游戏，因为涉及到地方利益，被剥夺者通常要进行反抗，而剥夺者也就必然要进行"反"反抗。于是，无论剥夺者成功也罢，被剥夺者不失败也罢，双方都没有好果子吃，都得付出代价。公元前154年，汉景帝刘启用晁错计，削夺诸侯国部分土地，归中央直接管理，吴王刘濞、楚王刘戊，与其他五位侯王，以"清君侧"的名义起兵反抗中央政府，史称"七国之乱"。刘启派太尉周亚夫、大将军窦婴率大军镇压，历时三月，叛乱平定。公元1399年，明惠帝朱允炆纳齐泰、黄子澄削藩之策，是年七月，驻北京的燕王朱棣，以诛齐、黄为名，举兵反。这一仗打了四年，朱棣攻入南京，惠帝自焚，叔叔夺了侄儿的江山。唯有公元961年与969年的宋太祖赵匡胤的两次"杯酒释兵权"，算是一次成本极低的"削藩"行动。

看来，这位少年天子，此时仍属于不学无术之流，并没有从中国历史上，怎样使尾大不掉的各路诸侯削权降格，使拥兵自重的地方军阀解除武装，使功高震主的开国元勋不再干政的事例中汲取教训，而是一意孤行，非要逼吴三桂就范。结果，他自己也承认这场险胜，与失败无异。"伪檄一传，在在响应，八年之间，兵疲民困。"然而，掀起这场战乱的这个主谋，并不责备自己，却振振有词地反问大家：

"忆尔时惟有莫洛、米思翰、明珠、苏拜、塞克特等言应迁移，其余并未明言迁移吴三桂必致反叛。议事之人至今尚多，试问当日曾有言吴三桂必反者否？"（以上均见章开沅主编的《清通鉴》）

听听，这等错了不认账，把责任都推给别人的口吻，多么无赖，又多么可笑啊！

二

雍正三年十二月辛巳（1725年），一位名叫汪景祺的文人被"弃市"。

那时在北京，只要"弃市"，就是押往菜市口杀头。雍正嗜杀，当然，康熙和乾隆也并不少杀，不过，雍正更残忍更可怕些，手段和花样，也更促狭更阴损些。这次杀汪景祺，大家原以为看一场热闹，随后作鸟兽散，回家喝二两，庆幸自己脑袋还在脖子上，也就罢了。谁知这次菜市口秋决，出了点麻烦，监刑官，刽子手，对着这具身首分离的死尸，直吮牙花子，不知如何办才是？因为一位刑部衙门的文案，指着这份将汪景祺斩立决的谕旨，上面还有雍正爷的朱批，写着"立斩枭示"四个字，"立斩枭"遵旨照办了，还有这个"示"字，什么意思呢？臣僚们琢磨了半天，才明白陛下的意思，不光要砍下脑袋，还要把这颗脑袋悬挂在菜市口示众。示者，公示也，也就是公开展览。让大家看看，跟皇帝老子作对，会有什么下场？

枭首砍头，戮尸燔骨，这是康雍乾三朝时不乏见的场面，然而像雍正如此忮刻酷暴，将汪的头颅一直挂到他驾崩，也没说一句免了、去掉、拿下的话，在中国文人受迫害的全部历史上，还真是少见的暴虐。对知识分子恨到如此咬牙切齿，除了变态心理，哪里还有一点点当下文人鼓吹的"盛世"帝王的胸怀？整个看来，康雍乾三帝，一个赛过一个不是东西。

汪景祺在年羹尧的西宁大营中，当过两年的幕僚，他的灾难，即由此而来。

一个文学家，最好不要跳上政治家的船，哪怕是最豪华的游艇，也要敬而远之才是。唐朝的李白，一开始是绝对明白这个道理的。杜甫《饮中八仙歌》就写过他："天子呼来不上船"。李白心想，我要登上皇帝的船，不被皇帝吃了，也会被皇帝身边的人吞了，岂是我能去的地方？可后来，估计酒喝高了，下了庐山，竟登上永王李璘的旗舰，检阅起水师，还大唱赞歌，"为君谈笑静胡沙"，结果好，永王失败以后，他也就充军流放到夜郎了。

这位汪景祺，号星堂，浙江钱塘人氏。康熙举人，小有文声，但仕途蹭蹬，一直不那么发达，萍踪浪迹，落魄秦晋，并无定处。清代的武官，粗鄙少文，地位较高的方面统帅，通常要礼聘一些文人为幕客。名气大的，为客为宾，起参谋僚属的作用，名气小的，为职为员，司管文书笔墨等事。年羹尧，康熙进士，内阁学士，一代鸿儒，也非等闲之辈，康熙年间，他西征噶尔丹、郭罗克、罗卜藏丹津诸役的赫赫战功，总不能自己动手撰文吹嘘。恰好，这位汪师爷，一心想上他这艘艨艟巨舰，于是，给年大将军写了一封信，极尽歌功颂德之能事。

"盖自有天地以来，制敌之奇，奏功之速，宁有盛于今日之大将军者哉？仆向之所向慕，归往于阁下者，台阁之文章，斗山之品望而已。……朝廷深赖贤佐，天下共仰纯臣。朗若青天，皎如白日。夫是以宸翰宠贲，天子倚阁下等山岳之重也。今阁下英名如此其大，功业如此其隆，振旅将旋，凯歌竞奏。当吾世而不一瞻仰宇宙之第一伟人，此身诚虚生于人世间耳。"（《西征随笔·上抚远大将军太保一等公川陕总督年公书》）

这样，雍正二年，此公被年羹尧延请入幕，聘为文胆。

期间所著《西征随笔》，在查抄年羹尧杭州邸宅时，被侍郎福敏发现，呈上。喜欢作批示的雍正，他在这方面，有强烈的表现欲，在书上亲笔写上："悖谬狂乱，至于此极，惜见此之晚，留以待他日，弗使此种得漏网也。""此种"两字之间，也许雍正漏写了一个"杂"字,这个文人太招他的恨了。

我一直忖度,同案的钱名世,也是因年羹尧获罪的,同样,也是因写捧年大将军的马屁诗被参,但雍正并没有将他送往菜市口秋决,而是御书"名教罪人"匾额,要他挂在自家大门口,每日叩拜忏悔,有点像当年戴上"右派"帽子,接受群众监督那样。虽然每天磕头,但保住了这颗脑袋。最滑稽的,将钱遣返回乡时,雍正让朝廷所有官员,都写诗表态,认为钱罪该万死,幸皇上宽大为怀,令其居家思过。这部大批判集,故宫博物院作为文字狱一案,曾经印行过的。

雍正恨汪,胜于恨钱,道理很简单,汪和钱都拍年的马屁,但钱只止于写谀诗而已,而汪则参与机要,为虎作伥,出谋划策,助纣为虐,这是雍正早在储位的时候,就种下来的仇。康熙晚年选嫡,举棋不定,年羹尧的一票,起一言兴邦、一言丧邦的关键之时,雍正也对这位军门,殷勤致意,示好巴结,联络拉拢,不遗余力的。而汪景祺,对于这位功高震主的军事统帅,所能起到的左右作用,是非同小可的。才使雍正始终戒之惧之,而留下刻骨铭心的影响,必狠狠报复而后快的。

这本《西征随笔》,让雍正逮了个正着。应该说,汪景祺不傻,他不是有小聪明,而是有大聪明,不是有小野心,而是有大野心,书中有《功臣不可为》一文,就是为年大总督写的,其意所指,年是会心的。不但会心,很可能首鼠两端过,雍正不会没有知觉。但文人从政,很难成气候的原因,虽然他们喜欢染指权力,但十个文人至少有九个,在政治上属于无韬略无谋画的低能之辈。尤其稍稍得了点意的文人,无一不是狗肚子装不了几两素油,那张管不住的嘴巴,先就给自己挖好埋他的墓穴。

雍正的情治系统,其效率之高,野史演义,多有记载,早把年大将军与另一可能接班对象允禵，在西宁的来往，密报上来。雍正三年四月，这位陛下最初发难，谕责年羹尧僭越之罪时，无心之言，泄露天机："朕曾将御前侍卫拣发年羹尧处，以备军前效力，并非供伊之随从也。然伊竟将侍卫不用于公务，俱留左右使令。"这些侍卫，其实就是雍正安排在年羹尧身边的克格勃，而汪师爷的一言一行，岂能逃脱这班皇家特工的眼睛。于是，这一年的十二月十一日，赐年羹尧自裁。一周后，雍正就将这位年府首席文人，枭首示众，那身躯和脑袋分别挂在菜市口的通衢大道上，任其鸦啄蝇聚，风吹雨淋。而且株连家小，"其妻发黑龙江给穷披甲人为奴，其期服之亲兄弟、亲侄俱革职，发宁古塔，其五服以内之族亲现任、候选及候补者俱革职，令其原籍地方官管束，不得出境。"

这个雍正，近年来被奉为盛世之主，小说写过，电视演过，但是，从他对汪景祺这样一个文人的刻薄歹毒，以致那尸骸骷髅，在菜市口一挂十年，这位陛下的小人嘴脸，还不昭然若揭了吗？

三

公元1735年，八月二十三日雍正逝世，乾隆（1711—1799）继位，这年他二十四岁，正年富力强之际。不过，他的老子临终嘱托里，特别交待："大学士张廷玉器量纯全，抒诚供职，鄂尔泰志秉忠贞，才优经济，此二人者，朕可保其始终不渝，将来二臣着配享太庙，以昭恩礼。"这让刚坐上龙椅的弘历，心里很不是滋味。

一朝天子一朝臣，任何一位新皇帝，对前朝老臣都不会太欢迎的。

鄂尔泰（1677—1745），为满洲镶蓝旗人，任过广西巡抚，云贵总督，雍正朝授保和殿大学士。雍正十年，为首席军机大臣，备受器重。雍正还为皇子时，曾拉拢他作为私党，被断然拒绝，没料想雍正反而对他肃然起敬，为帝后立授重任。鄂尔泰力主西南诸省的少数民族地区，废土司，设府县，置流官，驻军队的"改土归流"政策，此举对于巩固边疆，起到很大作用。

张廷玉（1672—1755），汉人，因授课皇子，得雍正赏识，擢礼部尚书。后兼翰林院掌院学士并调户部任职，雍正对他十分信任，先后授文渊阁大学士、文华殿大学士、保和殿大学士，以表其辅佐之功。雍正八年，设立军机处，交张廷玉全权规划，厘定制度，订立章程，由于擘画周详，设计完密，深得帝心，倚为股肱。据说，有一次张廷玉告病假，雍正坐卧不安。近侍趋问安祥，他说："朕连日臂痛，汝等知之否？"众人惊讶不止，他说："大学士张廷玉患病，非朕臂痛而何？"

鄂尔泰比乾隆长三十四岁，张廷玉比乾隆长三十八岁，对这两位等于父辈的前朝老臣，第一，能不能驾驭得住？第二，会不会买他的账？让年青皇帝有点郁闷。乾隆是个强人，强人的特点是他替别人作主，而绝不接受别人替他作主。现在，父皇强加给他两位老臣，而且几乎找不出来什么破绽和瑕疵，可以退货。更何况，他的老子不但考虑到两位生前的安排，连死后哀荣也想周全了。遗嘱里说得清清楚楚，还要配享太庙，给予帝国的最高荣誉。弄得这位刚上台的皇帝，一是毫无作为，二是无法作为，三是不敢作为，只有接受既成事实，能不教他恼火窝心吗？

虽然，历史的经验告诉他，他的祖父康熙登上大位后，处心积虑，搞掉了碍手碍脚的前朝老臣鳌拜；他的父亲雍正登基以后，马上就出重拳，将前朝老臣年羹尧，打入十八层地狱。现在，轮到他主政，却拿这两位强行安排的左膀右臂无可奈何。再说，皇帝要除掉大臣，并不需要理由，一般都是利用其出错，革职查办；或者，诬其叛逆造反，彻底铲除。但是，姜还是老的辣，雍正显然不愿意大清王朝的江山，一下子落在这个年青人肩中时，出现什么交接班的问题。其实，这还真是雍正为他儿子着想：首先，刚坐江山，定然执政经验不足；其次，千头万绪，难以把握轻重缓急；再其次，也许是知其子莫如其父，也许是为父的确切了解其子，乾隆有做大事之决心和野心，但并无做大事之本领和功夫（他的一生也证实了这一点），所以，给他派定两个政治辅导员，扶上马，送一程。

当然，乾隆横下一条心，硬要干掉他俩，也许并非难事，"欲加之罪，何患无词"，脸一抹，什么下作做不出来？雍正似乎预知他的儿子会有这想法，提前给这两位老臣打了政治上的保票，"朕可保其始终不渝"，写在遗言中并公诸于世。这就是雍正的厉害了，如果小子你真要将鄂、张二人如同鳌拜、年羹尧那样除掉，也就等于向世人宣告，你老子说的话等于放屁。雍正想到这里，心里说：谅你这小子也没这份挑战的胆子。于是合上眼睛，撒手西去。这样，在太和殿的登基大典上，两位老臣，一左一右，跪在他面前，低头偷着乐，而乾隆，却好像心头堵着两块石头。

然而中国人窝里斗的劣根性，根深蒂固，积习难除，两位老臣在雍正朝就互不相能，到乾隆朝，更针锋相对。各自划分势力范围，大小官员逐一排队。鄂尔泰树大根深，其追随者为封疆大吏，为地方督抚，为带兵将帅，为满族要员。因曾"节制滇南七载，一时智勇之士多出幕下"，所以，执掌内阁以后，更获雍正帝的眷注恩渥，授首席军机大臣一职，权倾天下。于是，在他周围，形成一个以满臣为中坚，包括一部分汉臣在内的政治集团，主要成员有庄亲王允禄、军机大臣海望、湖广总督迈柱、河道总督高斌、工部尚书史贻直、巡抚鄂昌、总督张广泗、学政胡中藻等，人称鄂党。

张廷玉长期经营，其拥护者为府院高层，为六部长官，为文化名流，为门生子弟。尤其张氏一门登仕者达十九人，其弟廷璐、廷瓘，其子若霭、若澄、若淳均为朝中高官，可谓显赫世家，顶戴满门。张著文自诩："近日桐人之受国恩登仕籍者，甲于天下"，"自先父端而下，三世入翰林者凡九人，同祖者二人，是廷玉一门受圣朝恩至深至厚"。如此广通的关系网，如此深厚的软实力，自然是朝中举足轻重的政治组合，人称张党。

鄂尔泰具有居高临下的满族背景，骄横跋扈；张廷玉具有精通汉文化的精神优势，名声遐迩。鄂尔泰背后是气指颐使的满族豪贵集团，气焰嚣张；张廷玉身边是炙手可热的汉人精英分子，极具人脉。于是壁垒分明，不相水火。由此也证明，中国人是不能太成功的，成功而不清醒，必得意，得意而不谦谨，必忘形。忘形之人，哪里还会有警惕之心，自省之意？这两位老臣最晕头之处，最混账之处，就是没有把这位有点轻浮、有点虚荣、有点小聪明、有点小才华的年青皇帝，真正放在眼里。他们很自信，你老子我们都侍候过来，还摆不平你？

乾隆是什么人？自负，记仇，心狠，翻脸不认人。一直等着两位老先生，出格、犯规、惹事、闯祸，有个什么闪失，好来收拾他们。他通过一系列的案件，一，乾隆元年，鄂党张广泗、张党张照，先后出兵贵州的相互攻讦案；二，乾隆六年，鄂党仲永檀、张党张照，泄密受贿彼此揭老底案；三，乾隆十三年，处死鄂党张广泗兵败金川案；四，乾隆十五年，张廷玉姻亲涉及吕留良文字狱被罚巨款案,以及发动朝臣攻击张廷玉不当配享案;五,乾隆二十年,胡中藻的《坚磨生诗抄》文字狱案发,因系鄂尔泰门生,虽死也遭清算案。极尽打打拉拉之能事,极尽翻手为云、覆手为雨之手段,终于将他俩修理得体无完肤而离开人世。

应该说,乾隆前期的治绩,很大程度上得益于两位辅导员,承续着雍正时期"澄清吏治,裁革陋规,整饬官方,惩治贪墨"(章学诚语)的大政方针,"励精图治"。我估计,"前朝是怎样办理的?""宪皇帝是怎样教导的?"肯定是这两位执政大臣,一天到晚挂在嘴边的词令。而且,我还估计得到,其实挺小人、挺小气、挺记仇、报复心挺强的乾隆,一定会对这种使他耳朵生茧的训诲,打心眼里起腻。也许越是说这种类似"按既定方针办"的话,也许年青的皇帝越是反感,也许越发加大收拾二位的力度。

显然,两位老人家没料到这位年青对手,竟是"鹬蚌相争"的得利渔夫。多年以后,乾隆笑谈这两位老臣的不识时务,不知进退时,以调侃的口吻说:"朕初年,鄂尔泰、张廷玉亦未免故智未忘耳!"这话说得有点阴,有点损,什么叫"故智"?即"玩不出新花样的老把戏",即"起不了大作用的老手段",这种如同耍猴戏似的,挥鞭驱使的主宰语气,这种完全在其掌控之中,跳不出掌心的从容口吻,也可窥见乾隆绝非善类的嘴脸一二。

# 清朝的末帝大婚

中国人爱看热闹,在这个世界上不数第一,也是名列前茅的民族。

我记得俄国作家契诃夫写过一篇小说,说一个人,站在涅瓦大街上,直愣愣地朝天上看。其实,天空里没有什么,一只偶然飞过的鸟,一片偶然飘过的云,不过如此,他看得很出神,很投入。有人路过他的身边,看他观天,不知所观为何,也跟着停下脚步,把脸仰起来。接着,又有人路过这俩个人的身边,看他们齐仰着脖子,怔怔地看天,也不由自主地把脖子仰起来。于是,第四个人,第五个人,相继加入了这个仰脖子观天的行列。随后,路上的汽车也停了下来,执勤的警察也走了过来,人越聚越多,谁也说不上朝天空里看什么,和有什么可看,但每个驻足观看的人,都若有其事地,一本正经地,看得十分起劲。

而生活在中国京城里的人,好热闹,看热闹,与俄国人有所不同,侧重在一个"闹"字上,"热"是心态,"闹"是形态,身和心的全部投入,那才叫真热闹。就看每年春节,从初一到十五,厂甸庙会的人山人海,把琉璃厂塞得一个水泄不通,买的年货如糖葫芦、风车,必须高高举过人头,方可得保不被挤碎挤坏,便可知道北京人这种有事没事,连推带挤,身体力行,爱看热闹,痛苦并快乐着的强烈冲动了。

于是,我想起鲁迅先生曾经写过的一篇杂文,题目曰《推》,就是描写中国人,如何在看热闹的你推我挤的过程中,得到"好白相来希"的快乐。看热闹,是中国人的一种有趣性格,当然更是北京人一种不肯消停,不得安生,不肯罢休,有热便闹的可爱性格。看来,中国人好这一口,北京人尤其好这一口。所以,在这个首善之区,哪怕是两条狗打架,两辆车刮蹭,两个小贩争吵,两个流氓动手,都会有越来越多的人围观看热闹,起哄架秧子,是再正常不过的。

因此,当年逊帝大婚,这天大的喜事,使得整个北京城,处于亢奋过度的状态之中,比后来红卫兵的造反还热闹,是可以想象得知的。

公元1922年11月初,当时这个城市,还叫着北平。有关退位皇帝爱新觉罗·溥仪,要和郭布罗氏荣源家的名叫婉容的女儿,和额尔德特氏端恭家的名叫文绣的女儿,一封为后,一封为妃,举办婚庆大典的消息,对京城百姓来说,那可是闻所未闻的热闹。小朝廷专门成立了一个大婚筹备处,向外界定期发布信息,迎亲的日子经择吉,经御准,刚禀报三位太妃,还未来得及公示,便不胫而走,满城尽知。

大概人们是这样琢磨的,娶媳妇是常事,但皇帝娶媳妇,百年不一遇;谁知中国将来还会不会再有皇帝?如果真的永远共和下去,这回错过,也许再难碰到。于是,街头巷尾,胡同旮旯,无不谈论这桩婚姻;茶楼酒肆,戏院商铺,莫不期待这场喜事,竟烘托出这个冬月小阳春的十分明媚来。

据溥仪在《我的前半生》中的记载,他的婚礼,全部仪程要进行五天,隆重、红火、庄严、堂皇,这对没热闹要找热闹,有热闹要瞧热闹的京城小市民来说,他们甚至比那个马上要娶媳妇的十七岁的溥仪,还要起劲,还要沉不住气。

其实溥仪对结婚这件事,压根儿不感兴趣。

> 按着传统,皇帝和皇后新婚第一夜,要在坤宁宫里的一间不过十米见方的喜房里渡过。这间屋子的特色是:没有什么陈设,炕占去了四分之一,除了地皮,全涂上了红色。行过"合卺礼",吃过了"子孙饽饽",进入这间一片暗红色的屋子里,我觉得很憋气。新娘子坐在炕上,低着头,我在旁边看了一会,只觉着眼前一片红:红帐子、红褥子、红衣、红裙、红花朵、红脸蛋……好像一摊溶化了的红蜡烛。我感到很不自在,坐也不是,站也不是。我觉得还是养心殿好,便开开门,回来了。(《我的前半生》)

我曾经到过长春的伪皇宫,那个狭小的院子,当然与那宏敞宽阔的北京紫禁城无法相比。但室内的一切,尤其触目所见的墙布、灯饰、地毯、座垫、幔帐、纹章、旗帜、旒带……无不给人一种压抑感,晦暗感,神秘感,阴沉感。恐怕还一脉相承着原来清宫传统的装饰布置。所谓皇室的那种地方,老实说,确乎不适宜于活人生存,而更适合于死人居住。所以,十七岁那年的溥仪,尽管他有同性恋倾向,但他还年青,还未完全萎靡,于是,等不及地逃出那间化开的红蜡似的新房,显然是被过甚的堂皇所形成的死气沉沉而吓跑的。

然而,婚礼按照策划,在热烈地进行中,这五天的活动,是这样安排的:

> 十一月二十九日巳刻，淑妃（即文绣）妆奁入宫。
>
> 十一月三十日午刻，皇后（即婉容）妆奁入宫。巳刻，皇后行册立礼。丑刻，淑妃入宫。
>
> 十二月一日子刻，举行大婚典礼。寅刻，迎皇后入宫。
>
> 十二月二日帝后在景山寿皇殿向列祖列宗行礼。
>
> 十二月三日帝在乾清宫受贺。（《我的前半生》）

这次皇帝娶媳妇，对京城而言，空前是说不上的，但绝后，则是肯定的。所以，民国四年袁世凯称帝，改元洪宪，弄得遗臭万年；民国六年张勋帅复辟，率师进京，落个灰头土脸，绝对是一次充满怀旧意味的宫廷盛典。鲁迅笔下那从胡同里懒洋洋地踱来，插上一张五色旗的国民，总算像死水里出现一圈涟漪，在冬日的阳光下打个呵欠，多少给古城添了一丝生意。那些本来无事可干，围着炉子取暖的小市民，像是服了兴奋剂，无不等待着这场皇帝的婚礼，无不期盼着看这场热闹。

辛亥革命成功，民国政府成立，与被推翻的满清王朝，曾经达成一个协议，一是每年供给四万大洋，赡养退位的王室；一是允许逊帝还可以在紫禁城里，维持他的小朝廷。这种共和与帝制并存，革命与封建共处的局面，当然是很滑稽也很奇特的中国现象。

也许，中国人太喜好热闹了，无论制造热闹的人，还是等着看热闹的人，都唯恐没有热闹。所以这次逊帝大婚，生怕事态不扩大，场面不热烈，群众不轰动，便想着法儿花样百出，推陈出新。

光紫禁城里热闹还远远不够，要热闹出紫禁城外，才能达到大热闹、真热闹的目的。于是，就在那位叫婉容的后，那位叫文绣的妃,从各自的娘家,抬到东华门,进入紫禁城的这一路,要按照清宫婚礼的程式进行。民国管辖的北平特别市政府,也答应了,并拨警察局的军乐队、驻军的鼓号队助兴。这样,民国已经十一年了,北京街头出现两拨人马,两支队伍,男性一式的蟒袍马褂,高头大马,女眷一式的凤冠霞帔,珠翠满头,全部是前清服饰的化装游行。

据溥仪记载,光民国政府派出的军警,足有数千之众。

> 淑妃妆奁进宫。步军统领衙门派在神武门、东安门等处及妆奁经过沿途站哨官员三十名,士兵三百名。
>
> 皇后妆奁进宫。步军统领衙门派在神武门、皇后宅等处及随行护送妆奁,经过沿途站哨官员三十一名,士兵四百十六名(其中有号兵六名)。
>
> 行册立(皇后)礼。派在神武门、皇后宅等处及随行护送经过沿途站,哨步军统领衙门官员三十四名(其中有军乐队官员三人),士兵四百五十八名(其中有军乐队士兵四十二人,号兵六人)。宪兵司令部除官员九名、士兵四十名外还派二个整营沿途站哨。
>
> 淑妃进宫。派在神武门、淑妃宅等处及随行护送经过沿途站哨步军统领衙门官员三十一名、士兵四百十六名。宪兵司令部官员三名,士兵十四名。警察厅官兵二百八十名。
>
> 行奉迎(皇后)礼。派在东华门、皇后宅等处及随行护送经过沿途站哨步军统领衙门官兵六百十名,另有军乐队一队。宪兵司令部除官兵八十四名外,并于第一、二、五营中各抽大部分官兵担任沿途站哨。警察厅官兵七百四十七名。
>
> 在神武门、东华门、皇后宅、淑妃宅等处及经过地区警

察厅所属各该管区,加派警察保护。本来按民国的规定,只有神武门属于清宫,这次破例,特准"凤舆"从东华门进宫。(《我的前半生》)

那四五里长的队伍,中西合璧,古今一体,洋鼓洋号,唢呐喇叭,高头大马,八抬大轿,遗老遗少,磕头膜拜,好奇百姓,夹道迎送。由民国政府派出五六千人的军警,沿途护卫,维持秩序,排场之宏大,声势之显赫,仪仗之辉煌,卤簿之壮观,那大场面,大气派,大手笔,大动作,可让看热闹的北平人,大饱眼福的同时也跑细了腿。

这场王朝复辟,回光返照的大戏,又将荒唐和悖谬推进一步。

这热闹,固然令前朝耆旧,热泪盈眶,但同样,也令革命人士,义愤填膺。在民国的天空下,这种时光倒流的感觉,这种僵尸复活的感觉,实在是匪夷所思。连溥仪自己也说:

这次举动最引起社会上反感的,是小朝廷在一度复辟之后,又公然到紫禁城外边摆起了威风。在民国的大批军警放哨布岗和恭敬护卫之下,清宫仪仗耀武扬威地在北京街道上摆来摆去。正式婚礼举行那天,在民国的两班军乐队后面,是一对穿着蟒袍补褂的册封正副使(庆亲王和郑亲王)骑在马上,手中执节(像苏武牧羊时手里拿的那个鞭子),在他们后面跟随着民国的军乐队和陆军马队、警察马队、保安队马队。再后面则是龙凤旗伞、鸾驾仪仗七十二副,黄亭(内有皇后的金宝礼服)四架,宫灯三十对,浩浩荡荡,向"后邸"进发。在张灯结彩的后邸门前,又是一大片军警,保卫

着婉容的父亲荣源和她的兄弟们——都跪在那里迎接正副使带来的"圣旨"……(《我的前半生》)

而像鲁迅先生的另一篇杂文《沉渣的泛起》所说,这次逊帝大婚,也把沉寂了十多年,郁闷了十多年,憋得五计六受的封建余孽,遗裔孤臣,没落贵族,八旗子弟的积极性,充分调动起来,他们不但看热闹,还要凑热闹。据当时的一些报纸报导:

清宫内溥仪婚礼筹备处宣布,溥仪大婚之礼定于12月1日举行,消息传出,各方面送礼的络绎不绝。满蒙王公,遗老旧臣与活佛等,都有进奉。民国要人,上至大总统,下至各地军阀,下野政客,也纷纷致贺礼。黎元洪送如意、金瓶和银壶,红帖子上写着"中华民国大总统黎元洪赠宣统大皇帝",其联文云:"汉瓦当文,延年益寿,周铜盘铭,富贵吉祥"。其他如:曹锟送如意和衣料;吴佩孚送来衣料和银元七千元;冯玉祥送如意、金表和金银器皿;张作霖送成套的新式木器;王怀庆送九柄金如意;(复辟不成下野的)张勋也送来银元一万元;

(保皇派)康有为除送磨色玉屏、磨色金屏、拿破仑婚礼时用的硝石碟和银元一千元外,还有他亲笔写的一副对联,上联是"八国衣冠瞻玉步",下联是"九天日月耀金台"。

以豪富著称的遗老们,如陈夔龙、李经迈等,送的都是钻石珠翠。上海的犹太人大资本家哈同、香港的英国籍大资本家何东,也都送了不少珍贵礼品。由于无处存放,溥仪叫人都储藏在建福宫里。(据《二十世纪中国图志》)

最滑稽可笑的,该是傅仪自己所描写的那些复辟势力的表演了。

> 民国派来总统府侍从武官长荫昌,以对外国君主之礼正式祝贺。他向我鞠躬以后,忽然宣布:"刚才那是代表民国的,现在奴才自己给皇上行礼。"说罢,跪在地下磕起头来。
>
> 当时许多报纸对这些怪事发出了严正的评论,这也挡不住王公大臣们的兴高采烈,许多地方的遗老们更如惊蛰后的虫子,成群飞向北京,带来他们自己的和别人的现金、古玩等等贺礼。重要的还不是财物,而是声势,这个声势大得连他们自己也出乎意外,以致又觉得事情像是大有可为的样子。(《我的前半生》)

我在北京也住了半个世纪了,慢慢体会出来,见过大世面的北京小市民,别看他是升斗百姓,住在破烂四合院里,看热闹也是颇为讲究的。有的热闹,看看而已;有的热闹,推推挤挤也就罢了;有的热闹,值得一看,因为可以过瘾;而有的热闹,能够得到刻骨铭心的满足,能够得到惊心动魄的满足,才是北京人非看不可的。

究竟什么是小市民最热衷的热闹呢?

读清代和邦额的《夜谭随录》,其中有这样一句,让我豁然开朗:"适过菜市口,值秋决,刑人于市,阻不得进",由此可知,最让京城人神往,达到歇斯底里的程度,足以万人空巷,倾城出动的热闹,就是到菜市口去看杀头。

从别人的死亡中领受自己居然还能活在这个世界上的乐趣,那是大清王朝的封建统治下,朝不保夕的小民,自我感觉中的至高境界。所以，这是北京人最情不自禁、最踊跃向往的热闹，由于其具有极强的刺激性，而无任何危及自身利害的后果，无不趋之若鹜，甚至头天晚上，涌向宣武门，涌向骡马市，在菜市口丁字街那周遭，先去摆好板凳，占好位置。

因为凡是去看杀头者，与被杀头者肯定毫无瓜葛，了无干系。由于没有牵连，也就没有负担。由于没有负担，也就看得从容。为求这种从容，就得将位置选在看得清清楚楚的近处，能闻到头颅从脖子上斫掉时的血腥气，却溅不到从脖腔里冒出来的血。因此，每逢秋决，成千上万的小市民，能三天三夜不眠不食，也要看到刽子手磨得雪亮的大刀片子，在秋天淡淡的阳光下，闪烁着一道白光，怎么将人犯头颅斫落的那一刻。

这种对别人的不幸，绝无同情之心的冷漠；这种看别人掉脑袋的而过看热闹瘾的麻木；这种只要被杀的不是自己，而是别人，只要自己的脑袋还在脖子上，那悻悻得意的优越；这种不顾别人的脑袋是不是应该掉，为什么掉？凭什么掉？与己无关的轻松，也是五千年来的中国统治者，得以毫无顾忌地屠杀，有恃无恐地施行暴政的基础。

也许，小市民作为一个城市中的特殊阶层，一无经济基础，二无政治信仰，三无文化渊源，四无拼搏精神，想吃怕烫，缺乏冒险意识，好吃懒做，只等天掉馅饼，嫌贫嫉富，永远心怀不满，怨天尤人，从不归咎自己。由于往上升腾之不易，向下沉沦之不甘，愿意看到别人失败，而不愿意看到别人成功，从别人的不幸中获得快意感，从成功者的失败中获得满足感，便是小市民在"文革"期间，像赶场似的看批斗会那热闹的动力。

但是，菜市口也不总是刑人，批斗会也不总是召开，于是，诸如逊帝大婚这样足以满足小市民窥私心理的热闹，便成为1922

年那个冬季里的一场好戏。虽然,大清朝的龙旗,换成了民国的五色旗,虽然,像走马灯似的换总统,溥仪却总是在紫禁城当他的逊帝。可在同一个蓝天下,这位逊帝是快活欢乐,还是悲哀痛苦,对小市民来说,是个难解的谜。

好,这次大婚,总算有揭开这层薄纱的可能,这样,隐秘的公示,私密的暴露,隐藏的角落曝光,保密的过程展开,可想而知,如此热闹,对于两眼灼灼的小市民来讲,该是怎样的震撼了。

我是1949年来到北平的,当年的冬天,我就到郊区蓝靛厂参加土地改革运动,有些上了年纪的老人,尤其是旗民,谈起他们皇上那次大婚,还沉浸在当年看热闹的回忆里,意犹未尽,回味无穷,想想,也真是有意思。

其实,中国人的民族性格,历来是慢半拍的。所以,在世界历史的进步潮流中,这种循规蹈矩,安步当车,求稳怕乱,不敢错了方寸的中庸哲学,使得老大帝国在那百年里,常处于落后挨打地步。但不知为什么,对在人口密集的城市里,占大多数的小市民而言,那无关宏旨的热闹,那表面文章的热闹,那虚火阳亢的热闹,那起哄架秧子的热闹,所表现出来的积极性,趋从性,人来疯性,不管三七二十一的投入性,不计前程、不问后果的盲动性,实在是不敢恭维的。

于是,我不禁想起看过的一部法国影片,就是那个已故的法国老牌喜剧明星雷诺·伯拉姆主演的,我记不得片名了,也不知翻译过来没有?但大致的剧情还留有一些印象,这位老先生和一对搭他顺风车的情侣,在海边的山间公路行驶。那对浪漫男女的浪漫行止,使开车者分了心,车子不慎从悬岩处冲出去,眼看车毁人亡,沉入大海,谁知一棵半山腰里的小树杈,救了他们,可马上要折断,要跌落,而又无法解脱险境的命运,惊动了整个法兰西。

不但电视台用直升飞机航拍,进行现场报导,还有消防队试图用钢丝缆绳拉住那辆车以防小树压断。更有很多看热闹的,开着汽车,带着帐篷,装着干粮蒸馏水,领着全家老小,准备安营扎寨看个够的,蜂拥而至。临时搭起的卖法式面包和法式土豆条的小吃店,出租望远镜、遮阳伞和躺椅的便利店,进行投注,赌这三个挂在悬崖上的人结果是死是活的六合彩投注店,也随之在公路边,在海滩上,一字排开。上面,整个山头是看热闹的人和车,下面,整个海面也是看热闹的人和船,简直是一场铺天盖地的嘉年华式的狂欢节。

由此可见,看热闹,全世界莫不如此,不仅中国,也不仅北京。

同样,由此也可见,看热闹,大概既是人类的一种天性,也是人类的一种本能。而天性,通常受着下意识的操控,智商愈低者愈无法自持,本能,往往受着内心所支配,心理愈不健全者愈难自控。因此,这种对于别人不幸的看热闹,所达到的小市民精神的最高境界,说到底,除了庸俗,还是庸俗。

而庸俗,则是小市民灵魂的全部。

## 二　文人的悲剧

# 司马迁

对中国历史稍有所知的人，都会知道司马迁这个名字；而知道司马迁是位历史学家的人，未必知道他在天汉二年（公元前99年），因替李陵败降匈奴事辩解，说了几句真话，触怒汉武帝下狱，而受"宫"刑的历史；也许就更不会知道他在污秽肮脏之中完成《史记》那难以承受的痛苦。

"宫"，即是去势。司马迁可算是非正常死亡的中国文人中，一个很特别的例子，恐怕也是世界文学史上的唯一。

"宫"，和去势，是一回事，但性质有所不同。"宫"是刑法，是无可选择的。去势，在有皇帝的年代里，是当太监的首要条件。若不想当，也就不必去势。当然也有或被父母鬻卖，或因生活无着而净身入宫，不无被迫的个例，但大多数被阉者，是作为谋生手段，甘愿去势，求得进宫的这份资证。因此，这班人对于不男不女的第三性状态，较少屈辱感。而且一旦成为太监，生活在无数已将"那话儿"连根切掉的人中间，大家彼此彼此，谁也不可能笑话谁，裤裆里有没有那个玩意儿，便是无所谓的事了。

太监这行业，不仅中国有过，外国也有过的。如波斯阿契美尼德王朝，如克劳狄、尼禄、维特利乌斯和提图斯等罗马诸帝，如其后的拜占庭帝国诸帝，奥斯曼帝国诸帝，都曾在后宫使用割掉生殖器的男人，以供役使。中国明代，大概是历史上破纪录使用宦寺的帝国，故有"十万太监亡大明"这一说。任何朝代，太监或类似太监的人多了，都不是好事。

由于宦官有太多的机会接近帝王后妃，容易获得宠幸；加之阉人的变态性心理，嫉妒一切正常的人，便是他们的仇恨准则。因此，一部《二十四史》，读来读去，凡太监，都不是好东西。至少，好东西极少极少，所以，对这卑污龌龊者多，阴暗险恶者众的一群，统统蔑称之为"阉竖"，倒也合适。

但司马迁之被"宫"，与"阉竖"的去势，截然不同。老实说，历代皇帝收拾文人，手都不软，什么毒辣残忍的法子没有使用过呢？但把文人××连根端掉者，刘彻是独一份。那是中国文化史上最黑暗的一页，文人之受屈辱者，莫过于此。

"宫"刑，在中国，盛行于奴隶社会和封建社会初期，以阉割或损坏男女生殖器官，旨在使其余生在屈辱中度过。汉武帝异想天开，在"刑不上大夫"的年代里，他不杀头，也不判刑，更不戴上什么分子的帽子，而是采用"宫"刑，来对付他的国史馆馆长、国家图书馆馆长，使其丧失作为一个男人的尊严，既活不下去，也死不成。这一招，实在可谓既恶且损，加之下流下作。

这奇耻大辱对司马迁来说，"肠一日而九回，居则忽忽若有所亡，出则不知其所往，每念斯耻，汗未尝不发背霑衣也。"一位"英明"之主，竟对文人进行如此卑劣的报复，简直使我们这个具有悠久文明的中华民族，为之蒙羞。古代洋人的酷刑，能够将耶稣在十字架上钉死，能够将圣女贞德，将布鲁诺在火堆上烧死，愤怒的革命群众，甚至将路易十六夫妇送上断头台——铡死，不可谓不恐怖；在莎士比亚时代，将人犯的脑袋，割下来挂在伦敦塔桥上示众，也是极其残忍。但像刘彻用"宫"刑对付一个文人,对付一个埋头在简牍中阅读历史的学者,这是世所罕见的野蛮行径。

每读《沁园春》的词中"秦皇汉武,略输文采"这一句,我总会想起汉武帝"宫"司马迁这件丢中国人脸的事情,亏他做得出来,下得去手。我始终想,问题恐怕就出在这句"略输文采"上。要是像他那老祖宗刘邦,虽能吼出两句"大风起兮云飞扬",可从不以诗人自居,也许司马迁说什么,汉高祖会当作放屁,不当一回事的。而汉武帝,诗词歌赋都来得,虽"略输",还有点"文采",这一有,就坏菜,他把自己看作文人。文人对文人,就免不了计较,就要关心意识形态领域的问题,就要注意阶级斗争新动向了。而且,有权的文人,嫉妒起同行来,往往不择手段。"宫"你一下,又何妨?所以,碰上一个有文采的皇帝,哪怕"略输"一点,绝不是什么值得文人大众高兴的事情。

司马迁书读多了,有点呆气,他为什么不想想,同姓司马,那个司马相如被欣然接受,这个司马迁却被断然拒绝呢?难道还不足以总结出一点经验,学一点乖吗?这就不妨打油一首了:"彼马善拍马,吃香又喝辣,此马讲真话,只有割××"。为那张按捺不住的嘴,付出××被劓的代价,真是太不划算了。《汉书·司马迁传》认为:"夫唯《大雅》'既明且哲,能保其身',难矣哉!"这意思就是说,若是司马迁能够"明哲"的话,也许可以"保身",具体一点,可以保住那命根子。但他心血来潮,跳出来为李陵主持公道,招来了这场没顶(卵?)之灾。

不过,要一个具有责任感、使命感,特别是这位太史令,还多一份历史感的文人,让他懂得"沉默是金"的道理,让他对帝国的千疮百孔闭上眼睛,让他在这位年近六十花甲,做了四十多年皇帝的汉武帝面前,装聋作哑,那是不可能的。"宫"司马迁的天汉二年（公元前99年），大汉王朝的日子不甚好过，大面上的风光依旧，内囊早尽上来了。由于历年来徭役兵役不断，狂征暴敛不已，人民负担沉重，大批农民流亡。这一年，齐、楚、燕、赵和南阳等地相继发生农民起义，所有这些败象，都是刘彻随着年事的增高，"英明"一天天少下去，不英明一天天多起来的必然结果。

孟德斯鸠说过：每个被授予权力的人，都易于滥用权力，并且将他的权力用到极限。康德也说过：掌握权力就不可避免地败坏理性的自由判断。意大利哲人马基雅弗利说得更干脆：久握权力，必致腐化。这也是所有长期执政的统治者，在其晚年，难以逃脱的失败命运。刘彻也如此，到了晚年，除了封禅巡幸，敬神祀鬼外，便是好大喜功、大兴土木，与所有老年统治者一样，已成为悖谬颠错的老胡涂了。司马迁还以为他是当年意气风发的"英主"，居然书生气十足地"欲以广主上之意，塞睚眦之辞"，要为李陵败降慷慨陈词。

其实子承父业继任太史令的他，在国史馆里，早九晚五，当上班族，何等惬意？翻那甲骨，读那竹简，渴了，有女秘书给你沏茶，饿了，有勤务员给你打饭。上自三皇五帝，春秋战国，下至楚汉相争，刘氏帝业，那堆积如山的古籍，足够他白首穷经，研究到老，到死的。而且，他和李陵，非亲非故，"趋舍异路"，不相来往，更不曾"衔杯酒，接殷勤之余欢"，有过私底下的友谊。用得着你狗拿耗子，多管闲事吗？但是，知识分子的通病，总是高看自己，总觉得他是人物，总是不甘寂寞，有一种表演的欲望。他认为他应该说话，他要不站出来为李陵说句公道话，还有谁来主持正义呢！他说：一，李陵"提兵卒不满五千，深践戎马之地，横挑疆胡，仰亿万之师"；二，李陵"能得人之死力，虽古之名将,不能过也,身虽陷阵,彼观其意,且欲得其当而报于汉,事已无可奈何,其所摧败,功亦足以暴天下矣";三,李陵"转斗千里,矢尽道穷,救兵不至,士卒死伤如积"。

学问太多的人,易愚;愚,则不大识时务;不识时务,就容易在错误的时间,错误的地点,做出错误的事情。他一张嘴,捅下天大的娄子。

汉武帝是让他讲话来着,他该懂得,陛下给脸,垂询你的意见,是你要讲他愿意听的话,你如果不想对李陵落井下石,你完全可以装胡涂,千万别进逆耳之言。这位多少有点受宠若惊的关西大汉,遂以"款款之愚"、"拳拳之忠"全盘托出他的真实想法。一句"救兵不至",不但毁了他的前程,连男人的象征物也得根除。他不是不知道,那个未能如期会师,致使李陵孤军奋战,兵败而降者,正是陛下心爱的李美人之兄长,贰师将军李广利。

谁知"明主不晓,以为仆沮贰师,而为李陵游说,遂下于理"。一个"略输文采"的统治者,收拾这个当场得罪了他,得罪了他小舅子,更得罪了他心爱女人的文学同行,还不容易。但是,他盼咐下去,不用砍掉他的脑袋,只消"宫"掉他的××就行了。然后卷帘退朝。刘彻,肯定会为他这得意一笔,回到后宫,对着已逝李美人遗像,觉得很可以告慰她的。妲己,曾让商王纣杀比干剖腹验心;褒姒,曾让周幽王举烽火报警取乐,那么,多情得很的汉武帝"宫"太史令,讨死去美人欢心,又算得了什么?

宫刑,始于周,为五刑之一。《书·吕刑》曰:"爰始淫为劓、刵、椓、黥","椓",孔颖达疏:"椓阴,即宫刑也",也就是去掉生殖器官。"劓",削掉鼻子;"刵",切掉耳朵;而"黥"

和"墨",则是在犯人的脸上刺字;"刖",斩断手足。《孔传》曰:"截人耳鼻,椓阴黥面,以加无辜,故曰五虐",古人也是对这类残酷的肉刑,持否定态度的。结果,"杀",在五刑中,倒成了最简单的刑法,因为砍掉脑袋,只须一刀了事。

远古时代,统治者视人民为草芥,老百姓真是如肉俎上,据《汉书·刑法志》:"五刑,墨罪五百,劓罪五百,宫罪五百,刖罪五百,杀罪五百,所谓刑平邦用中典者也。"要是刑乱邦用重典的话,五百增加到一千,那就该是道路以目,动辄获罪,不知什么时候,什么场合,什么原因,就会掉耳朵,掉鼻子。所以,汉武劓掉司马迁的××,留一条命在,该磕头喊万岁才对。

读《水浒传》里,陆虞侯往林冲脸上刺字,押往沧州;武松在阳谷县犯事,脸上刺了金印发配,看来对人犯的施虐行径,到唐宋,到明清,还在沿续。这种远古时期留下来的残忍和恶,像基因一样,在国人的血管里流动着,一遇机会,就会爆发出来。

司马迁"下于理",大约是他四十多岁的时候,比如今那些知青作家还要小一点,正是泡吧泡妞泡桑拿的好年纪。但他却只能在"蚕室"里泡了。颜师古注《汉书》:"凡养蚕者,欲其温而早成,故为密室蓄火以置之。而新腐刑亦有中风之患,须入密室乃得以全,因呼为蚕室耳。"在没有麻醉剂,没有消毒措施,没有防止感染的抗生素以及止痛药的情况下,按住司马迁施刑,可想而知,那份痛苦,比死也好不了多少。

鲁迅先生在《且介亭杂文》中的一篇《病后杂谈》里说到:"例如罢,谁都知道从周到汉,有一种施于男子的'宫刑',也叫'腐刑',次于'大辟'一等。"先生认为"宫"刑,只施用于男子,事实并非如此,据《孔传》:"宫,淫刑也,男子割势,妇人幽闭,次死之刑",女子也要受"宫"刑的。究竟如何对妇女实施幽闭,史无记载,一直是个不解之谜。据清褚人获《坚瓠续集·妇人幽闭》中透露:"《碣石剩谈》载妇人桚笍,桚字出《吕刑》,似与《舜典》宫刑相同,男子去势,妇人幽闭是也……桚笍之法,用木槌击妇人胸腹,即有一物坠而掩闭其牝户,止能溺便而人道尽废矣,是幽闭之说也。"记得前些日子,有一位先生,忽然说他明白了,写出文章,他认为古代是用杵击的野蛮方法,使妇人子宫脱垂,造成幽闭云云。其实也是摭拾清人余唾,别无新见。不过,如果说古代的行刑队,具有对男女生殖系统如此精熟的了解,证明鲁迅先生所感叹的,旧时中医对于人体解剖学的知识,甚至不如封建社会里专事行刑的刽子手,大概是有其道理的了。

话题或许离司马迁远了些,然而,若不知道中国旧时的统治者,和未成为统治者的起义军的领袖,那种把人之不当人待的残忍,也就无法理解司马迁之愤,之怨,之惨,之悲哀了。

《汉书·司马迁传》说:"受刑以后,为中书令,尊宠任职"。一个裤裆里空空如也,失去最起码尊严的男人,"尊宠任职",又有何补益?中书令为内廷官,必须阉人才能担任。他的男根没了,正好干这个差使。说白了,等于告诉大家,他没有那顽意,是狗男女,更是侮辱。司马迁,这位关西大汉,若是允许他用土话骂街,肯定会仰天大吼:"这个鸟官,对我来讲,管个毬用?"

他给故人益州刺史任安的信中,对他"重为天下观笑,悲夫悲夫"的被"宫",痛苦之极,羞辱之极,简直没法再活在这个世界上。因为这种可耻的刑法,施之于他这样"士可杀而不可辱"的文人身上,那是无法接受的。他不由得不大声疾呼:"是余之罪也夫,是余之罪也夫!"作为家学渊源的太史令,过着这种男不男、女不女的日子,"重为乡党所戮笑,以污辱先人,亦何面目复上父母之丘墓乎!"西汉文坛的领袖,落到这等的境地,将何以堪,是可想而知的。对司马迁而言,创口之难以愈合,长期淌血流脓,腐臭不堪的苦难,也许能够忍受;那种"祸莫憯于欲利,悲莫痛于伤心,行莫丑于辱先,诟莫大于宫刑"的凄惶状态,"身残处秽,动而见尤,欲益反损,是以独抑郁而谁与语"的羞耻,和被隔绝的孤独,才是他的最大痛苦。

于是,他在充满血腥味的污秽蚕室中,第一,决定不死,第二,尤其不能死在刘彻之前,第三,发愤著书。

记得在七十年代后期,古籍开始部分解禁,我在一本一本读司马迁这部不朽之作时,不禁惶惑。司马迁被"宫"后,下体溃败,阴部朽坏,脓血弥漫,恶臭糜烂之中,坚持完成这部《太史公书》,自然是不可思议的伟大。但是,在敬仰他惊天地泣鬼神的艰苦卓绝的同时,不由得想,老兄,你的皇帝都不把你当人待,把你的××割掉,让你人不是人,鬼不是鬼,你还有什么必要,替这个狗屎皇帝,尽史官的责呢?

后来,我明白了,这固然是中国文人之弱,但也正是中国知识分子之强。连我这等小八腊子,在那不堪回首的岁月里,还曾有过数度愤而自杀的念头呢!那么,司马迁,这个关西硬汉,能忍受这种度日如年、生不如死的苟活日子嘛?他显然不止一次考虑过"引决自裁",但是,真是到了打算结束生命的那一刻,他还是选择了中国大多数知识分子在无以为生时所走的那条路,宁可含垢忍辱地活下去,也不追求那死亡的霎那壮烈。一时的轰轰烈烈,管个屁用?

因此,我想:

他不死,"所以隐忍苟活,幽于粪土之中而不辞者,恨私心有所不尽,鄙陋没世,而文采不表于后世也",他相信,权力的盛宴，只是暂时的辉煌，不朽的才华，才具有永远的生命力。

他不死，一切都要等待到"死日然后是非乃定"。活着，哪怕像孙子，像臭狗屎那样活着，也要坚持下去。胜负输赢，不到最后一刻，是不见分晓的。你有一口气在，就意味着你拥有百分之五十的胜出几率，干吗那样便宜了对手，就退出竞技场，使他获得百分之百呢？

他不死，他要将这部书写出来，"藏之名山，传之其人，通邑大都，则仆偿前辱之责，虽万被戮，岂有悔哉"，很明显，他早预计到，只要这部书在，他就是史之王，他就是史之圣；他更清楚，在历史的长河里，汉武帝刘彻者也，充其量，不过是众多帝王中并不出色的一位。而写出"史家之绝唱，无韵之《离骚》"（鲁迅语）的他，在历史和文学中的永恒地位，是那个"宫"他的刘彻，再投胎十次也休想企及的。

所以，他之不死，实际是和汉武帝比赛谁更活得长久。

"汉武末年，巫蛊事起，自皇太子、公主、皇孙皆不得其死，悲伤悉沮，群臣上寿，拒不举觞，以天下事付之八岁儿"（南宋洪迈《容斋笔记·人君寿考》），越来越昏庸的刘彻，已经完全走向反面。唐·司马贞在《孝武本纪第十二》后的《索隐论赞》中，评价他"疲耗中土，事彼边兵，日不暇给，人无聊生，俯观嬴政，几欲齐衡"，认准他是与秦始皇一套号的人。

被"宫"的司马迁，会看不出这位"宫"他的皇帝，已是伍子胥式"日暮途穷，倒行逆施"之人吗？他在《孝武本纪第十二》里，将这位"英主"真面目，一层层地揭了个底朝上。按中华书局出版的由顾颉刚分段标点的《史记》，汉武帝这篇《本纪》，共四十九个自然段，其中，涉及神鬼祥瑞者十九段，涉及封禅祭礼者十二段，两者相加三十一段，字数却超过全文的五分之四,这位"好神仙之道"(《汉武帝内传》)的皇帝,在司马迁的笔下,究竟是个什么形象,也就不言而喻了。

对于司马迁坚持不死,哪怕糜烂到无可再烂也不死,有一口气,就要著《史记》的私衷,古往今来,只有一个人看得最清楚,那就是东汉的王允。在《三国演义》里,用连环计干掉董卓的那位王司徒,处决另一位也是书呆子的蔡邕时,旧事重提:"昔武帝不杀司马迁,使作谤书,流于后世。方今国祚中衰,神器不固,不可令佞臣执笔在幼主左右。既无益圣德,复使吾党受其讪议"(《后汉书》)。

王允明白,虽然,文人是极其脓包的,统治者掐死一个文人,比碾死一只蚂蚁还容易;但是,极其脓包的文人,凭借着那支秃笔,却能把那些曾经不可一世的暴君,昏君,庸君,淫君,一一钉在历史的耻辱柱上,受到千年万载的诅咒。

到底谁更强些,谁更弱些?从比较长远的历史角度来衡量,还真得两说着咧!

司马迁必须活下去,只有活得比刘彻长,哪怕长一分钟,一秒钟,这个能"宫"他××的皇帝,就再无可能"宫"他的不朽之作。现在,"略输文采"的汉武帝终于真正输了,死了,而在精神上升华了司马迁,此时此刻,那个早已不是他的肉体躯壳,已无存在的必要。于是,我们这位史圣,遂不知所终地在人间蒸发了。

卒年不详,这或许是治史的司马迁,故意留下的一笔告白:生在哪年,是不重要的,死在哪年,也是不重要的,活着,才是人生的全部目的。

# 曹　操

　　八十年代初期，为一家出版社撰写《莎士比亚》的传记时，在众多资料中，我一直难以忘怀的，是剧作家和他的剧团同事，在詹姆士一世的驻跸行宫里，堂会演完以后，夜里还得为之站岗的细节。那时已经有点名望的莎士比亚，而且为供奉剧团的股东之一，也得穿上制服值勤。我不知道他是否像现在伦敦皇宫戴着高顶熊皮帽的御林军那样子？更不知道他在雾气弥漫的英格兰之夜有些什么感想？

　　他快活呢，还是尴尬，或者竟是麻木？吾人已不得而知矣！

　　这位苏格兰的跛子国王，如今，即使在他的故乡，也没有什么人会提到他了；而莎士比亚，却成为这个地球上的所有语种，都能闻音而意会的词汇。记得解放前在南京国立剧专读书的时候，听孙家琇先生讲授莎士比亚课的情景，她朗读莎剧应该算是古文的英语，那铿锵的语调之美，接着，口译为中文，那华彩的文字之美，令我们这些学子，充分领会这位大师的艺术魅力。

　　但是，当我为他作传的时候，想到一个巨人，竟被一个小丑式的君主，侏儒般的帝王，如此这般地役使着，不禁为这种斯文扫地的场景，生出一丝莫名的悲哀。

　　当然，辱没大师，侮弄天才，也不仅仅是在威尔登宫里站岗的莎士比亚的遭遇，在中国有记载的文人活动史中，很长一个时期，文人的际遇要比莎翁还糟糕些，好一点的，为侍奉，为弄臣；次一点的，为家奴，为仆从，几乎不具有独立人格，是一辈子附属于人的人。因此，为主子站岗放哨，给老爷擦背搓澡，那是天经地义的事情。司马迁在他受到最屈辱的宫刑以后，给他的朋友任安的信中，不无苦涩地道出这种说是文人，实为贱民，名为近侍，地位很低的现状："文史星历，近乎卜祝之间，因主上所戏弄、倡优所畜、流俗之所轻也。"

这境遇，听起来蛮心酸的。

文人作为一个自觉的，在精神上获得解放，在心境上有所飞跃，不再臣服于谁，不再附属于谁，不再视自己为奴仆的人，这一步，这一天，某种程度上可以说是曹操给改变了的。这当中也包括曹丕、曹植，也就是文学史惯称的"三曹"的共同努力，从此，中国就有了两种文人，一种是御用的，一种是非御用的。当然，非御用的不见得不可以御用，同样，御用的也会丢掉皇家的饭碗而非御用；反过来，非御用的不见得不想成为御用的，吃香喝辣，同样，御用的说不定脑满肠肥之后，想要一份非御用的清名令誉，也说不定的。所以，有这两种文人出现，是好事情，但他们之间，也是你中有我，我中有你，并非泾渭分明的格局。

由于三曹，中国有文学以来，开始出现异类文人，有别于官方的，主流的，正统的，在朝言朝的御用文人，实在是文学的大进步。有了这种不一定听命君主，不一定遵旨创作，与统治集团意识形态大相径庭的，具有相对程度上能够自由创作的文人，对于文学的繁荣和发展，肯定会起到促进和推动的作用。这是公元196年，东汉桓帝建安年间出现的文学盛况，故名之曰"建安文学"，或以其代表人物，名之曰"建安七子"。

只有一朵花支撑着的春天,终究要显得冷清,所以,曹操,虽然他杀害文人,名声不佳,但他能够容忍文人,在不危及他的统治威权下,给文人较多的选择余地,较大的活动空间,造成建安文学的辉煌。而且,曹孟德不像汉武帝那样,把司马相如、司马迁,当作可以呼来叱去的狗那样对待,而是在矛盾没有激化到必须杀人才能解决问题时,还是能够平心静气与孔融、杨修之流探讨文学,甚至开个玩笑什么的。将他们当作人,当作文人,而不是部属、下级、听差、茶房,在封建王朝中,这样的统治者,敢于突破流俗之所轻,敢于改变周秦以来视文人为末流的观点,真是了不起。

鲁迅先生的话,是有大见识的,他说:"曹操是一个很有本事的人,至少是一个英雄,我虽不是曹操一党,但无论如何,总是非常佩服他。"

尽管,建安七子中的绝大多数成员,是他们父子的部属,在相府那儿拿工资,领补贴,享受局级或者处级待遇。孔融甚至当到政府的建设部长,这项任命,要没有为丞相的曹操画圈,汉献帝也不敢任命他。虽然后来到底砍掉了脑袋,但是,在他没有出事以前,曹氏父子对他,对七子的其他文人,是一种文人与文人的同行关系,而不是主子与奴仆,帝王与臣僚的关系。

汉代的两位司马,以及枚乘、严忌、桓宽、王褒之辈,好像没有得到过这份平等的待遇。

建安文人,可能是中国较早从绝对附庸地位摆脱出来,以文学,或主要以文学来谋生的文人,也是较早不以服务帝王为己任,不以官方意志为准绳,按自己意愿写作的文人。他们追求自由不羁,企慕放任自然,赞成浪漫随意,主张积极人生,并对礼教充满叛逆精神,成为中国非正统、非体制文人的一种样本。鲁迅先生在一篇题目很长的《魏晋风度及文章与药及酒之关系》的作品中，认为他们的文学态度，可以用"尚通脱"三字来概括。到了魏晋南北朝，由阮籍、嵇康、陆机、潘岳、陶渊明、谢灵运，一脉相承下来，"通脱"则更加发扬光大，成为中国文学发展的潮流。

所谓"通脱"，说到根子上，是文人对于创作自由和个性自由的追求。

然而，文学迈出的每一步，总是要付出或大或小的代价。任何新的尝试，总要打破旧的格局，而一旦失掉原有的平衡，必定引起旧秩序维护者的抵抗、反扑。倘若探索实验，还在文学的范围以内，至多视作离经叛道，犹可容忍。倘逾轨出格，使得利益格局发生变化，这时，若不刹车，若不就范，某个文人的脑袋，有可能撞到刀口上去。

同是杀身之祸，曹操以前和以后的文人，便有了本质上的不同。

屈原被楚灵王赶出了朝廷，他只会在汨罗江边，眼泪鼻涕一大堆地伤心哭泣，绝不敢革命；司马迁犯了"错误"，他宁肯忍受汉武帝的宫刑，在蚕室中将泪水往肚里吞，也不敢跑出去造反。而在曹操以后，那个阮籍，对不起，大醉三十天，硬是不理会你司马昭。那个嵇康，你可以杀我的头，但在下刀子以前，你得让我抚完一曲《广陵散》。这等风骨的文人，你能让他在威尔特郡潘布罗克伯爵的庄园里，为詹姆士一世站岗吗？

所以，曹操了不起，他给文学史带来纷繁复杂的变化，先是文人品类的非单一化，然后才有文学世界的多样化。一个文人去为帝王站岗，也许能使这位统治者添些许风雅，但所有文人都去站岗的话，这太清一色的文学史，怕就不那么好看了。因此，曹操的这一手,自觉的行动也好,不自觉的行动也好,"善莫大焉"。

在中国帝王级的人物中间,真正称得上为文人的,曹操得算一个。他的诗写得有气概,他的文写得有声势。直到今天,人们仍能脱口而出他的两句诗,一是"何以解忧,唯有杜康",一是"老骥伏枥,志在千里",前者常是那些嗜酒如命者的护身符,后者则是不甘寂寞者的座右铭。老实讲,一个文人能在他生前死后,保留在中国人的口头上,有这样一句两句者,又有几多?

曹操,作为一个艺术家,而非政治家的那一刻,其实是个很浪漫、很多情、很讲朋友义气的诗人。譬如,他花重金,把蔡文姬从匈奴单于手里赎回来,不完全是她的《胡笳十八拍》写得让他感动,更重要的,她父亲蔡邕是他的朋友。而且那是一位大学问家,他要求回汉的蔡琰,将她父亲已被战乱毁灭的图书文字,整理出来,不致湮没。这种对文化、对文学的开放的精神,包容的姿态,也不是所有的领袖人物,都能具有的胸怀。

应该看到,他在平定吕布、陶谦、公孙瓒、袁绍、袁术以后,黄河流域有了一个初步安定的局面,加之他手中汉献帝这张王牌,对士族阶层,对知识分子,具有相当的招徕作用。"是时许都新建,贤士大夫,四方来集。"延揽了一批像崔琰、孔融这样的大士族和大文人,遂形成了中原地带的文化中心。当时,到许都去献诗作赋,吟文卖字,便是许多主流和非主流文人竞相为之的目标。

由于大局已定,此其时也,许都的文学气氛达到了高潮。《文心雕龙》的作者刘勰,对活动着许多文人墨客的这个中心,有过这样一段评述:"自献帝播迁,文学蓬转,建安之末,区宇方辑,魏武以相王之尊,雅爱诗章;文帝以副君之重,妙善辞赋；陈思以公子之豪，下笔琳琅；并体貌英逸，故俊才云蒸。"孔融、杨修、陈琳、刘桢、徐干、阮瑀、应场，和从匈奴赎回的蔡琰，真可谓济济一堂，竞其才华。刘勰距离这个时代约两个世纪，来写这段文坛盛事，是相当准确，并具有权威性的。

曹植《与杨德祖书》中，说到这番繁荣景象，不免为他老爹的气派自负："昔仲宣独步于汉南，孔璋鹰扬于河朔，伟长擅名于青土，公干振藻于海隅，德琏发迹于此魏，足下高视于上京……吾王（曹操）于是设天网以该之，顿八纮以掩之，今悉集兹国矣！"看起来，曹操是振一代文风的始创者，而曹丕、曹植是不余遗力的倡导者。所以，在三国魏晋文学中起先河作用的，正是曹氏父子和建安七子，他们开创了文学史上的一个新时期。

文学的发展，与时代的动乱与安定的关系至大。东汉末年，先是黄巾农民起义，九州暴乱，生灵涂炭，后是董卓那个军阀折腾，战祸不已。洛阳夷为平地，中原水深火热，这时候，一切都在毁灭败坏之中，文学自然也陷于绝境。因为农民革命虽然有其推动时代进步的作用，但其破坏文明文化和毁灭社会财富的极其消极的方面，则更可怕。董卓这个军阀，不过是一个穿上战袍的西凉农民而已，所以，他的行动也自然带有农民革命家的那种仇视文化、仇视知识、仇视人类文明的特点，在这种荡涤人类文明成果的气氛里，在硝烟战火的刀光剑影之中，文学这只鸟儿，只有噤若寒蝉，举步维艰。

所以，建安文学得以勃兴，很大程度由于曹操削平袁绍，北征乌桓，统一中原，休生养息，出现了一个安定局面的结果。加之他本人"雅爱诗章"，懂得文学规律，与只知杀人的董卓，用刀逼着大作家蔡邕出山，就是完全不同的效果了，很快，"建安之初，五言腾踊"的局面出现了。

《文心雕龙》说到建安文学的特点时说:"观其时文,雅好慷慨,良由世积乱离,风衰俗变,并志深而笔长,故梗概而多气也。"所以,曹操的《蒿里行》,曹丕的《燕歌行》,曹植的《送应氏诗》,王粲的《七哀诗》,陈琳的《饮马长城窟》,蔡琰的《悲愤诗》,以及《孔雀东南飞》等具有强烈现实色彩的诗篇,便成了建安文学的主流,也就是文学史所说的"建安风骨"了。

因为经历了巨大的社会变乱,接触到遭受严重破坏的社会实景,加之当时一定程度的社会思想的解放,文人的个性得以自由舒展。所以,"慷慨任气",便成了这一时期文学的特征。回忆十年浩劫结束以后,新时期文学所以如井喷而出,一时洛阳纸贵,也是由于这些劫难中走出来的作家,适逢新时期思想解放运动,才写出那些产生轰动效应的作品。这和建安文学的发展,颇有大同小异之处,就是对于那个动乱年代"梗概而多气"、真实而深刻的描写,引起读者共鸣的。因此,"造怀指事,不求纤密之巧,驱辞逐貌,唯取昭晰之能。"也是时代不容精雕细琢的产物,求全责备,是大可不必的。无论后来的诸位明公,怎样摇头贬低,不屑一谈,起到历史作用的文学,在文学史上便是谁也不能抹煞的了。现在那些笑话新时期文学发轫作如何幼稚的人,其实正说明自己不懂得尊重历史唯物主义的幼稚。

由建安文学的发展看到,乱离之世只有遍地哀鸿,而文学确实需要一个安定的环境和思想解放的背景,以及适宜的文学气氛,才能繁荣起来。建安文学的发展,得益于曹氏父子的提倡,得益于相对安定的中原环境,也得益于建安七子为代表的文人个性的解放。

数千年过去,本来的浓,会渐渐地淡,本来的淡,会渐渐地消失,如今谈起建安文人,仍挂在嘴上的这些名字,也就只有

"融四岁，能让梨"的孔北海了。至于谈到建安文学，在非专业研究者的心目中，只有"三曹"，长居霸主位置。曹操的"何以解忧，唯有杜康"，曹丕的"盖文章经国之大业，不朽的盛事"，曹植的《七步诗》（虽然不能证明是他的作品），还能在普通人的记忆之中，占一席之地。而像出类拔萃的王粲，地位很高的孔融，北地称伯的陈琳，才华出众的祢衡，他们的作品，曾经很浓过，浓得化不开过，但很少被现代人知悉。至于徐、陈、应、刘，他们写的东西，本来也许就淡，淡到后来，大半失传，如今，只不过是文学史中的一个符号而已。

但是，三曹所营造的建安文学的包容格局，所形成的建安文人的个性色彩，对于中国文学所起到的表率作用、先启意义，是不可低估的。否则，只有屈原和司马迁，而没有阮籍和嵇康，只有站岗的莎士比亚，而没不站岗的莎士比亚，那一部文学史，恐怕就不会这样丰富多彩了。

# 嵇 康

鲁迅先生对魏晋人物，持好感者，一是曹操，二便是嵇康了。

读鲁迅先生的日记，他为了编辑一部完整的《嵇康集》，所花费的时间，长达十数年。投注如此精力和心血，可见他对于这位愤世嫉俗的文人，那种特别的敬仰之情。

1913年

9月23日　下午往留黎厂搜《嵇中散集》不得，遂以托本立堂。10月1日　午后往图书馆借《嵇康集》一册。10月15日　夜从丛书堂本《嵇康集》校《全三国文》，摘出佳字，将于暇日写之。10月19日　夜读校《嵇康集》。10月20日　夜校《嵇康集》毕。

1915年

6月5日　下午得蒋抑卮并钞文澜阁本《嵇中散集》一部两册。

1924年

6月1日　夜校《嵇康集》一卷。6月3日　夜校《嵇康集》一卷。6月6日　终日校《嵇康集》。6月7日　夜风，校《嵇康集》至第九卷之半，雨。6月8日　夜校《嵇康集》了。6月10日　夜撰校正《嵇康集》序。

1931年

11月　从《六臣注文选》校勘《嵇康集》一遍。

从以上日记中，不难看到鲁迅在整理国故、完善古籍方面的悉心专注，笔墨里那些风雨如晦、鸡鸣不已的文字，也可想象他在国民党统治时期，受到文化围剿的景况，似可体会到他与这位公元三世纪的文人，有很多共鸣的地方。

凡在历史上产生过影响的文化巨人，他们之间虽有时间的差距、地域的不同，甚或还有语言的歧异，但由于精神上的一致、灵魂上的交融，不免会产生出一些感知上的沟通和认同。鲁迅先生曾经写过一篇《魏晋风度及文章与药及酒之关系》，对于那个时代的文人状态有许多精彩的表述。对同有名气的嵇、阮二人，特别是嵇，还作了精当的分析。

他认为，这两位文人的"脾气都很大，阮籍老年时改得很好，嵇康就始终都是极坏的。后来阮籍竟做到'口不臧否人物'的地步，嵇康却全不改变。结果阮得终其天年，而嵇竟丧于司马氏之手，这大概是吃药和吃酒之分的缘故：吃药可以成仙，仙是可以骄视俗人的，饮酒不会成仙，所以敷衍了事"。嵇康的别扭，是北人所说的"较真"，阮籍的佯狂，则是南人所说的"搅浆糊"，这就是聪明的人不吃亏，不太聪明而且固执的人常吃亏的区别所在。从那以后的中国知识分子，除去做了狗的以外，大致可以这样分类，一类人不去找死，在统治者划定的圈子里，尽量写到极致。一类人不怕找死，想方设法，要把一支脚踩到圈外，哪怕为此付出代价。前者，我佩服，因为与强权周旋，如走钢丝，那需要极高的智慧。后者，我钦佩，因为这种以卵击石的游戏，敢于挑战必输的结果，那需要极强的勇气。那些一无智慧、二无勇气的庸庸碌碌之辈，只有期望碰上并不特别喜欢咬文嚼字的统治者，网开一面，太太平平了此一生，也就阿弥陀佛了。但是，嵇中散先生不幸生在了魏末，碰上了那个司马昭，该是老天爷给他安排的厄运了。

司马昭，是个不可一世的人物，他一心想篡夺政权，已是路人皆知的事情。曹姓皇帝只能仰其鼻息讨生活，他干掉高贵乡公曹髦以后，又不能马上下手再干掉元帝曹奂，因为曹魏势力还有相当基础。于是，要造舆论，要造声势，要扩大阵营和地盘，很想把这位著名作家、文坛高手，纳入自己的体系。于是，授意嵇康的好友山巨源，动员他出来做官。

按说，不想干，就算了，或者，婉谢一下，也就拉倒。他不但不稀罕当司马昭给的官，还写了一封绝交书，寄给山巨源，公开亮出观点。显示出他的不阿附于世俗，不屈从于金钱，不依赖于强势，不取媚于权力的坚贞刚直、冰清玉洁的品格。这与前些年文坛上一个流行的说法"拒绝投降"，多少有些近似。这四个字用之于嵇中散身上，倒是再贴切不过的。

这样，他不仅把老朋友得罪了，把期望他投其麾下的大将军，也得罪了。

绝交书，就是他的宣言，嵇康告诉世人，我为什么不当司马昭的官，就因为当他这个官，我不快活。与这篇《与山巨源绝交书》齐名的，在《古文观止》里，还可找到一篇《杨恽报孙会宗书》，同样精彩。两封古人的书信，真是淋漓尽致、挥洒自如，读起来无比过瘾，无比痛快。尽管我们未必能做到嵇康和杨恽那样决绝，那样勇敢，但不妨碍我们对他们人格的光明磊落、精神的坦荡自然，表示衷心钦佩。所以，今天那些把"拒绝投降"口号叫得山响者，却未必真的打算实行，不过是用这张皮遮住的结党营私、奔走钻营罢了。假如有这样一个邀宠的天赐良机，司马昭给他打来电话，老兄，给你一个差使吧！肯定，马上出门，拦住一辆面的，屁颠屁颠跑去磕头如捣蒜的。

所以，文学界的这些"拒绝投降"的爷们，不过嘴上功夫，说说而已，一到名利场，个个身手不凡，都是具有相当段级的武林高手。因此在文学史上，如嵇康，终其一生，直到临死，在法场上弹奏一曲《广陵散》而成绝响，然后慷慨赴死，贯彻其主义不悔者，又有几许？恐怕是千古一人而已。要不然，一代文化巨人鲁迅，也不会对其著作搜集整理，以求全璧地倾注心血了。

嵇康（224—263），字叔夜，谯国铚县（今安徽宿州）人。竹林七贤之一，在这个汉魏时期最负盛名的文人团契中，嵇康以追求独立人格，强调个性自由之耿耿风骨闻名于世。鲁迅一生，除写作外，研究过许多中国文人及其作品，多有著述。但下功夫最多，花时间最长，来剔微钩沉者，就是这部他亲自辑校的《嵇康集》了，由此也可见巨人心灵上的呼应。他说过："阮籍作文章和诗都很好，他的诗文虽然也很激昂慷慨，但许多意思都是隐而不显。嵇康的论文，比阮籍更好，思想新颖，往往与古时旧说反对。"所以，含糊其词，语焉不详，王顾左右而言他，最好了，后来的聪明人，都这样写文章的。而针砭王纲，议论朝政，直书史实，布露民瘼，就是那些不聪明的文人，最犯统治者忌的地方。

嵇中散的死，最根本的原因，正是鲁迅所指出的，他文章中那种不以传统为然的叛逆精神。

任何一个帝王，最不能容忍的，除了推翻他的宝座，莫过于否定他赖以安身立命的纲常伦理了。前者是物质,后者为精神,嵇康在给山巨源的信中,提出了"非汤武而薄周孔"的口号,司马昭一看,这不是动摇朕的根本大计嘛,当然是要把他干掉的了。所以,没有马上杀他,不过看时机,找借口罢了。

鲁迅说:"非薄了汤武周孔,在现时代是不要紧的,但在当时却关系非小。汤武是以武定天下的;周公是辅成王的;孔子是祖述尧舜的,而尧舜是禅让天下的。嵇康都说不好,那么,教司马懿(应是司马昭,但真正坐上帝位的,是司马炎)篡位的时候,怎么办才是好呢?没有办法。在这一点上,嵇康于司马氏的办事上有了直接的影响,因此就非死不可了"。

在司马昭的眼中,凡与曹魏王朝有联系的人,都是他不能掉以轻心的敌对势力。何况嵇康的太太,还是曹操的曾孙女长乐亭主呢!这门婚姻的结合,使一个贫家出身的文人,娶了一位公主,已无可知悉细情。但有一点可以肯定,这位金枝玉叶,看中嵇康并嫁给他,还使他得到一个中散大夫的闲差,很大程度上,由于嵇康是当时大家公认的美男子。

古代作家有许多风流倜傥的人物,现在,作家能称得上美男子者,几乎没有,而歪瓜裂枣,獐头鼠目者,倒不乏人,真是令后来人愧对先辈。史称嵇康"身长七尺八寸,风姿特秀,见者叹曰:'萧萧肃肃,爽朗清举。'或云:'肃肃如松下风,高而徐引。'山公曰:'嵇叔夜之为人也,岩岩若孤松之独立,其醉也,傀俄若玉山之将崩'"。按近代出土的魏晋时的骨尺约合二十三四厘米计算,嵇康该是一米八几的高个子,"美词气,有风仪,而土木形骸,不自雕饰,人以为龙章凤姿,天质自然。"长乐亭主能不为之倾心么?何况那是一个持性解放观念的社会,她的曾祖父曹操,在平袁绍的繁冗战事中,还不忘找个三陪女呢!

另外，魏晋时期的嵇康，颇具现代人的健康观念，好运动，喜锻炼，常健身，他擅长的项目，曰"锻"，也就是打铁。"性绝巧而好锻，宅中有一柳树甚茂，乃激水环之，每夏月居其中以锻。"这个经常抡铁锤的诗人，肯定肌肉发达，体魄健全，比之当今那些贴胸毛、娘娘腔、未老先衰、迎风掉泪的各式作家，要男人气得多。"弹琴咏诗，自足于怀，""学不师受，博览无不该通。"像这样一位真有学问的文人，不是时下那些糠心大萝卜式作家，动不动弄出学问浅薄的笑话来，令人丧气。加之保持身体健美，一位运动健将式的未婚夫，对公主来讲，打着灯笼难寻，自然是一抓住就不会撒手的了。

魏晋时的女人，在性爱观点上，持相当开放的态度，掷果潘安，偷香韩寿，就是最好的例证。更不要说放浪成性的贾南风了，连法国那位帷薄不修的路易十六王后玛丽·安托瓦内特，也望尘莫及的。因此，长乐亭主以千金之躯，嫁给这位健美先生，便是顺理成章的事情了。但嵇康选择娶这个老婆，倒有可能是从他与掌权者对立的感情出发，是一次很政治化的选择。试想，他的朋友阮籍为摆脱司马氏与之结亲的要求，干脆大醉两月不醒，让对方找不到机会开口。而他却与司马氏的政敌通婚，显然是有意的挑战。他难道会不记取曹魏家另一位女婿，同是美男子的何晏，娶了曹操的女儿金乡公主，最后不也是被司马懿杀掉的教训嘛！嵇康就是嵇康，他却偏要这样行事，这正是他的性格悲剧了。

虽然，他写过文章，他很明白，他应该超脱。"夫称君子者，心不措乎是非，而行不违乎道也。何以言之？夫气静神虚者，心不存乎矜尚，体谅心达者，情不系于所欲。矜尚不存乎心，故能越名教而自任自然，情不系于所欲，故能审贵贱而通物情。物情顺通故大道无违,越名任心,故是非无措也。是故言君子则以无措为主。"实际上,他说得到,却办不到,至少并未完全实行这个正确主张。

他也找到了理论与实践脱节的病根所在,因为他有两点连自己都认为是"甚不可"的"毛病",一是:"每非汤武而薄周孔,在人闲不止,此事会显,世教所不容。"二是:"刚肠疾恶,轻肆直言,遇事便发。"这是他给山巨源的绝交信中说的,说明他对自己的性格了如指掌,但由于他对世俗社会、官僚体制、庸俗作风、无聊风气的不习惯,对司马氏统治的不认同,这毛病便根深蒂固,改不掉了。如果说前面的"甚不可",是他致祸的原因,后面的"甚不可",就是他惹祸的根苗了。

阮籍,就比嵇康聪明一些,虽然他对于司马昭不会比嵇康更感兴趣,但他能保全自己的首级,最主要的原因,就是写文章时,竭力隐而不显,犹如当代新潮评论家佶屈聱牙的高论,说了半天,连他自己也不知梦呓了些什么一样,尽量不让司马昭抓住他的把柄。而且,不得已时,阮步兵也会给大将军写一篇祝寿文,唱一曲 Happy birthday to you 应付差使的;到了实在勉为其难,不愿太被御用,而推托不了时,索性佯狂一阵,喝得烂醉,躺在当垆的老板娘旁边,作出亲密状;或像亚当夏娃似的,把衣服脱得精光,像一个大字躺在屋当中,人家笑话他荒唐,他却说我以天地为房舍,以屋宇为衣服,你干嘛钻进我的裤衩里来呢!这样一来,司马昭也就只好没脾气。

但嵇康做不到,这是他那悲剧性格所决定的。他对这个阮籍羡慕得要死,也非常想学习他,对山涛说:"阮嗣宗口不言人过,吾每师之而未能及。"史称嵇康"直性狭中,多所不堪",是个"不可强""不可化"的人物,这就是俗话说的"江山易改,秉性难移"了，一个梗惯了脖子的人，要他时不时地低下头来，那是很痛苦的事情。他想学，学不来，只好认输："吾不如嗣宗之资，而有慢弛之阙，又不识人情，暗于机宜。"结果，他希望"无措乎是非"，但"是非"却找上门来，非把他搅进"是非"中去。这也是没有办法的事，凡古今文人，如果他是个真文人，便有真性情，有真性情，便不大可能八面玲珑，四处讨好，也就自然不善于保护自己。

现在只有看着嵇康，一步步走向生命途程的终点。最痛苦的悲剧，就在于知道其为悲剧，还要悲剧下去，能不为悲剧的主人公一恸乎！

嵇康虽然被司马昭引以为患，但忙于篡夺曹魏政权的大将军，不可能全神关注这位皇室驸马，在他全盘的政治角斗中，嵇康终究是个小角色。如果在中国历史上，统治者周围，君子多，小人少，尤其小人加文人者少，那么知识分子的日子可能要好过些。但小人多，君子少，加之文人中的小人，有机会靠近统治者，那就有人要遭殃了。假如此人特别想吃蘸血馒头的话，首选对象，必是作家同行无疑。

不幸的是，司马昭极其信任的高级谋士钟会，不是一个好东西，跳出来要算计嵇康，对司马昭来说，是件正中下怀的事情。现在，已经无法了解，究竟是钟会心领神会大将军的旨意，故意制造事端；还是由于嵇康根本不甩他，衔恨在心，予以报复。或者两者兼而有之，总之，不怕贼偷，就怕贼算，从他后来与邓艾一块儿征蜀，整死邓艾接着又背叛作乱，可以看出是个货真价实的小人，当无疑问。碰上了这样的无赖文人，对嵇康来说，等于敲了丧钟。

钟会年纪与嵇康相仿，只差一岁，算是同龄人。不过，一是高干子弟，一乃平民作家，本是风马牛不相及。但钟会也玩玩文学，以为消遣，这是有点权势的官员或有点金钱的老板，最易患的一种流行病。这种病的名称，就叫"附庸风雅"。或题两笔孬字，或写两篇歪诗，或请人代庖著书立说，或枪手拟作空挂虚名，直到今天还是屡见不鲜的。钟会虽是洛阳贵公子之一，其父钟繇位至三公，其兄钟毓官至将军，但贵族门第，并不能使其在文学上，与贫民出身的嵇康，处于同一等量级上。因此，他有些嫉妒，这是文人整文人的原始动力。假如，钟会写出来的作品差强人意，也许眼红得不那么厉害；但是，他写得不怎么样，又不愿意承认自己不怎么样，心头的妒火便会熊熊燃烧。

于是，就有了《世说新语》所载的两次交锋，第一次较量："钟会撰《四本论》始毕，甚欲使嵇公一见，置怀中，既定，畏其难，怀不敢出。于户外遥掷，便回急走。"如果，嵇康赶紧追出门来，拉住钟会的手，老弟，我能为你做些什么呢？写序？写评论？开研讨会我去捧场？那么，自我感觉甚好的钟会，得到这样的首肯，也是就天下太平了。嵇康显然不会这样做的，一个如此圆通的人，也就不是嵇康了。肯定，他会拾起钟会的《四本论》，扔在打铁的红炉里，付之一炬。

第二次较量：钟会约了文坛上的一干朋友，又来登门趋访。嵇康却是有意惹他了，这可是犯下了致命错误。现在，已弄不清楚嵇康之排斥钟会，是讨厌他这个人呢？还是对他政治上背魏附晋的唾弃？还是对他上一次行径的反感？当这些"贤俊之士"到达嵇康府上，"康方于大树下锻，向子期为佐鼓排，康扬槌不辍，旁若无人，移时不交一言。钟起去，康曰：'何所闻而来？何所见而去？'钟曰：'闻所闻而来，见所见而去。'"

这当然是很尴尬的场面，但钟会可不是一个脓包，而非脓包的小人，往往更为可怕。临走时，他撂下来的这两句话，可谓掷地有声，然后，拂袖而去。不知道嵇先生送客以后如何态度，依我度测，中散大夫对这威胁性的答话，恐怕笑不大起来。也许爽然若失，把铁锤扔在一旁，觉得没劲吧？那位拉风箱的向秀，肯定也怔怔发呆了，如此低水平地、没风度地羞辱对手，又能顶个屁用？

唉！这就是文人意气、不谙世事的悲哀了，只图出一口恶气而后快，却不懂得"打蛇不死反遭咬"的道理，如果对一个一下子整不死的小人，绝对不能够轻易动手的。何况这种脱口秀式的挑衅，只不过激怒对方而已。"刚肠疾恶，轻肆直言，遇事便发"的后果，便是钟会跑去向司马昭说："嵇康，卧龙也，不可起。公无忧天下，顾以康为虑耳！"

没有说出口的一个字，便是"杀"了。

凡告密出首某某，打小报告检举某某，而听者正好也要收拾某某，那这个可怜虫就必倒大霉不可。等到嵇康的朋友吕安，"以事系狱，辞相证引"，把他牵连进去，钟会就公开跳出来大张挞伐了。"康上不臣天子，下不事王侯，轻时傲世，不为物用，无益于今，有败于俗。昔太公诛华士，孔子戮少正卯，以其负才乱群惑众也。"他的结论，透露出小人的蛇蝎之心："今不诛康，无以清洁王道。"其实，也正是司马昭的想法，不过利用钟会的嘴罢了。"于是录康闭狱"。

现在看起来，嵇康第一个要不得，是曹党嫡系，在政治上站错了队，第二个要不得，是个公开与司马政权唱反调的不合作的文人，第三个要不得，或许是最关键的，这位中散大夫得罪了小人。

一部文字狱史，通常都是小人发难，然后皇帝才举起屠刀的。但对于惑乱其间、罗织罪名、告密揭发、出卖灵魂的小人，常常略而不提，所以，这类惯用同行的鲜血染红自己顶子的文人，才会络绎不断地繁殖孳生吧！

接着，便是嵇康最后的绝命镜头了：

一，"嵇中散临刑东市，神气不变，索琴弹之，奏《广陵散》。曲终，曰：'袁孝尼尝请学此散，吾靳固不与，《广陵散》于今绝矣！'太学生三千人上书，请以为师，不许，文王亦寻悔焉。"（《世说新语》）

二，"康之下狱，太学生数千人请之。于时豪俊皆随康入狱，悉解喻，一时散遣。康竟与安同诛。"（《世说新语》注引王隐《晋书》）

三，"康临刑东市，太学生三千人请以为师，弗许。康顾视日影，索琴弹之，曰'昔袁孝尼尝从吾学《广陵散》，吾每靳固之，《广陵散》于今绝矣！'时年四十，海内之士，莫不痛之。"（《晋书》）

四，"临死，而兄弟亲族咸与共别，康颜色不变，问其兄曰：'向以琴来不邪？'兄曰：'以来。'康取调之，为《太平引》。曲成，叹曰：'《太平引》于今绝也。'"（《世说新语注引《文士传》）

读到以上的四则记载，不禁愕然古人比之后人，有多得多的慷慨、胆识、豪气和壮烈，竟有好几千罢课的太学生，居然跟随着囚车向法场行进，而且打出标语口号，反对司马昭杀害嵇康，要求停止行刑，让嵇康到太学去做他们的导师。现在已很难臆测魏晋时大学生们游行示威的方式，是什么样子的？可以设想，这是洛阳城里从未有过的，一个万人空巷、全城出动，非常悲壮、气氛肃穆的场面。否则，司马昭不会产生后悔的意念，大概也是慑于这种民众的压力吧!

更教人激动的是,嵇康被捕后,一些具有社会影响的知识分子,不畏高压,挺身而出,以与这位作家一块儿受罪的勇气,走进牢房。这支涌向大牢的队伍,完全不把小人的报复、统治者的镇压放在眼里,于是,想起近人邓拓先生的诗:"谁道书生多意气,头颅掷处血斑斑。"不错,历史上是有许多缺钙的知识分子,但绝不可能是全部,这才是中国文化的脊梁。

日影西斜,行刑在即,围着法场的几千人,沉默无声,倾听嵇康弹奏他的人生绝响。这里不是放着花篮的音乐厅,而是血迹狼籍的行刑场,等待演奏者的不是掌声和鲜花,而将是一把磨得飞快的屠刀。但他,这位中散大夫,正因为他不悔,所以,也就无惧,才能在死亡的阴影中,神色安然地抚拨琴弦,弹完《广陵散》的最后一个音符,从容就义。

嵇中散之死,不但在中国文学史,在世界文学史上,恐怕也是绝无仅有的。类似他的那种"非汤武而薄周孔"的一生追求革新的进取精神,"刚肠疾恶,遇事便发"的始终直面人生的创作激情,甚至对今天作家们的为人为文,也是有其可资借鉴之处的。

正因如此,嵇中散用生命写出的这个不朽,才具有永远的意义吧!

# 李白与王维

公元730年（唐开元十八年），李白经河南南阳至长安。

在此之前，他漫游天下，行至湖北安陆，因娶了故相许圉师的孙女，成了上门女婿，遂定居下来。这期间，多次向地方长官上书自荐，以求闻达，不应。于是，就如同当下很多艺术家、文化人来到北京闯世界，而成为"北漂"那样，李白要当唐朝的"长漂"一族，遂下定决心来首都长安发展。

他是中国文学史上最不肯安分的诗人之一。

这位大师总是想尽一切方法爆发他的能量，炫示他的精力，表现他的丰采，突出他的欲望。一个人，像一杯温吞水，过一辈子，"清风吹不起半点涟漪"，是一种活法；同样，像大海里的一叶扁舟，忽而腾升，忽而倾覆，忽而危殆，忽而逃生，惊涛骇浪一辈子，也未尝不是一种活法。

李白的一生，近似后者。他曾经写过一首《上李邕》的诗，大有寓意在焉。"大鹏一日同风起，扶摇直上九万里，假令风歇时下来，犹能簸却沧溟水。"诗中的主人公，其实就是他老人家自己。

这既是他对自己平生的自况，也是他对自己创作的自信。

诚然，自信，是中国文人具有强势冲击力的表现；自信，也是中国文人能够在大环境中，保持独立精神的根本。李白给中国文学留下来的众多遗产之中，这种强烈的自信，自信到"狂"而且"妄"，也是值得称道的。否则，中国文人统统都成了鼻涕虫，成了脓包蛋，成了点头哈腰、等因奉此的小员司，成了跪在皇帝脚下"臣罪当诛兮"的窝囊废，恐怕中国文学史上，再也找不到一篇腰杆笔直、精神昂扬的作品了。

唐代诗运之兴隆旺盛，应归功于唐代诗人的狂放。

什么叫狂放？狂放就是尽情尽性，狂放就是我行我素，狂放就是不在乎别人怎么看，狂放就是不理会别人怎么想。一个社会，安分守己者多，对于统治者来说，当然是件好事。一个文坛，循规蹈矩的诗人多了，老实本分的作家多了，恐怕就不大容易出大作品了。

诗称盛唐，其所以盛，就在于有李白这样桀骜不羁的大师。

此公活着的时候，就声名遐迩，如日中天，就期然自许，藐视群伦。因此，他认为自己有资格这样做，也就放任自己这样做，这种率性而为的自信，是他的精神支柱，也是他的生存方式。所以，无论得意的时候，还是失意的时候，他那脑袋总是昂得高高的。

文人的狂，可分两类，一是有资本的狂，一是无资本的狂。李白一生，文学资本自是充裕得不得了，可政治资本却是穷光蛋，因此，他活着的时候，所表现出来的狂，对政治家而言，就是不识时务的傻狂了。文人有了成就，容易不可一世，容易旁若无人，当然也就容易招恨遭嫉，容易成为众矢之的，中国文人的许多悲剧，无不由此而生，这也实在是没有办法的事。

杜甫写过一首题曰《不见》，副题为《近无李白消息》的诗，"不见李生久，佯狂真可哀。世人皆曰杀，我独怜其才。敏捷诗千首,飘零酒一盃。匡山读书处,头白好归来。"此中的一个"杀"字,令人不寒而栗。也许杜甫说得夸张了些,但也可见当时的社会舆论、群众反映,对他的张狂,未必都欣赏的。

一个纯粹的文人,通常都一根筋,通常都不谙世务。他不明白,文学资本拥有得再多,那是不可兑换的货币。在文学圈子里面流通可以,一出这个范围,就大为贬值。那是政治资本的天下,在世人眼里,权力才是硬通货。李白的计算公式,文学资本等于政治资本,不过是一厢情愿;统治者的计算公式:文学资本不等于政治资本,才是严酷的事实。

李白一辈子没少碰钉子,一直碰到死为止,根本原因就出在这个公式的计算错误上。从他下面这封自荐信,可见他是多么看重自己这点文学本钱。

"前礼部尚书苏公出为益州长史,白于路中投刺,待以布衣之礼,因谓群僚曰:'此子天才英丽,下笔不休,虽风力未成,且见专车之骨,若广之以学,可以相如比肩也。'四海明识,具如此谈。前此郡督马公,朝野豪彦,一见尽礼,许为奇才。因谓长史李京之曰:诸人之文,犹山无烟霞,春无草树。李白之文,清雄奔放,名章俊语,络绎间起,光明洞彻,句句动人。"(《上安州裴长史书》)

这本是应该出自第三者口中的褒誉之词,由当事人自己大言不惭地讲出来,从自我炒作的角度,堪称经典。在中国文学史上,借他人之嘴,吹捧自己,能如此坦然淡定;将别人看扁,抬高自己,能如此镇定自若,大概也就只有李白这位高手做得出来。你不得不对这位自我标榜时面不改色心不跳的大师,要五体投地表示钦佩了。

还有一封《与韩荆州书》,因为收入《古文观止》的缘故,更是广为人知。在这封信里,他把自己的这点老本,强调到极致地步。"白陇西布衣,流落楚汉,十五好剑术,遍于诸侯。三十成文章,历抵卿相。虽长不满七尺,而心雄万夫,王公大人许与气义,此畴曩心迹,安敢不尽于君侯哉?幸愿开张心颜,不以长揖见拒。必若接之以高宴,纵之以清谈,请日试万言,倚马可待。今天下以君侯为文章之司命,人物之权衡,一经品题,便作佳士。而君侯何惜阶前盈尺之地,不使白扬眉吐气,激昂青云耶?"

其实,安州裴长史也好,荆州韩朝宗也好,能帮李白什么忙?这些官场人物,不过是政客而已,因为喜欢舞文弄墨,傍几个诗人作家,作风雅状,装门面而已。即使大政治家,大军事家,了不起的领袖又如何?也是不把文人雅士当一回事的。公元1812年6月,拿破仑一世大举进攻莫斯科,曾经带了一个连的诗人同往。准备在他进入这座城池时,向他贡献歌颂武功的十四行诗。结果大败而归,狼狈逃窜,诗人的鹅毛笔没派上用场。副官问这位小个子统帅,拿这班诗人怎么办才是,拿破仑说,将他们编入骡马辎重队里当力夫好了。

这就充分说明,当政治家附庸风雅的时候,可能对文人假之以颜色,待之以宾客,而当他进入权力角逐的状态下,再大的诗人,再棒的作家,也就成为可有可无、可生可杀的草芥了。

但是,李白这两通吃了闭门羹的上书,并没有使他有足够的清醒。中国文人,成就愈高,自信愈强,待价而沽的欲望,也就愈烈,将文学资本兑换成为政治资本的念头,一发而不可收,这就成了李白要到长安来打拼天下的原动力。无独有偶的,早在三年前,公元727年(开元十五年),王维就离开河南淇水,舍掉那一份小差使,抱着与李白同样的目的,来到都城,也想开创一个属于自己的世界。

开元之治,史称盛世,也是这两位诗人创作的黄金季节。

王维的诗,"画中有诗,诗中有画",涵泳大雅,无异天籁。李白的诗,高昂则黄钟大吕,金声玉振,低回则浪漫奇绝,灵思奔涌。他们作品中那无与伦比的创造力、想象力、震撼力、美学价值,构筑了盛唐诗歌的繁荣景象。

那时的中国,尚无专事捧场的评论家,尚无只要给钱就抬轿子的吹鼓手,尚无狗屁不是就敢信口雌黄的牛皮匠,尚无报刊、杂志、网站、电视台的恶俗排行榜,尚无臭虫、蟑螂、蚊子、小咬之类以叮人为业的文学小虫子。因之,唐朝读者的胃口,还没有退化到不辨薰莸;唐朝读者的智商,还没有被训练到集体无意识状态。所以,这两位大师的诗篇,只要一出手,立刻洛阳纸贵,只要一传唱,马上不胫而走。上至达官贵人,下至黎民百姓,众望所归;高至帝王后妃,低至贩夫走卒,无不宗奉。

可对诗人而言,尽管名气大,地位却不高,尽管很风光,身份却较低。这种名位上的不对称,而造成的心理上的不平衡,弄得两位大师,很有一点食不甘味,寝不安席的苦恼。王维二十三岁就进士及第了,巴结多年,才混到正九品下的官职,也就是一个科级干部吧!而功不成名不就的李白,更惨,虽然娶了过气高门之孙女,沾了一点门阀之光,可布衣之身,尚未"释褐",仍是白丁,总不免自惭形秽,矮人一截。

究其根源,问题还是出在中国文人几乎都有的政治情结上。中国文人,在文学上成功者,便想在政治上有所作为,以达到相得益彰的效果;在文学上不成功者,也要借政治上的裨益来弥补,以求人五人六站稳脚跟。但是,中国文人,绝对长于文学者,也绝对短于政治,特别善于政治者,也特别不善于文学,因此，文学成就很高者，其政治智商必定很低，这两位，成功于文学，失败在政治，这大概也是中国文人难逃的宿命。

然而，他俩还是义无反顾地，要到长安打拼，加入"长漂"一族，求得出头之天。

依世俗的的看法，这两位同来长安，同求发达的诗人，联袂出现于公开场合，叙谈契阔于文艺沙龙，寒暄问候于皇家宫苑，见面握手于殿堂宫阙，是理所当然的事。"物以类聚，人以群分"嘛！不一定很熟悉，但一定不面生，不一定很知己，但一定有接触。同进同出，亲密无间，也许不可能；但视若陌路，互不理会，总是说不过去的。

然而，后来研究唐代诗歌的人，忍不住蹊跷的，也是感到难以理解的。第一，在他们两位的全部作品中，找不到涉及对方的一字一句。第二，在所有的正史、野史里，也查不出来他们来往过，聚会过，碰过头，见过面的资料。

两位大师在长安期间，竟然毫无任何交往，这个历史上的空白，遂成了中国文学史上的斯芬克思之谜。

我们知道：王维生于公元701年，死于公元760年。李白生于公元701年，死于公元762年。两人年纪相彷，写作相类，名声相似，甚至连资本兑换的欲求也都相同，这哥儿俩，没有理由不在一起赋诗唱和，说文咏句，论道探禅，行乐遨游。那是中国历史上的开元盛世，也是中国诗歌史的黄金年代，更是中国文人最足以释放能量的无限空间啊！

可是，从公元730年至733年（开元十八年至二十一年），从公元742年至744年（天宝元年至天宝三载），先后共有五年工夫，同住在首善之区的两位诗人，却是"鸡犬之声相闻，老死不相往来"。这样，不禁要问一声"为什么"了！

同时出现在公元八世纪二十年代首都长安的李白与王维，使我们联想到二十世纪二十年代的古都北平，五四新文学运动肇始时期的鲁迅与胡适。也许，胡鲁或鲁胡，李王或王李，无法类比，但在领衔文坛、引导潮流、左右舆论、吸引眼球这一点上，性质多少相似。

胡鲁或鲁胡，文学观点不尽相同，政治立场也大为相左，但都在北平教书做事，无论怎样悖背不一，并不妨碍他们聚在前门外厚德福饭庄吃铁锅蛋，无论怎样分歧交恶，也不影响他们在中山公园的来今雨轩品雨前茶。

尤其天宝年间，李白与王维第二次相聚长安，李很"陡"，被唐玄宗由布衣擢为待诏翰林，一朝得意，满身朱紫。王也很"陡"，为从七品上的左补阙，相当于准部级的高干，高轩华盖，随从骖乘。同在朝廷供职，同捧皇家饭碗，同是御用文人，同为诗界泰斗。但不知为什么，仍是形若水火，动若参商，仍是咫尺天涯，不谋一面，这就使人惶惑了。

唐代的长安，比之今天的西安，要大三四倍，无论怎么大，在同一座城池里，怎么找理由，怎么设法解释，李白王维，盛唐诗坛的领军人物，不至于好几年工夫，像捉迷藏似的互相躲着。

以我所在的京城文坛为例，文联、作协、报刊社、出版界，加在一起，一年下来，没有三百场，也有二百场文学活动要举行的。这其中，至少有一百场的与会者名单基本大同小异。因此，各路诸侯，海内文士，艺坛名宿，京都闻人，绝对有很多欢聚一堂的机会。

这种会，第一，热闹，有男有女，有老有少，亲朋好友，点头哈腰，大都一请就到；第二，滋润，茶水侍候，饭局等待，红包奉送，打的报销，不愁没人捧场。于是，上至大佬，下至"蔑片",呼之即来,来之能战。或捧场,或鼓吹,或炒作,或推销,或哼哈二将,吹之拍之,或四大金刚,歌之颂之,或合唱团员,附之和之,或老将拍板,一槌定音。都是再熟悉不过的那几张肉脸,那几句套话,天天见面,日日碰头,只有看腻了的可能,而无见不着的遗憾。甚者,上午一个会,下午一个会,中午还在一张宴会桌上碰杯。衮衮文坛诸公,当红风头人物,穿红着绿女记,沏茶倒水人员,基本上是两天见三次面。如果真是一日不见,倒确有如隔三秋之感。

唐代长安,虽然没有诸如此类的文学活动,如果这两位诗人,不那么故意闹别扭的话,见面碰头的机会,应是断不了有的。大家知道,王维信佛,"居常蔬食,不茹荤血","在京师日饭十数名僧",很难想象这样虔诚的佛教徒,会不去佛寺祷拜祈福?大家更知道,李白风流,"落花踏尽游何处?笑入胡姬酒肆中",是个既离不开酒,也离不女人的声色才子,会安稳地坐在家里纳福?当时长安外廓城里,"有僧寺六十四,尼寺二十七,道士观十,女观六,波斯寺二,胡天祠四",遍布人烟稠密的里坊间,而著名的声色场所,如平康里的上中下三曲,也处于闹市区,歌伎胡女,僧人尼姑,比邻而居,乃长安开放社会的特色。

那时,王维的辋川别业,尚未完全修缮完毕,自然借住其弟王缙在城里的宅子。据清人徐松所撰的《唐两京城坊考》,属于"长漂"一族的李白,并无在他名下的邸宅。倘非住在旅店,就是寄寓崇仁坊、平康坊的各地进奏院,相当于今天的外省市驻京办,与王维、王缙所居的道政坊只有一街之隔,相距不远。因此,拈香礼佛的王维,与寻花问柳的李白,狭路相逢,绝有可能。除非他们俩,刻意回避,有心躲让,否则,这种不照面、不往来、不相识、不过话的背后,不能不令人疑窦丛生,令人费解。

何况,《李白集》中,有《赠孟浩然》《黄鹤楼送孟浩然之广陵》《春日归山寄孟浩然》等诗,交情非浅;而王维集中,则有《送孟六归襄阳》《哭孟浩然》等诗,友谊颇深。由此判断,孟浩然乃李白、王维的共同朋友,而且不是泛泛之交,当无疑问。实际情况却是:你的朋友,可以成为我的朋友,我的朋友,也可以成为你的朋友,独独我和你,偏偏不可以成为朋友。李白和王维,就这么别扭着,岂非咄咄怪事?

如果孟浩然是一位女诗人,而且有点姿色,自然要避免这种争风拈醋的尴尬场面。正如当下的外地美女作家,来到北京推销自己,决不会把京城四大评论家、四小评论家,同时约在一家星级饭店开房间见面,那还不得出命案?孟浩然,当然不会有这等情色麻烦,可他怎么对待这两位朋友,估计也是很不自在的。难就难在与王在一起的时候,不能有李,而与李在一起的时候,又不能有王。这就成了一袋米、一只鸡,和一个狐狸乘船过河的脑筋急转弯的难题了。

孟浩然肯定作过努力,因为,重感情、讲友谊、喜交往、好宾客,正是这两位诗人的共同之处。王维那首"西出阳关无故人"的《送元二使安西》,是尽人皆知的。在他诗集里,这样的"送别诗",几占总量的五分之一,说明王维之情真意挚,很看重与友人的交往。具有如此平易近人、融洽处世的性格,应该有其乐意接近李白的可能性。而李白之重然诺、讲义气,任侠仗义、敢于承担,孟浩然估计,谅不至于将朋友的朋友拒之门外吧?李白第一次东游,在扬州,为救济落魄公子,"不逾一年,散金三十余万",何等慷慨?同游者死于中途,李白"雪泣持刃,躬申洗削,裹骨徒步,寝兴携持,行数千里归之故土",何等忠忱?

如此两位看重友情的人，怎么可能大路朝天、各走一边，长安街头，见而佯作不识呢？

然而，孟浩然的一片好心，落空了，这哥儿俩就是别扭着。其实，作为这两位诗人的共同朋友，他应该了解，李白也好，王维也好，起决定作用的因素，是他们内心深处里，存在着难于交聚的瑜亮情结。

公元 730 年（唐开元十八年）前后，李白第一次到长安，王维已是第三度来长安，两人想做的是同一件事，因文学上的成功，期求政治上的得意。但两人心境却不尽相同。李白乘兴而来，一路风光，自我感觉异常良好，志在必得，王维一再挫折，跌跌绊绊，吃过苦头，心有余悸。

历朝历代的中国文人，断不了要吃历朝历代皇帝所恩赐的苦头。于是，苦头之先吃，还是后吃，对于中国文人的性格和命运，便产生若干不同。

王维是先吃苦头，李白是后吃苦头。先吃苦头的王维，明白了天有多高，地有多厚，明白了天地之间的自己，应该摆在什么位置上，故而他身段放得很低，低到让李白大概很看不起。后吃苦头的李白，在掌声中，在鲜花中，在酩酊的醉眼朦胧中，在胡姬的迷人回眸中，有点不知天高地厚，更不知天地之间，最可有可无的东西，就是文人。因此，他的行事方式，往往正面进攻，他的敢作敢为，常常不计后果，这大概也是王维要同他拉开距离的一个原因。

李白到长安来，可能还是靠着妻子娘家的鼎助，得以打通时任右丞相张说的关节，肯于舍出脸来为之说项，这当然是天大的面子了。而他的诗名，也为张说的儿子张垍——一位驸马爷所看重，愿意帮他这个忙，这样一来，更是胜券在握。在唐代，无论科举，无论求仕，介绍人的举荐，非常重要，十分关键。用今天的话说，走门子，用当时的话说，干谒，是一种正当的行为。李白所以十拿九稳，心性颇高，所以不把同行王维摆在眼里，因为攀附上张说父子，门路不可谓不硬，后盾不可谓不强，大有静候佳音、坐等捷报之势，估计那些日子里，我们这位高枕无忧的大师，小酒没有少捏。

其实，李白有些轻忽王维，忘了他具有住地户的优势。正如今天的北漂一族，只能有临时居住证而无北京户口一样，王维口袋里有李白所没有的这纸长安市民文书。这纸文书也许没有什么了不起，但体现出王维在首都的根基、人脉、资源，可以调动起来为他所用的一切因素，李白在这方面只能瞠乎其后。

当李白觉察到这种差距，从而引起他对王维的警惕，从而发展到冰炭不容、相互扞格的隔膜，就是这两位大师所选择的干谒路径殊途同归，都在希望得到唐玄宗的姐姐玉真公主的赏识，只要她首肯谁，谁就会一跃龙门，平地青云。

王维二十三岁中试以后，就被任命为大乐丞。他在这个国家交响乐团的岗位上犯了错误，纯因少不经事的过失。史载他的属下伶人因演只能供皇帝观看的舞《黄狮子》，而被降职贬放。但李白显然没估计到，这个最高乐府的职务，正是王维的音乐天赋、表演才能，以及他诗歌书画方面的成就，得以体现出来的机会呀！"凡诸王驸马豪右贵势之门，无不拂席迎之，宁王、薛王待之如师友。""尤为岐王所眷重。"（《旧唐书》本传）

从《从岐王过杨氏别业应教》《从岐王夜宴卫家山池应教》《敕借岐王九成宫避暑应教》等王维所作的诗，看来，他与这位"好学工书，雅爱文章之士"的岐王，有着过从甚密的关系。而据《集异记》，王维"妙年洁白，风姿都美"，"风流蕴藉，语言谐戏"，"大为诸贵之所钦瞩"，个人形象上占了很大的优势，在重要人物眼中，得到一个视觉上完美的印象分，作用匪浅，这也是李白不禁要自惭形秽之处了。再则，除宁王、岐王、薛王外，王维所交往密切的贵公子，也非等闲人物。如唐太祖景帝七世孙李遵，如武、中、睿三朝宰相韦安石之子韦陟、韦斌兄弟等，都是能在关键时刻起到奥援作用的中坚力量。

长漂一族李白，在京城就得不到这种如鱼得水的幸运了。首先，高层社会，他缺乏根基；其次，权力中心，他难有依靠；再其次，王维结交者，当权派、实力派、主流派、在朝派，都是一言九鼎之辈，无一不是有用之人。而李白结交者，文人墨客，酒徒醉鬼，胡女歌伎，普罗大众，都是上不了台盘、帮不了屁忙的平民百姓。所以，虽经张说、张垍父子推介，得以住进玉真公主的别馆，等待接见。可远在城外，离长安还有一段路程，加之公主很忙，一时来不了，也许说不定把他忘了。

有一首《玉真公主别馆苦雨》的诗，便是李白待命时刻的心境写照。"秋坐金张馆，繁阴昼不开。空烟迷雨色，萧飒望中来。翳翳昏垫苦，沉沉忧恨催。清秋何以慰？白酒盈吾杯。吟诗思管乐，此人已成灰。独酌聊自勉，谁贵经纶才？弹剑话公子，无鱼良可哀。"

这首诗写得很凄清，很郁闷，那点滴的檐头细雨，那瑟瑟的山间冷风，那空茫的乏人问津，那寂寞的无望等待，是李白少有的低调作品。因为他不可能不知道他所期盼的这位公主，那位李隆基的九姐，很大程度上替她弟弟照管一下意识形态方面的事务，负有发现人才、培养重点作家的使命，正兴致勃勃地观看王维的琵琶独奏，并大加赏识呢！

《唐才子传》载，"维，字摩诘，太原人。九岁知属辞，工草隶,娴音律。岐王重之。维将应举,岐王谓曰:'子诗清越者,可录数篇,琵琶新声,能度一曲,同诣九公主第。'维如其言。是日,诸伶拥维独奏,主问何名,曰:'《郁轮袍》。'因出诗卷。主曰:'皆我习讽,谓是古作,乃子之佳作乎?'延于上座曰:'京兆得此生为解头,荣哉!'力荐之,开元十九年状元及第。"

虽然王维一生以此为耻,靠卖艺求荣,苟且仕进,但他从此春风得意,平步青云;而李白尽管身孤心冷,尽管磊落光明,尽管不为富贵折腰,可始终没见到公主的倩影,没得到公主的芳心,只好灰溜溜地淹蹇而归。对争胜好强的李白来讲,这是多么没面子,多么扫兴,多么无趣的结果啊!

我想,这可能就是两位顶级大师隔阂的肇始缘由。而对雄性动物来讲,再没有比斗败的鹌鹑打败的鸡,更为刻骨铭心,更为饮恨终生的痛苦了。

作为文人,自信是应该有的,自尊也是应该有的,但是,特别的自信,格外的自尊,那必然,紧接着而来的便是令人讨厌的自大了。李白这一次长安之行,是对他自信、自尊乃至自大的一次挑战,他当然吞不下这枚苦果,因此,李白与王维,遂成为永无结交可能的平行线。两位大师的"零度"反应,在长安城里的不通往来,这个唐代诗歌史的不解之谜,似乎也就大致了解底里了。

我试着推断,这当中,肯定有一位,有意约束自己,说不定,是他们两位,决心回避对方。一个强大的文人,不大容易与势均力敌的对手在同一天空底下共存。也许觉得你不见我,我不见你,反而更自在些,更自由些。

后来人对于前贤,都有一种"为尊者讳"的谅解,都有一种

"玉成其美"的愿望，也就不甚细究，随它去了。实际上，历史的细胞，是一个一个具体的人，而人的性格，决定了他在历史中的角色地位。因此，一个太自信的李白，和一个太自重的王维，形成这种旗鼓相当、互为芥蒂、彼此戒惧、壁垒森严的局面，本质上也是一种强之为强的势所必然。

应该说，一流的文人，只能对二流、三流、不入流的文人，起到磁吸作用。在京城地界上呆久了，在文学聚会上混多了，你就会总结得出来，什么人跟什么人坐在一起，什么人和什么人偏不坐在一起，什么人簇拥着谁，什么人背对着谁，你就大致了解所谓的"圈子"是怎么构成的了。至于那些风头正健的女性作家，拼命把胸脯子努力贴着谁，恨不能保持着零距离；至于那些年老色衰的女性作家，一脸怨恨地瞅着谁，作弃妇状恨不得吃了谁，则更是就近观察的指标。呜呼，每个圈子都是一个小太阳系，众星绕着太阳运行，太阳接受众星拥戴。而若干个"圈子"组合到一起，便叫作文坛。

因此，一个太阳系里，只能容纳一个太阳。若是两个不埒上下的重磅文人，如宇宙间两个等质的物体，便得按物理学上的万有引力定律行事，只有相拒和相斥，无法尿到一个壶里了。文坛的不安生，无不由此而来。

李白与王维，就是循着自己的轨迹运行而无法相交的星系。

也许真实的历史，并非如此，但如果这个斯芬克思之谜的谜底，就是这样，也没有什么不好。谁不愿意仰望那满天繁星的夜空呢？每颗星星都在银河系里闪烁着自己的光芒，那宇宙才称得上灿烂辉煌。

若是，只有一颗星星在眨眼的夜空，或者，只许一颗星星在发光的文坛，那该多么寂寞啊！

# 李 煜

"问君能有几多愁,恰似一江春水向东流",凡是识得几个字的中国人,都能背得出的。尤其心绪不佳,一脑门官司的时候,尤其倒霉的事情,总缠在屁股后边的时候,读这两句诗,能起到一点纾缓的作用。因为你发现,世界上有麻烦的人,非你一个。

记得当右派的晦暗岁月里,有时候,人之不被当人对待,挺憋闷,闷到无以复加,就常常于无人处,将李后主这两句,啸出来。山,很高,很陡,声音撞回来,也颇壮观,顿觉痛快。虽然此举很阿Q,但消解一下心头那股鸟气,也能得到片刻的轻松。这也是中国许多帝王中独能记住李后主的原因,就由于他的诗,其他凶的、坏的、王八蛋的,应该千刀万剐的,死了也就死了,谁记得住他们。

李煜(937—978),五代十国时南唐国主,961—975年在位,字重光,本名重嘉,世称南唐后主、李后主。如果他要是始终只做诗人,不做皇帝,或许最后的结局,不至于那么悲惨;那样,他在文学史上的地位,说不上中国第一,举世无双,至少其精品佳作的数量,能与李白、杜甫、苏东坡、辛弃疾、西方的拜伦、雪莱、歌德、普希金,不埒上下。可是,近人编辑的《全唐五代词》,只存其词四十首,其中尚有一些存疑之作,实在是太令人惋惜了。

作为皇帝，他输得最惨，作为文人，他死得最惨，真是令人悲哉哀哉的事。

那个鸩死李煜的宋太宗赵炅，其歹毒，其残忍，也极其不是东西。从文学史的角度考量，他除掉皇帝事小，除掉诗人事大。皇帝这个差使，谁都能干，"黥髡盗贩，衮冕峨巍"，那么，阿猫阿狗，白痴呆虫，坐在金銮殿上，同样人模狗样，挺像回事的。而能留下璀灿篇章，千古传唱的不朽诗人，却不是随便拉一个脑袋来就能充数的。

可惜，他死时才四十二岁，今天看，只能算"知青后"一代作家。

在中国，皇帝写诗者，颇多，不过都是当上皇帝以后，附庸风雅，才做诗。李煜不然，他是先当诗人，再做皇帝。别看次序先后的颠倒，差别却是很大，先做皇帝，尔后做诗人，属客串性质，不过游戏而已；先做诗人，接着再做皇帝，就不能客串，不能游戏了。可李煜一直在客串，一直在游戏，当专业诗人，做业余皇帝，最后只有亡国灭命一途。

他全部的错，就错在这里。

诗人就是诗人，诗人的最佳生存方式，就是写诗，皇帝，是当不得的。凡诗人，其感情特点有三：一，沸点低，容易冲动；二，脆度低，容易沮丧；三，耐力低，容易泄气，把国家交到他手里，非砸锅不可。曹操就非常明智，他的诗写得绝棒，在皇帝诗人行列中，不排第一，也排第二。可他说什么也不当皇帝，孙权蛊惑他，老兄干吧，他说，得了吧，你要把我架在火炉上烤啊！所以，他虽然比皇帝还皇帝，硬是不上轿。李煜受命之初，也晓得自己不是这块材料，可他实在无可推托，同时，我估计此君大概也不想太推托，怎么说，皇帝也是个美差，于是，走上了这条不归路。

宋蔡涤《西清诗话》载："艺祖云'李煜若以作诗工夫治国事，岂为我虏乎？'"

赵匡胤的事后诸葛，看似有理，其实，这位大兵，还是不甚懂诗，不甚懂得诗人。一个真正的诗人，从头到脚，从皮到骨，甚至到骨头缝，到骨髓，都是诗人气质。也就是王国维在《人间诗话》里所说的那个"真"，他认为"主观之诗人，不必多阅世，阅世愈浅，则性情愈真，李后主是也"。所以，即使按艺祖所云，李煜悉心治国，不做诗，不做诗人，可他只要血液中诗人的"真"去不掉，就当不好南唐国主。

隔岸相望的赵匡胤，虽然篡了后周帝位，但却继承周世宗柴荣的遗志，一直厉兵秣马，要将南唐灭了。可南唐国主，诗人第一，皇帝第二，不是不知道处境危殆，而是知道了也无所作为。一不积极备战，二不养精蓄锐，三不奋发图强，四不全民抵抗，"日与臣下酣饮，愁思悲歌不已"（《新五代史》），沉湎于酒中、诗中、歌舞中、脂粉气中。如此这般，诗人啊，你不完蛋，焉有他哉？

孔夫子认为，君子应该"放郑声，远佞人"，李煜恰恰相反，一方面，声色犬马，骄奢淫侈，缠绵后宫，荒疏政事；一方面，吟唱酬和，品评诗词，琴棋书画，赏鉴推敲，只顾忙自己的，将国事托付给只会坐而论道的文人学士。长江天堑，从来为江南屏障，赵匡胤攻打南唐，便有了在江上架桥的构想。南唐的君臣们，听到这个传闻后，不但毫无警惧之意，竟哄然一噱，看作天大的笑话。"煜初闻朝廷作浮梁，谓其臣张洎，洎对曰：'载籍以来，长江无为梁之事。'煜曰：'吾亦以为儿戏耳！'"（《宋史》）

这个一块儿跟着打哈哈的文人张洎，就是十足的害人精了。后来，城陷，他说他要殉国，大家等着看他如何杀身成仁，一转眼，他又不打算死了，他说，我要当了烈士，谁为国主写投降书啊！就是这位投降派，"为江南国主谋，请所在坚壁以老宋师。宋师入其境，国主弗忧也，日于后苑引僧道诵经、讲《易》，不恤政事，军书告急，皆莫得通，师傅城下累月，国主犹不知。"（《续资治通鉴》）

李煜，作为诗人，一流，甚至超一流，作为皇帝，三流都未必够格。说是庸君，对他客气，说是昏君，也无不可。他所干过的残害忠良、屠杀直臣、宠信小人、依赖奸邪的累累恶迹，不比历史上别的混蛋皇帝差。

不信，抄下面几段，以作佐证：

"南都留守兼侍中林仁肇有威名，中朝忌之，潜使人画仁肇像，悬之别室。引江南使者观之，问何人，使者曰：'林仁肇也。'曰：'仁肇将来降，先持此为信。'又指空馆曰：'将以此赐仁肇。'国主不知其间，鸩杀仁肇。"

"国势日削，用事者充位无所为，[江南内史舍人潘]佑愤切，上疏极论时政，历诋大臣将相，词甚激讦。"后因牵连，"国主疑佑之狂悖，收佑，佑即自杀。"

"时宿将皆前死，神卫统军都指挥使皇甫继勋者，年尚少，国主委以兵柄，继勋素贵娇，初无效死意，但欲国主速降而口不敢发，每与众云：'北军强劲，谁能敌之！'闻兵败，则喜见颜色，曰：'吾固知其不胜也！'偏裨有摹敢死士欲夜出营邀战者，继勋鞭其背而拘之，由是众情愤怒。是月，国主自出巡城，见宋师立栅城外，旌旗满野，知为左右所蔽，始惊惧，乃收继勋付狱，杀之，军士争脔割其肉，顷刻都尽。"

"遣使召神卫军都虞侯朱全赟以上江兵入援。全赟拥十万众屯湖口，诸将请乘江涨速下，全赟曰：'我今前进，敌人必反据我后。战而捷，可也，不捷，粮道且绝，奈何？'乃以书召南都留守柴克贞使代镇湖口，克贞以病迁延不行，全赟亦不敢进，国主屡促之，全赟不从。"（以上均《续资治通鉴》）

"性骄侈，好声色，喜浮图，为高谈，不恤政事。"（《新五代史》）

"八年春，王师傅城下，煜犹不知。一日登城，见列栅在外，旌旗遍野，始大惧，知为近习所蔽，遂杀皇甫继勋。"（《宋史》）

"江南李主佞佛，度人为僧，不可数计。太祖既下江南，重行沙汰，其数尚多，太宗乃为之禁。"（宋·王泳《燕翼诒谋录》）

"江南李氏进贡中国无虚月，十数年间，经费将竭。"（《江表志》）

虽然此君为帝，很糟糕，但比之历代穷凶极恶的独夫民贼，李煜属于既无大善，也无大恶的一个。加之大家对他的诗怀有好感，对他的死抱着同情，也就不咎既往。而且，为帝之初，大概还是做了一些不庸不昏的善政，陆游在《南唐书》里说，"境内赖以少安者，十有五年。"江南这块地方，只要不打仗，就丰衣足食，也许由于短暂的偏安小康局面，拿进贡的银子买来的和平，诗人又不安生了，领导潮流，别出心裁，异想天开，匪夷所思地兴起一股缠足之风。饱暖思淫欲，也真是拿这位"食色性也"的皇帝无可奈何。

据清钱泳在《履园丛话》中考证："裹足之事始于何时？《道山新闻》云：'李后主窈娘以帛绕足，令纤小屈足新月状。'唐缟有诗云：'莲中花更好，云里月常新。'因窈娘而作也。张邦基

《墨庄漫录》，亦谓弓足起于南唐李后主，是为裹足之始。"由他始作俑，直到辛亥革命才终结的缠足陋习，据西方学者霭理斯认定，这是一种性虐待的变态行为，竟折磨汉族妇女，达一千年之久，这位诗人皇帝，按上海话讲，可就是真正的作孽了。中国出了三百多位皇帝，独他这个举动，是最特色的，最具其个人色彩的，称得上前无古人，后无来者。哪怕全世界的皇帝加在一起，也找不出一位用这样方法青史留名者。

上有所好，下必甚之，故尔"越王好勇，而民多轻死，楚灵王好细腰，而国中多饿人"（《韩非子》），中国人习惯了上面咳嗽，下面感冒，皇帝放屁，臣民就是五雷轰顶，诚惶诚恐。要是这位情圣兼诗人，不当这个国主，没有这份最高权力，会弄成举国皆小脚娘子，蔚然可观的盛况来嘛？所谓群众运动，说到底，是运动群众。如果李煜仅仅是一位诗人，有这种变态心理，顶多骗骗几个没头脑的女孩。但他是至尊至贵的天子，发出史无前例的缠足号召，马屁精跟着起哄，御用文人跟着鼓吹，可怜的老百姓敢不雷厉风行么？

李煜做一个纯粹的诗人时，顶多是优哉游哉的公子哥儿，石头城中的第一情种；可一当上唯辟作威、唯辟作福的皇帝，权力使他往昏君方向发展。提倡缠足，就是他的恶的一次释放。所以，权力这东西，很怪，很可怕，它具有一种催化剂的作用，能将人性中的最本质的恶，释放出来。释小恶，则斤斤其得，孜孜其欲；释中恶，则不择手段，无所不为；释大恶，则恬不知耻，倒行逆施。这公式就是："权力＋诱惑＝邪恶"。越大的权力，越大的诱惑，也就产生越大的邪恶。私欲膨胀到了极点，野心萌发到了极点，最后就成了晚期的癌症患者，转移扩散，不可救药。老实讲，手中握有权力，是了不起的，神气活现，吆五喝六，前呼后拥,屁股冒烟,对有些人来讲,是祸,是福,还得两说着呢?这些年,冷眼旁观周遭的文人,当官当得八九不离十者,固然有,而当官当得声名狼藉,顶风臭四十里者,好像更有。小人得志,蝇营狗苟,欺世盗名,永无厌足,在权力催化下引发的人性畸变,哪里还有什么文人品味,一张肉脸上活生生写着名利二字,令人惨不忍睹。继而一想,这班人写不出东西,不捞名谋利,又能干什么呢?

李煜并非无能之辈,不过,他的能表现在艺术的灵性上,精神的追求上,才华的绽放上,美感的颖悟上,舍此之外,他一概视为俗务,所以,治国为其短,写诗为其长,打仗是其短,作画是其长。《珍席放谈》一书说:"江南李后主善词章,能书画,尽皆臻妙绝。"作者高晦叟,为宋代人,距李后主不远,有这个评价,足见诗人风流绝世,才华绝代,并非溢美之词。反过来说,指望他能够成为明主、英主,就绝对是对牛弹琴了。

他对他自己不适宜当皇帝,更适宜当诗人,其实是很清楚的。公元962年(宋建隆二年),李煜继位之时,给赵匡胤打了个报告,表明了内心的苦衷。"臣本于诸子,实愧非才,自出胶庠,心疏利禄,被父兄之荫育,乐日月以优游,思追巢许之余尘,远慕夷齐之高义……"(《宋史》)。本来,李煜毫无继位的可能,其父皇李璟之后,说好了的接班人,有两个"兄终弟及"的叔叔,还有一个立为太子的哥哥,怎么也轮不着他,注定要当一辈子闲云野鹤,所以,他思想上没有一点点储位的准备,也不存有丝毫觊觎皇位的野心。他一天到晚,美女,醇酒,吟诗,作画……享受生活,徜徉在诗歌和美学的王国里。他排行老五,那龙椅根本轮不着他坐,他就成了金陵城内的王孙公子、风流情圣、桂冠诗人、快活神仙。但是,上帝爱给人开个玩笑什么的,很快，将其接位途程上的障碍物，一一请到了天国。阁下，你就等待着加冕吧！一个写长短句的闲散之人，偏要他去日理万机，"一种心思千万绪，人间没个安排处"（《蝶恋花》），只好硬着头皮，在金陵登上帝位。

他喜欢南京，不愿意到他父王的都城南昌去。宁可在南京向赵匡胤称臣十五年，也不到南昌去当更独立一点的皇帝，这就是诗人的抉择，也许石头城钟灵毓秀，能给他更多诗的灵感。我记得，八十年代中期，到南京去过一次。那时，张弦还健在，作为热情的东道主，定要陪着逛逛六朝古都，都是五十年代开始写作的老朋友，也就无须礼让的了。出发前，他说，客随主便，我不让你们看大家一定要去看的那些名胜风景，何况你们也都去过，我想领你们看大家几乎不到的一个地方，如何？

我们说，反正也已经上了车，只好悉听君便了。

车子出城，往栖霞山方向驶去。暮春三月，莺飞草长，柳枝摇曳，菜花吐黄，身后为巍巍钟山，眼前乃滚滚长江，真是好一派江南风光。我每到龙蟠虎踞的石头城，总能感受到一种生发出思古幽情的"场"，令我怦然心动。只要站在江水拍岸的土地上，只要稍稍掀起古老历史文化的一角，就会涌出"惆怅南朝事，长江独至今"（刘长卿《秋日登吴公台上寺远眺》）的悲怅感。

忽然，张弦招呼停车，说到了到了。

在一片秧田中间，我们看到了一尊石马，孤零零地兀立在那里。

这是一尊南唐的石刻，张弦要我们注意，这匹马的秀美姿态，妩媚神情，以及清俊宛约的丰采，和行云流水般的动感，他若不说出来，也就一眼掠过，经他一煽情，果然有与常见的石翁仲截然不同。这尊骏马，通体洋溢出浪漫而又多情的南人气韵。

有人问，确实是李后主那时代的石刻嘛？张弦说，这是经过文物专家鉴定的，但不知为什么？只有茕茕独立、形单影只的一匹，也许是一篇只写了开头，而没有写到结束的文章。清人沈德符在其《敝帚斋余谈》中，为李煜抱不平："南唐李昪，固吴王恪之后也，据有江淮，垂四十年，史家何以不以正统与之？"正统不正统，由史家推敲去，姑置勿论。营造帝王家的山陵，其工程之浩伟，往往要穷毕生之力。但即位后只坐了十五年江山的李煜，活着都难，遑顾死者？也就只能是这种虎头蛇尾、不了了之的结局。

事隔多年，旧事重提，难免有时光无情之叹，张弦早已作古，同行者也都垂垂老矣，但嫩绿秧苗中的那匹石马，也许就是《玉楼春》中"归时休照烛花红，待放马蹄清夜月"的那一匹吧？却会永远兀立在那里。远游归来，夜色朦胧，挂在女墙之上那一弯浅月，犹历历在目，真是"六代绮罗成旧梦，石头城上月如钩"（鲁迅《无题》）。也许，往事总是不堪回首的，回忆那匹孤独的马，回忆那位被牵机药毒死的不幸诗人，总是禁不住对于这块土地上文人命运的思索。

从历史版图来看，充满浪漫色彩的南人，与信奉现实精神的北人交手，从来没占过优势。正如那匹孤独的江南石马，秀丽中透着柔弱，清癯中现得单薄，文雅中未免过分温良，跃动的神态中，缺乏男性的雄壮。所以，南部中国的统治者，有过多次声势浩大的北伐，几无一次是绝对胜利的。相反，金戈铁骑的北人南下，从来不曾折戟沉沙过，这也是石头城断不了在漩涡中求生图存的缘由。南人浪漫，势必多情，多情则容易把事情往好里想。北人尚实，自然作风严谨，一步一个脚印，很少感情用事。赵匡胤家住山西太原府，他的领导核心，也都是柴世宗的北周人马。

他们按部就班，步步进逼，就在窈娘娉娉婷婷为李煜跳金莲舞的时候，把金陵城包围得严严实实，水泄不通。

曹彬兵临城下，李煜只好投降，举家迁往开封，大兵出身的宋太祖，封他一个谁知是抬爱还是侮辱的"违命侯"，我想：接到这纸任命状的诗人，一定啼笑皆非。这有点类似千年以后，我曾当过的右派分子那样，敌我矛盾，按人民内部矛盾处理，与他这个先"违命"，再封"侯"，打个巴掌，给个甜枣，在感恩戴德这一点上，有异曲同工之趣，想想，倒也不禁莞尔。

现在，读李煜的作品，相隔千年，情景迥异，但是，他那可怜，那但求苟活、命悬一丝的可悲，那瑟缩颤抖、永远不安的心灵，在"最是仓皇辞庙日，教坊犹奏别离歌"（《破阵子》），"无言独上西楼，月如钩"（《乌夜啼》），"多少恨，昨夜梦魂中"（《望江南》），"梦里不知身是客，一晌贪欢"（《浪淘沙》）等诗句中，还是能够深切体会，感情相通的。宋太祖虽不喜欢他，留他一条命在，等到宋太宗上台，李煜也就活到头了。四十二岁生日那天，送去一壶御赐的鸩酒，"亲爱的诗人，Happy birthday to you，干杯吧您啦！"一口吞下，毒性立发，在长时期的痛苦熬煎以后，饮恨而毙。

中国皇帝平均文化水平较低，而且大部分出身农民，这也是中国文化人屡遭皇帝践踏的原因。据说，外国皇帝拿破仑被库图佐夫打败，火烧莫斯科往西撤退时，还关照副官，把从巴黎带来的诗人再带回去，免得断了法兰西诗歌的香火。副官报告，队列已经排序完毕，没有安排这班摇鹅毛笔的家伙，来自科西嘉的矮个子说，将他们编入骡马牲口队伍里，不就行了嘛！要遇上中国皇帝，对不起，连与骡粪马勃一起的资格都不具备。

这位诗人，被虐杀的痛苦程度，在中国非正常死亡的文人中，大概要算头一份了。我至今弄不懂赵炅出于什么动机，要如此狠毒地收拾他？一定要用牵机药将李煜一点一滴地耗死？想来想去，唯一的原因大概就是女人了，谁教李煜有一个美艳绝伦的小周后呢？就是那首《菩萨蛮》中"花明月暗笼轻雾，今朝好向郎边去，刬袜步香阶，手提金缕鞋"的昭惠后之妹。她太爱这位诗人了，追随到汴京后，偏偏被行伍出身的宋太宗相中了。经常一顶翠轿，将她抬进大内，一住旬日，才放回来。这他妈的也太不把人当人了。《南唐拾遗记》载："李国主小周后随后主归朝，封郑国夫人，例随命妇入宫，每一入辄数日，出必大泣，骂后主，后主多宛转避之。"一个男人，连自己心爱的女人都保护不住，看着她被王八蛋蹂躏，还有脸活在这个世界上吗？尽管如此忍气吞声，那赵老二还不放过他，让他死于非命。

在中国文化史上，有个很奇怪的现象，凡皇帝，都有爱做诗的毛病，有点墨水者写，胸无点墨者也写。连还未坐稳龙椅的黄巢、李自成、张献忠、洪秀全等革命同志，也会诌两句顺口溜，让人笑煞。亭长刘邦，当上皇帝后，居然无师自通，吼出来"大风起兮云飞扬"，那挺胸凸肚的场面，一定很滑稽。于是，我觉得那个科西嘉小个子相当可爱，也许他只写情书，不做诗，便对诗人有了一份雅量，一份宽容，让他们跟骡马一队回来，不至冻死在西伯利亚。如果想到耶稣也是诞生在马槽里的话，说明波拿巴还是很高看这些拿着竖琴的天使。中国皇帝患有诗癖者，都觉得自己是块料，坏就坏在赵氏兄弟，偏偏也会写两句歪诗，所以，对写得比自己好的李煜，怎么看，怎么不顺眼，于是，遭到嫉恨的他，连违命侯都当不成了。

王铚《默记》载：徐铉原为南唐李煜臣属，归宋后任给事中职，一天，赵炅对他说，何不见见你的旧主子？于是，徐铉奉太宗命往见。"顷之，李主纱帽道袍而出，铉下拜，遽下阶，引其衣以上。铉辞宾主，李主曰，'今日又安有此礼？'铉引椅稍偏，乃敢坐。李默然不语，久之，忽长吁叹曰，'当时悔杀了潘佑李平。'铉既出，有旨召对，铉不敢隐，遂有秦王赐牵机药之事。牵机药者，服之头足相就前却，有如牵机状也。又传'小楼昨夜又东风'，及'一江春水向东流'之句，并坐之，故致祸云。"

诗人死在了他的诗上，这就是做皇帝的诗人，和不做皇帝的诗人，都有可能遇到的下场。但是，李煜不玩政治，不握权杖，不做皇帝，多活上几年，会给文学史创造多少绝妙好诗啊！皇帝有闲情逸致，是可以当一回诗人的。但真正的诗人，决不能当皇帝。李煜是至"真"之性的诗人，他只能做诗，只能燃烧自己的生命，去创造人间绝唱。虽然他活得窝囊，死得痛苦，虽然他未能给这个世界上更多的诗，但是，他的名字，就是诗和美的同义词，他的作品，就是汉语言臻于精绝的顶峰。

只要还有人类存在，他的诗，会永远被吟哦，因此，他也得到了不朽。

# 苏东坡和王安石

苏东坡殡丧完他的父亲，并守了三年的丧，终于在北宋神宗熙宁二年（公元1069年）的二月，从家乡四川回到阔别已久的都城开封。

也是这年，也是这月，王安石被宋神宗赵顼任命为谏议大夫、参知政事。这就是说，新登基的年轻皇帝决定赋予他足够的权力，来掌控国家，以推行新法。

中国历史上最著名的一次变法，就在这年，这月，大张旗鼓开展起来的。中国历史上有过多次改革，不过，成功者少，失败者多。从商鞅、王安石、张居正，到康梁百日维新的改革失败来看，商鞅败于贵族夺权，张居正败于死后清算，康梁败于保守势力，对立面都是坏蛋；只有王安石的失败，是个异数。他的支持者，基本上都是声名狼藉之徒，他的反对派，无一不是正直高尚之士。试想，这样一台戏，王安石再蹦再跳，再吼再叫，能唱得下去么？苏东坡，就是建议他拉倒吧、歇手吧的众人中的一个。

也许这是巧合，也许这是命运的安排，他回来得一是恰逢其时，一是恰逢对手。从此，按《宋史》所说，他就"为小人忌恶挤排，不使立于朝廷之上"，一直走下坡路。说句良心话，虽然王安石是他命运中的第一个克星，但王先生只是防着他成为自己的劲敌而已，对他尽管火大，收拾过他，打击过他，倒也并不想置他于死地。不过，后来，那些尾随王安石而扶摇直上的新贵，则是恨不能将他送上断头台的，民间谚语中所谓"阎王好见，小鬼难搪"，就是这个意思了。

开封的二月天，蔡河尚未解冻，初春的风吹在脸上，确有一点点冷冽。不过，年年如此，岁岁相同，中原地区总是这样送走寒冬，迎来春天。也许文人的神经细胞发达，也许他们很容易表现出敏感，事隔三年，苏东坡重又回到这座城市，忽然觉得有一股寒飕飕的气氛，裹胁着他，好一个不自在；王安石呢，也如此，自打上年七月来到东京，居住了大半年光景以后，这位长年生活在金陵的人，还是不能适应北方初春的冷意，背脊有些发冷，一种瑟缩感在压迫着他，与苏相似，同样好一个不自在。如果说，苏东坡的冷，只是因为他注意到一小部分人，那眼神变得严峻起来，甚至有意对他回避；那么，王安石的冷，则是他发现这座城市的大多数人，对他的猜忌，对他的拒绝，一如他刚来到都城那样，依旧寒气袭人，毫无变化。

历史，大概是个有趣的老人，很爱开玩笑，就在北宋王朝大变化的前夕，非要在这个凄凄寒寒的二月天，将名列"唐宋八大家"的这两位掰过腕子，赛过高低，针锋相对，互不相让。绝说不上是朋友，但也说不上是敌人的两位，硬碰硬撞在皇城丹凤门前的通衢大道上。

那场面，两人有点不知所措，因为平素间没有私谊，也就没有来往，属于"敬而远之"，属于"河水不犯井水"，属于"道不同不相与谋"的泛泛之交，甚至连"泛泛"也谈不到。不期然地在此相遇，不免一番尴尬。开封作为宋朝的首都，那制度是前朝政府厘定的，后周的世宗柴荣是一位英主，气魄很大，志向很远，所以这条北至玄武门，南至朱雀门，再到南薰门，纵贯全城的长街，长而且阔，宽加之广，相当壮观。只是由于黄河多次决口，如今早沉积湮没在城市地底下了。这两位完全可以大路朝天，各走一边的。但世事偏是这样蹊跷，你想他俩碰头，也许凑不齐，你想他俩回避，却歪打正着。一是王安石向来不讲究礼仪，轻车简从，信步走来；一是苏东坡刚刚由蜀返京，没带随从，无人招呼。于是，抬头不见低头见，只好抱拳作揖，寒暄两句，随后，各走各路，扬长而去。

王比苏年纪大，身份高，按理，应该先开口，对他老爹的辞世，表示一点哀悼之意，对他守丧归来，说几句慰问的话，节哀顺变啦，化悲痛为力量啦，也是情理中事。但王安石是个伟大的人物，从梁启超誉他为三代以下，中国惟一的完人起，到批林批孔，评儒评法，将他捧上法家的尊位止，越来越伟大了。可是，不管多么伟大的人物，往往也有其渺小之处。伟人要思考大事，关注宏观，自不免忽略细部，疏失碎微。其实，他的同时代人，也说他是一个"好学泥古""狷狭少容"的有相当呆气的先生。估计王安石未必会对苏轼的殡丧归来，多么在意，也不会对苏老泉当年与他的芥蒂，抱有成见。此时此刻，除了变法大计外，任何事物，都不在王安石的视野之中。虽然，苏洵早年对其进行人身攻击的《辨奸论》，很多资料证明系伪托之作，但后人为什么要假借他的名义，由此推断，苏洵跟王安石的有所不协，而王安石因此对苏氏父子存在牴牾，当非一朝一夕之事。这也是他们两位宁肯少说一句，决不多待片刻的深层原因，西方有句名言，性格即命运，或性格决定命运，再没有比在这两位文人的身上，得到最完整的体现了。

苏洵死于英宗治平三年（公元1066年）的四月，苏轼上书，为父求官。此事，南宋邵伯温的《闻见后录》说，载于《英宗实录》的说法，为"苏洵卒，其子轼辞所赐银绢，求赠官，故赠洵光禄寺丞"。而载于欧阳修《志》的说法，为"天子闻而哀之，特赠光禄寺丞"。邵氏认为，所以有此差异，《英宗实录》为王安石撰，他对苏洵、苏轼父子不感冒，故而直书"求赠官"。欧阳修与三苏交往密切，通家情谊，笔下遂有"哀之，特赠"的衍溢之辞。其实，王安石大可不必赤裸裸地、狠呆呆地说得这么白，这么直，来出苏东坡的洋相。苏轼请求英宗恩赐其父一个稍微响亮一点的官位，人子之情，无可厚非。看来，王安石对苏东坡之耿耿在怀，除了政治上的异同，情感上的隔膜，文人之间的较量，也是他与苏轼始终相左的根本。

明人茅坤倡"唐宋八大家"说，苏门父子三人均在其中，可见苏洵的道德文章、学问著作，不但为时人所崇，后世亦颇具影响。但他仕途不顺，多次应进士和茂材试，皆不中，遂绝意功名，自托于学术。这也是中国许多文人，在功名上碰壁以后不甘沉沦的出路。问题在于你找到了自己，你活着的时候，可以倚靠学术成就，从此傲岸于世，不买谁的账；可你死了以后，就由不得自己了。你的儿子，你的家属，就得按传统礼教、世俗常规来办理后事。苏洵终身未第，惟有"试秘书省校书郎"，和"霸州文安县尉"这样官卑位低的衔头，实在拿不出手，上不得台面。中国人之死要面子，是出了名的，于是，苏轼向英宗张嘴，请求给予这点哀荣，也是完全可以理解的苦衷。老实讲，"光禄寺丞"，算个狗屁？即使实授活着的苏洵，也是一个无职无权的散官。何况死后追赠，纯系顺水人情，大家心里明镜似的，大宋王朝别的不多，这种有名无实的的官，多如牛毛，谁稀罕？只不过王安石先生偏要咬文嚼字罢了，至少在这一点上，王欠缺一点厚道。

有什么办法呢？这就是文人根深蒂固的劣根性了。一部文学史，不管厚如城砖，还是薄如蝉翼，上面记载着的，都是文人看不起文人的相轻史。因为中国文人，大度者寡，是非者众，胸怀宽广者少，小肚鸡肠者多。表面上，温文尔雅，彬彬有礼，挺能装蒜；私底下，孰高孰低，谁强谁弱，猴精猴精，无时无刻不在盘算之中。王安石这样写，我们叫现实主义，欧阳修那样写，我们叫浪漫主义，都没有错。话说回来，为苏轼设想，他有非这样行事不可的道理，将其父骸骨从开封运送到四川老家眉山，舟船辗转于江河川汉间，千里之遥，若得不到沿途地方官员的帮助，不知该如何耽搁时日？因此，只有讨了这个"特赠光禄寺丞"的虚名，才有"敕有司具舟载丧归蜀"的谕旨，他之迟迟未行，就为等这张派司，尽管如此，经水路扶柩回乡的他，还是用了十个多月的行程，直到次年的四月，才抵达眉山。

接下来，当然就是安葬；再接下来，当然就是"丁忧"。

封建社会，强调忠孝，父母死后，子女要守丧，三年内不做官，不嫁娶，不赴宴，不应考，名曰"丁忧"。也就是说，苏东坡要守丧三年后方可复职。这种"丁忧"制度，有时会弄得当事人很扫兴，很尴尬。第一，噩耗传来，二话不说，立马辞掉差使，回籍泣血稽颡，寝苫枕块，工作没了，饭碗丢了。第二，守丧三年，不上班，不做事，隔绝官场，远离同僚，顿成一个虽然还顶着乌纱，但已是有名无实的官场植物人。整整三年，该走动的，该联络的，该鞠躬致意的，该磕头烧香的，这些为官必做的基本功，统统放下不练，且不说经济上的损失，守丧以后，继续回到原来的位置上，其可能性还有多大？尤其大宋王朝，冗官为其积弱不振的原因，你还没有站起来离开这把椅子，就有好些竞争者觊觎你出缺的位置,所以"丁忧",常常成为官场倾轧的一种手段。

不过,苏轼,是位天生的乐观主义者,他倒没有太多往这方面想,因为他心里有底。治平二年学士馆试策后,入直史馆,是宋英宗赵曙的特意安排。按皇上的意思,"即欲便授制诰",要重用和大用,被宰相韩琦拦住了,认为拔擢过快对年轻干部不利。宋英宗让了一步:"知制诰既未可,且与修起居注,可乎?"韩琦还是不同意:"记注与制诰为邻,未可遽授,不若且于馆阁中择近上贴职与之,他日擢用,亦未为晚。"所以,苏在史馆中,实际是接受皇帝差遣的贴身秘书,属于能够出入内廷的特殊人物。因此,握有出入内廷腰牌的他,才不在乎别人借丁忧之事来挤兑他。

熙宁元年(公元 1068 年)的七月,正式除丧,在原籍又滞留到这年的十月,才动身回京。一是他入值史馆,在别人眼睛里看来的良好前景,二是他诗词文章,在别人心目中留下的响亮名声,如此一个红人,一个名人,走到哪里,会少了旧雨新知的迎来送往呢?何况苏东坡又特别地爱吃这一套,受用这一套呢?就像如今那些大红大紫的文化名星,到处招摇,骗吃骗喝,快活得不行一样,浑身上下,每个细胞都处于亢奋状态。再加之粉丝的包围,慕名者的崇拜,狗仔队的跟踪,那感觉真是好极了。所以,这次行程,走的是陆路,本想图快一点的,但应接不暇的他,竟"优哉游哉"地逛了四个多月,直迤到熙宁二年的二月,才回到京师汴梁。他的一行车骑,满载着朋友的馈赠,沿途的特产,在其开封寓所南园的院前停下,尚未完全卸下,估计他的家人、他的亲友,马上就会告诉他离京三年期间,在首都发生的大事小情。虽然,千头万绪,说来话长,但总结起来,无非四条:

一，英宗死了，二，神宗接位，三，王安石来了，四，马上实行变法。这四大变化，让苏东坡有兜头一棍之感，心底里多少有点发毛。

南宋人李焘，用力四十年，据第一手资料，也就是帝王的起居注，著《续资治通鉴长编》。不知为什么，独缺神宗熙宁二年的这一卷。因此，苏轼回到都城，循例请求复职的报告，递上去以后，迟迟不见复文，在此书中找不到任何记载。在元人脱脱主编的《宋史·本传》中："熙宁二年，还朝。王安石执政，素恶其议论异己，以判官告院。"也看不出什么周章。不过，从他一封给友人子明的信中："轼二月中，授官告院，颇甚优闲，便于懒拙。"可想而知，苏轼的职务虽然恢复，薪俸如数照领，但三年前那样进出掖庭，奉承圣意，或草诏书，或拟敕令，时刻待诏于英宗陛下的荣幸和特权，随着大行皇帝而一去不再。这种"优闲"、"懒拙"的牢骚，反映出他交出腰牌的失落感，看出他远离天颜的闹心程度。

在所有的帝国体制里，上至王公大臣、皇后贵妃，下至百官佐僚，太监宫婢，能够得到帝王宠幸者，无不费尽心思固宠，无不竭尽全力排他，让皇帝老子永远爱他，而且只爱他一个。在当代社会里，哪怕一个科长，一个村长，一个小老板，一个下三烂的评论家，都会有他们的亲信、马仔、跟屁虫、和狗腿子的。一个个也是虎视眈眈，生怕别人挤进来的。王安石是伟人，这一点，毫无疑问，然而，伟人也是人，他怎么能够允许苏轼进入神宗的视线之中呢？第一、此人年纪轻，第二、此人名声大，第三、此人在朝野的朋友多，而王安石更为在意的，是第四，也是最主要的，他觉得这位后起之秀，有点轻狂，有点嚣张，若是给他出入宫禁的方便，若是给他左右天聪的机会，能指望这个在学问上看不起自己，在文学上胜过了自己的苏东坡，对他的改革，对他的变法，唱赞美诗么？

那年，苏东坡三十四岁，王安石五十一岁，相当今天八零后作家与知青代作家的年龄差距，按理说，基本不搭界，也就不会太计较。可是，从二月起，宋神宗几乎将整个大宋王朝，托付给这位改革家，由着他大展拳脚。值此权高位重、如日中天之际，可以想象他很忌讳他与神宗皇帝之间，出现第三者的。作为政治家、思想家的王安石，应该是一个高明的谋略家、精明的权术家才是，冲他把苏东坡放在心上，证明他还不完全是。因此，他首先介意的是与他平级而且资深的司马光，其次是韩琦、富弼、文彦博这些曾作过"平章事"，也就是相当于宰相或副宰的重臣，至于欧阳修，至于苏东坡，自郐之下，统统不在他的眼中才对。苏轼若放在今天，其地位，充其量不过相当于文联、作协的副主席或者主席团委员而已，哪怕享受国家特殊津贴，哪怕出入有小车代步，哪怕人五人六，像模像样地出现在公众场合，眼前有闪光灯啪啪作响，手中有麦克风可供开讲，那也无法与职务相当于国家总理、副总理级别的王安石相比。

已经成了神宗的教父，兼指导，兼国策顾问的王安石，为什么总是不放过比自己小十七岁的苏轼呢？

这就是文人无法超脱的较量情结了。在文学史上，苏的名声要高于王，苏首先是文学家，其次是政治家；与其说他是政治家，还毋宁说他一辈子搅进政治是非之中的倒霉蛋，更为确切。而在中国政治史上，王的名声要大于苏，因此，王第一是政治家，第二是文学家。可这两人都是"唐宋八大家"之一，虽然熙宁二年尚未出现这种说法，但王安石并不认为自己文学家的身份，排在第二位，就是第二流。所以，一流文学家的王安石，自然要把一流文学家的苏东坡，视作较量的对手。反过来，苏东坡也不能承认他首先是文学家，其次是政治家，因而他就是一个二流政治家，一个不成熟的政治家。当他被逼到墙角，有什么理由不与这个一流政治家王安石，进行旗鼓相当地角斗呢？丁忧三年回来，这样轻易地被王安石从牌桌上拖下来，逐出于权力游戏之外，当然不能善罢甘休，当然不能咽下这口气。抗争图存，改变劣势，是人类进化的物竞天择之道，更是那些人在官场、身不由己的官员们，在其位谋其事的必然规律。他会想，如果英宗在，当是我踹你王安石到桌子底下去。如今，龙椅上坐着天纵聪明、圣心独运的神宗陛下，也不是只许你一个人巴结，而再无别人趋前的份？

有压迫就有反抗，这是当代的政治口号，然而也是古已有之的汉子精神，苏轼以他自己的方式，从这年的五月份起，连续上书，如《谏买浙灯状》，如《议学校贡举状》，终于得到神宗的召见。在其随后的《上神宗皇帝书》一文中，说到这次与赵顼的对话，两人似乎交谈得很融洽。这年，神宗二十一二岁，年龄段接近于苏轼，趋同的可能要大些，也许这是王安石担心的因素。果然，赵顼很开明，很开放，"上谓臣曰，方今政令得失安在，虽朕过失，指陈可也。"据此，"臣即对曰，陛下生知之性，天纵文武，不患不明，不患不勤，不患不断，但患求治太速，进人太锐，听言太广。"苏东坡逮到这样一个进言的机会，自然也是毫不客气，直奔主题。虽然，没点出王安石的名姓，神宗不是糊涂蛋，明白他"三不"、"三太"的锋芒所指，不得不"颔之曰，卿所献三言，朕当熟思之"。

说到官场斗争，只要是这种你背后整我，我背后整你的小动作，就不能以正义或非正义，善良或不善良这些通常的道德标准来衡量。因为其中所夹杂着的个人意气、嫌隙是非、私衷隐情、偏颇怨尤之类见不得阳光，上不得台面的货色，很难以好、坏、对、错来判断。苏东坡是否还给神宗说了一些未便在这篇文章里和盘托出的东西，后人自然无法了解，但王安石显然获悉一些情况，才赶紧跑到神宗那里去消毒。现在回顾这位大改革家、大思想家，也有其可爱可笑之处，只要一碰上苏轼，就捺不住地神经质，就捺不住地肝火旺，就捺不住表现出文人的气质来。

看来王安石虽是伟人，更是常人，他还真是急了，据《长编拾补》卷四，此人进宫，直捅捅地就问神宗："'陛下何以召见轼？'上曰：'见轼议学校贡举，异于诸人，故召见之。'对曰：'陛下如此错矣。人臣以得召见为荣，今陛下实未知臣何如，但以臣言事即召见，恐人争为利以进。'"王安石也不在意这种教练训斥球员的口吻，神宗听了能否受用，幸好这位陛下指着他变法图强，来挽救这个帝国，也不好太在意这个说话不拐弯的参知政事。不过，还是建议王安石："轼宜以小事试之，何如？"没想到，本来面孔赭黄的王安石，益发黑沉下来，一脸墨色地说："陛下用人，须是再三考察，实可用乃用之。今陛下但见轼之言，其言又未见可用，恐不宜轻用。"神宗此时需要王安石大于需要苏轼，也就不再坚持起用先帝重用过的才子。

过了不久，六月二十七日，朝廷命举谏官，张方平举李大临与苏轼，神宗估计王安石会亮红灯，干脆压下。

王安石一而再、再而三地阻难，如果苏轼聪明，适可而止，这位同行也许会高抬贵手，给他一条出路。可苏东坡属于那种比较在意人格，在意自尊的文人，点头可以，鞠躬办不到，问好可以，请安绝不会。你可以说苏很傲岸，你也可以说苏有骨气，中国文人患软骨症者固多，但也不全部都是鼻涕虫。王屡次三番用行政手段压苏服，想让苏服，苏还就偏不服。八月十四日，苏轼担任国子监举人考试官，虽然这是一次临时差使，他还是利用这个机会，表现了他对王的反抗。这种文字游戏式的反抗，根本不顶屁用，但是，一个人连这点不顶屁用的声音，也发不出来，岂不是太窝囊，太孬种？这是一道极具反讽意味的策论题目："晋武平吴以独断而克，苻坚伐晋以独断而亡，齐桓专任管仲而霸，燕哙专任子之而灭。事同功异，何也？"试题一发到考生手里，无不会心而笑，连贡院的兵卒都看出名堂来了，王安石哪里能忍受这样公开的挑战，大冒其火。

所以，接下来的十月七日，司马光上书，举荐苏轼为谏官，这本是极有可能的安排，火大的王安石，对与他平级的同僚提出来的方案，照样也给毙了。

十一月初六，蔡延庆、孙觉并同修起居注，神宗想起用苏轼，无论如何，苏轼是他爷爷宁仁宗选拔的才俊，是他老爹宋英宗赏识的才子，但王安石跳出来反对，把他对苏东坡的不满，大大地宣泄了一通。据《长编拾补》云："王安石曰：'轼岂是可奖之人。'上曰：'轼有文学，朕见似为人平静，司马光、韩维、王存俱称之。'安石曰：'邪检之人，臣非苟言之，皆有事状。作《贾谊论》，言优游浸渍，深交绛灌，以取天下之权。欲附丽欧阳修，修作《正统论》，章望之非之，乃作论罢章望之，其论都无理，非但如此，遭父丧，韩琦等送金帛不受，却贩数船苏木入川。此事人所共知。司马光言吕惠卿受钱，反言苏轼平静，斯为厚诬。陛下欲变风俗，息邪说，骤用此人，由士何由知陛下好恶所在。此人并无才智，以人望，人诚不可废。若省府推判官有阙，亦宜用。但方是通判资序，岂可便令修注！'上乃罢轼不用。"他的这番怨言，既有不实之词，也有道听途说，但更多地让我们窥见其内心深处,撇开政治之外的那种文学家的较量。他提到的苏作《贾谊论》,是与他作的《明妃曲》,皆以汉朝历史为背景的文章和诗词。嘉祐年间,这两篇东西轰动一时。相隔十年之后,王说起来还是咬牙切齿,因为曾经抢了他的风头。从计较这等小事,本是政治家的王安石,一下子成了完全的文学家王安石了。

熙宁三年(公元1070年)的二月,新法推行一年以后的弊端逐渐显现,举国上下,苦不堪言。应该是绝对文学家的苏轼,成为公开挑战王安石的政治家,再次上书神宗皇帝,坚论新法之不可行。据《长编拾补》卷七,"轼又尝上疏曰:'陛下自去岁以来,所行新政,皆不与治同道,立条例司,遣青苗法,敛助役钱,行均输法,四海骚动,行路怨咨。'又作《拟进士对御试策》,上以轼所对策示王安石。安石曰:'轼才亦高,但所学不正,今又以不得逞之故,其言遂跌荡至此,请黜之。'曾公亮曰:'轼但有异论耳,无可罪者。'他日,安石又白上曰:'陛下何以不黜苏?岂为其才可惜乎!譬如调恶马,须减刍秣,加箠扑,使其贴服乃可用。如轼者,不困之使自悔而绌其不逞之心,安肯为陛下用!且如轼辈者,其才为世用甚少,为世患甚大,陛下不可不察也。'"这段君臣之间的对话,完全暴露王安石在文学上压不倒对手,在政治上却可将对手打趴在地的嘴脸。

最后,王安石竟然怂恿他的亲家谢景温检举苏轼,诬告他"丁父忧归蜀,往还多乘舟,载物货,卖私盐等事"。神宗当真了,立案调查。好在那时没有双规这一说,苏东坡心里坦荡,照吃照喝不误。最后,查无实证,王安石也只好黑着脸,两眼一抹煞,不了了之。

钱穆在《国史大纲》里评论王安石:"是有伟大抱负与高远

理想的人。"但也说:"安石的最大弊病,还在仅看重死的法制,而忽视了活的人事。依照当时情况,非先澄清吏治,不足以宽养民力。非宽养民力,不足以厚培国本。非厚培国本,不足以遽希武功。""安石未免自视过高,反对他的,他便骂他们不读书,说他们是流俗,又固执不受人言,而结果为群小所包围。""所以当时人说他性情执拗,不晓事。又说他只能做翰林学士,不该做宰相。"大师的这些论断,归纳为一点,最好做翰林学士的王安石,实际上还是脱不了文人本色。王安石的理想主义,感情用事,偏执人格,任性而为,说明他血液中终究是文人的秉赋居多,所以他给中国人留下来的宝贵遗产是文学,而不是加速北宋灭亡过程的熙宁变法。

虽然,将王安石神圣化、光环化,是近年来一种时髦。王安石在他被污名化的将近九百年间,他几乎无一是处,差不多被描绘成臭大粪,这当然是很大的偏见。而在近一百年间,王安石的历史价值重新被认识,被肯定的时候,中国人的浅薄和偏激,又朝着相反的方向,把所有反对王安石变法的同时代杰出人物,统统扔进恶水缸,这就更不足为训了。实事求是地说,在中国,做任何攸关全民生计的大事大情,任何一个领袖人物,不能因为其道德之高尚,品格之完好,动机之纯洁,愿望之善良,就以为自己有权可以驱使广大人民陷于水深火热的没顶之灾中,为其政治实验做牺牲品,那是绝对不可忍受,不可允许,也不可原谅的。王安石最大的错误,就是他根本不把反对者的意见当回事,更不把当时的大多数老百姓的意志当回事。他开着那辆快要散架的帝国破车,只顾踩着他的油门,加速度地向前冲去;口中还念念有词:同志们哪,老乡们哪,我可是一心一意,全心全意,为了你们才这样干的。清人王夫之在《宋论》中说:"安石用而宋敝,安石不用而宋亦敝。"苏东坡看着这位黑脸车夫，心想，算了吧！尽可能地离你远些，求个安生吧！于是，他给神宗打了个报告，陛下，你还是恩准放我外任，到杭州做太守去吧！

于是，在这场表面很政治，其实还是很文学的较量中，两位文人，说不上谁输，也说不上谁赢，双方打了个平手。

文人的较量，最佳状态为实力的较量、才能的较量、智慧的较量、创造力和想象力的较量，谁是半斤，谁是八两，是骡子是马，拉出来溜溜。一切都公平公正公开的竞争之中，那么，赢也赢得安心，输也输得甘心。但有的文人，他只能赢，不能输，他又没有本事赢，可他不想认输。怎么办，只有借助于文学以外的手段，或站在明处，或躲在暗处，取得压倒对手的优势，拿着奖牌，捧着奖杯，数着奖金，披着奖带，面不改色心不跳，气壮山河冲斗牛，那才是文坛上最令人气短齿冷的丑恶现象。

# 欧阳修

《列子·汤问》："伯牙善鼓琴，锺子期善听。伯牙鼓琴，志在高山，锺子期曰：'善哉！峨峨兮若泰山！'志在流水，钟子期曰：'善哉！洋洋乎兮若江河！'"这则"高山流水"的典故，用来形容知音之赏识和知音之难遇。

中国文人的最大毛病，从来不是"嘤其鸣兮"地"求其友声"。凡写了一点作品，凡有了一点声望的作家诗人，你按也按不住他要"诲人不倦"，要"指点众生"，要"挥斥方遒"，而"好为人师"。

这班进入大师状态的文人，嘴巴之大，嗓门之粗，脾气之长，毛病之多，遂构成当代文学的一道风景线。返观前贤，能不感慨良多嘛！

大师，是极尊崇的称呼，最早见《史记·儒林列传》："学者由是颇能言《尚书》，诸山东大师无不涉《尚书》以教矣。"看来，大师情结，可谓古今通病矣！

由此起始，中国的大师开始多了起来，什么国学大师、文学大师、美术大师、烹调大师、气功大师、干炒牛河大师，五花八门，形形色色，把这顶桂冠东送西送，已经贬值到与街上卖的臭豆腐也快差不多了。书无一本像样的，文无一篇称道的，也作出令人作呕的大师状，指点江山，挥斥方遒，实在是近二十年文坛怪现象之一。前人对于滥称大师，也是十分反感的，清人陈康祺在《郎潜纪闻》里说到大清朝时的情况，言词中就颇有些不敬的口吻："二百余年来，讲堂茂草，弦诵阒如，词章俭陋之夫，挟科举速化之术，俨然坐皋比，称大师矣！"

民国初年，胡适在《国学季刊》发刊宣言里说："近年来，古学的大师渐渐死完了，新起的学者，还不曾有什么大成绩发现出来。"由此可见，在胡适眼里，学者和大师不能划等号，没有"大成绩"，而只是中成绩，小成绩，学者也不能称大师。所以，现在文坛上那些自封的大师，人封的大师，多少有些"山中无老虎，猴子作大王"的沐猴而冠的意思。证明了莎士比亚在《威尼斯商人》里说过的一句名言："发亮的东西，未必都是金子"，真是一针见血之语。

在中国人的心目中，大师的"大"，是非同小可的，而这个"师"字，则分量尤其的重。

我记得旧时家家户户供奉香火的神龛上，就有写着"天地君亲师"字样的牌位。这"师"，就包含上至孔老夫子至圣先师，中至才高八斗、学富五车的各类学问的大师，下至为你启蒙、教你识字的老师。凡师，本来就应该包含扶持、提携、培养、熏陶后来人的意思在内。近读《宋史》，为欧阳修和苏东坡同道相助，奖掖后进的精神所感动，于是，体会到中国文学的进展，正是全赖这样的大师的播种耕耘，才得以造成文坛的辉煌局面，因此，要说到大师二字，只有从这个意义上说，才是名符其实的。

《宋史》载欧阳修"奖引后进，如恐不用，赏识之下，率为闻人。曾巩、王安石、苏洵、洵子苏轼，布衣屏处，未为人知，修即游其声誉，谓必显于世。"苏东坡也如此，"一时文人如黄庭坚、晁补之、秦观、张耒、陈师道、举世未之识,轼待之如朋俦,未尝以师资自予也。"

像这样的大师,庶几乎不辜负这一个"师"字了。孔夫子所以成为百代素王,就因为他拥有三千弟子,七十二贤人,形成了一门儒学。什么样的"师",带出什么样的"生",然后,一群什么样的"生",又对中国文化上做出什么样的贡献,这才够资格称为大师。

欧、苏所在的赵宋王朝,在中国历史上,是个实际上只拥有半壁江山的弱势政权,但在文化和文学的成就上,丝毫不逊色于前朝的盛唐气象。人们耳熟能详的唐宋八大家,所谓"韩柳欧苏"等等,这两朝是平分秋色的。而在宋仁宗、英宗、神宗三朝,文坛一下子出现群星璀璨、蔚为壮观的局面,绝非阮籍登广武所叹:"时无英雄,使竖子成其名"的只会搞一些形式主义的,只不过是过眼烟云的假繁荣,而是一个真正辉煌的,在历史上留得下来的文学高峰期。

九世纪的中期,欧阳修算得上是位顶尖的领衔人物了,"为文天才自然,丰约中度,其言简而明,信而通,引物连类,折之于至理,以服人心,超然独骛,众莫能及,故天下翕然师尊之。"接他棒的苏东坡,小他二十九岁,则是九世纪后期的文坛主将,宋人葛立方在《韵语阳秋》里赞叹道:"东坡喜奖与后进,有一言之善,则极口褒赏,使其有闻于世而后已。故受其奖拂者,亦踊跃自勉,乐于修进,而终为令器。若东坡者,其有功于斯文哉,其有功于斯文哉!"反复论说其有功于斯文,看来真是发自肺腑之言了。

在宋南渡前的文坛,先是欧阳修与他周围的作家,后是苏东坡与他同道的文友,构成了两个极佳的文学方阵。但苏东坡在文学途程起点阶段，若无欧阳修这样的"师"，苏轼这样的"生"，也许未必如此顺利在文坛立足了。所以，按旧时风习，"师"之对于"生"，位置能够排在"天、地、君、亲"以后，虽然很具封建色彩，但也表示师生知识的传承关系，所负荷着人类进化的重任，正是有师有生，代代相传，才构成世界文化的历史长河。

当欧阳修"举进士，试南宫第一，擢甲科，调西京推官"早已文声卓著，名震遐迩。可苏东坡还在四川老家待着，虽然他二十岁的时候，由眉山至成都，当地名流"一见待以国士"，但对偌大中国来说，盆地终究有其局限性，尽管苏轼才俊不可一世，但不为世知。大概四川作家，除了名师赏荐之外，其成长过程似乎有个隐隐的规律在，那就是必须出夔门，方成大器。

记得八十年代中，写《许茂及其女儿》而闻名的周克芹先生，尚健在时，每年来北京来开会，偶尔到舍下小坐，总是伴何士光、张贤亮等一起光临，谈及这个话题，举出不少例证。其中一，即苏轼，一出蜀则雄伯天下，以致四海之内的士子，开口不谈苏而觉气索。其中二，即司马相如，当他在西京时何其了得，长门一怨而天下知，后妃们都给他送红包，求其词赋，文采之飞扬，神情之得意，可想而知。一旦回到成都那条街上，与卓文君合开一家小铺子，整日坐在烫酒的炭炉旁，欣赏太太的美丽，从此也就了了而已。出蜀效应，自古至今，皆如此而然，或许不无道理。然而，克芹憾甚，天不假以永年，还未等他出蜀，便撒手西去了。

苏洵也许意识到，也许并非完全自觉地，只有走出盆地，方能显现天下，不去和中原文化主流契合，寻找到认识并重视他们才华的大师，至死也是坐井观天罢了。于是，至和、嘉佑年间，领着他的两个儿子，苏轼、苏辙，离开家乡四川眉山，乘舟东下，过三峡，出夔门，到了北宋的京师汴梁应试。三苏的名声，立刻被当时任翰林学士的欧阳修注意到了。"上其所著书二十二篇，既出，士大夫争传之，一时学者竞效苏氏为文章。"由于这样一位举足轻重的大人物的推荐，而且上达天听，连宋仁宗都认为朝廷得人。于是，这三位川籍作家，在首都制造了一次"轰动效应"。开封城里，立刻掀起了一阵三苏旋风。一时间，文人为文，都模仿他们的风格。

"楚蜀得曾苏，超然皆绝足，父子兄弟间，光辉自联属。"这是欧阳修"与为诗友，自以为不及"的梅尧臣，所写的《送曾子固苏轼》诗。三苏二曾，一代新人的崛起，使得这位老诗人兴奋不已。然而，他笔下所写的"光辉"，正是由于欧阳修大力提携、推荐、游说、鼓吹，苏洵与其两子——轼、辙，才得以大展抱负，否则，也不是没有可能"冠盖满京华，斯人独憔悴"，历史上那种"不才明主弃，多病故人嫌"的怀才不遇的事例，不也屡屡发生过嘛！所以，发现真正有才华的人，并使其充分发挥能量，也就是所谓的慧眼识人，这才是大师的"师"，应该尽到的责任。所以，大师的伟大，除了伟大在自身的文学成就上，还伟大在知人、识人、发现人、培养人的堪为人师的这一点。

公元九世纪中，欧阳修是位公推的文坛领袖，那时候没有什么选举之类，也用不着拉票，也无须乎搞种种小动作。古代作家，至少那些真正的大师辈的作家，更讲究靠作品说话，而不把功夫用在文学以外。而时下那些奔名逐利于文坛者，组织吹捧呀，花钱买好呀，央人鼓掌呀，自吹自擂呀，忙得马不停蹄，累到吐血的程度，结果如何呢？不过是《伊索寓言》所嘲讽的那只狐狸，尽管披了一张狮子的皮，也并不等于就是森林之王。即使把自己作品的每一个字，都镀上14K金，该狗屎还是狗屎。

欧阳修被"天下翕然师尊之"的崇敬，是因为他"始从尹洙游，为古文，议论当世事，迭相师友，与梅尧臣游，为歌诗相倡和，以文章名冠天下"。最后一句，若译成现代语言，欧阳修以其使人敬服的创作实力和人格魅力，才被尊之为大师，凭真货色、真本事、真学问、真文章，才在文坛上产生一呼百应的凝聚力。欧阳修也不是无原则地支持一切，欧阳修始终坚持自己的文学主张，和他一以贯之的做人风格。"知嘉祐二年贡举，时士子尚为险怪奇涩之文，号'太学体'，修痛排抑之，凡如是者辄黜。毕事，向之嚣薄者伺修出，聚噪于马首，街逻不能制，然场屋之习，从是遂变。"

欧阳修作为大师的第一成绩：纠偏当时文学积弊，创造一代新的文风。《宋史》认为他的功绩可与唐代韩愈的古文运动相比拟，"唐之文，涉五季而弊，至宋欧阳修又振起之"。作为大师的第二成绩：是他发现了一大批如苏东坡这样的文学精英，使他们脱颖而出，造成宋代文学的辉煌。从文学史的角度看，那就更应该大书特书一笔，予以充分肯定的。

看来，发生在 1058 年的这次开封城里的小小学潮，不过是考生们起讧而已，倒没有任何政治背景，只是对欧阳修改革文风的一次抗议。他们落榜了，走上街头，拦住了他的马，包围着他吵吵闹闹，连警察也没有办法制止。这位老先生并不因此而迁就，而改变初衷。该支持者绝不惜力，不该支持者哪怕闹事也绝不苟同。梅尧臣诗里提到的曾子固，即曾巩，也是受到欧阳修关注过的。《宋史》说曾巩："生而警敏，读书数百言，脱口辄诵，年十二，试作《六论》，援笔而成，辞甚伟。甫冠，名闻四方。欧阳修见其文，奇之。"

王安石就是通过他，得以受到欧阳修的教益。《宋史》的

《曾巩传》和《王安石传》里都记载有这段:"少与王安石游,安石声誉未振,巩导之于欧阳修,及安石得意,遂与之异。""安石少好读书……友生曾巩携以示欧阳修,修为之延誉。"从他的作品集中,有许多与这些年青文友们的唱和、交游、思念、酬应的诗篇。欧阳修曾被他的政敌指斥,说他有朋党之嫌。他立即著《朋党论》,毫不掩饰他与同道者的亲密关系。"君子以同道为朋,小人以同利为朋。"

凡大师,其学术成就,其文化贡献,其思想深度,其智慧之光,总是能够像电光雷鸣一样,产生巨大影响,在历史的一页上留下浓墨铸成的铭记,永不磨灭,这才是胡适所说的"大成绩"。作章句儒,做老雕虫,拾人牙慧,鸡零狗碎,是算不得大师的。至于等而下之者,皇帝的新衣,纸上的冰山,厚似城墙的脸皮,吹牛皮不上税,与大师二字更相差十万八千里了。

公元1056年,已经头角峥嵘的苏东坡方二十二岁,他的弟弟小他三岁,比之现在那些后生代的作家,还要年青些。不知道由于什么原因,古代文人早慧者多,而近代作家则偏向晚熟。且不说外国的普希金、莱蒙托夫,都在未长胡子以前,就写出了传诵一时的名篇,仅以中国的李贺为例,孩提时,就写出《高轩过》一诗,令韩愈吃惊。李长吉死时才三十出头,还不到退出共青团的年龄,可他在唐代诗坛的重要位置,已经牢固地奠定,为公认的大家。可时下许多同样年纪的后生代作家,尚在暗中摸索,不得要领。好一点的,充其量,也只处于小试牛刀的发轫期,连圈子里的人,也未必知名。

大概如今时行大器晚成,不到五十岁,或略超半百,尚冠以青年作家头衔者,不算稀奇。过了而立之年,还称之为新生代,或后生代作家者,也属正常,以此类推,苏东坡就该是儿童团作家，李贺只能算幼儿园作家。我想，造成这样现象，有许多因素。但缺乏像欧阳修这样奖掖后进、发现新人的大师级人物，恐怕是相当重要的原因。韩愈就了不起，他听说李贺那小孩子有特异才华，亲自登门。后来，李贺考试，因避父讳，取消报考机会，韩愈专门写了文章说明讳无必要，做他的思想工作。正是这些大师的关怀，李贺的禀赋才得以发挥出来，成为诗中鬼才吧！

所以，韩愈说，不怕没有千里马，而怕没有伯乐，这句话是有道理的。当然，有可能在一定的时期内，硬是没有伯乐出现，或出现了他也不干伯乐的事，尽去沽名钓誉，尽去风花雪月，尽去捞一官半职，那也只能无可奈何，就靠千里马自己去驰骋了。但千万别碰上一位非伯乐却装作伯乐的家伙，"策之不以其道，食之不能尽其才，鸣之而不能通其意，执策而临之曰：'天下无马！'"那就该倒霉大了。

但真正的伯乐，如欧阳修者，在读到苏轼的文章以后，给梅圣俞的信中，抑制不住自己的兴奋之情，"取读轼书，不觉汗出，快哉快哉，老夫当避路，放他一头地也。"一个在文坛扛鼎的大人物，会为一个年青作家的出现，高兴到甘愿为他让路，这种大公无私的精神，还能找出类似的第二人么？宋人朱弁，在他的笔记《曲洧见闻》里提到："东坡之文，落笔辄为人所传诵，每一篇到，欧阳公为终日喜。前辈类若此。一日，与其子论文，及坡公，叹曰：'汝记吾言，三十年后世上人更不道着我也。'"从这里，我们更看到他那宽大的心怀，深情的期勉，以及对于年青人成功的喜悦。

若是能得这样大师的惠泽，岂不也是一种难得的幸福嘛！

大师的预见没有错，朱弁接着写道："崇宁大观间，海外诗盛行，后生不复言欧公者。是时，朝庭虽尝禁止（苏轼文字），赏钱增至八百万，禁愈严而传愈多，往往以多相夸。士大夫不能读坡诗，便自觉气索。"

苏东坡在北宋文坛成为举足轻重的人物时，虽然他一次坐牢，两次官司，三次流放，多次调动，最后充军到海南岛，一生之中，始终与提携过他的前辈欧阳修一样，接棒的苏轼，也是以扶持年青人为己任的。身体力行，尽最大力量去发现，支持，援助，提携文坛新人，在《宋史》中，这样的例子，简直俯拾即是。

《黄庭坚传》："熙宁初，举四京学官，策文为优。教授北京国子监，留守文彦博才之，留再任。苏轼尝见其诗文，以为超轶绝尘，独立万物之表，世久无此作，由是声名始震。"

《晁补之传》："十七岁从父官至杭州，粹钱塘山川风物之丽，著《七述》以谒州通判苏轼。轼先欲有所赋，读之叹曰：'吾可以阁笔矣！'又称其文博辩隽伟，绝人远甚，必显于世，由是知名。"

"其弟晁咏才，少有异材，晁补之以其诗文献轼，轼曰：'有才如此，独不令我一识面邪？'"

《秦观传》："见苏轼于徐，为赋黄楼，轼以为有屈、宋才。又介其诗于王安石，安石亦谓清新似鲍、谢。及死，轼闻之叹曰：'少游不幸死道路，哀哉，世岂复有斯人乎！'"

最令人感动的，是在邵博的《闻见录》里所说的一则故事了。"鲁直以晁载之《闵吾庐赋》问东坡，何如？东坡报云：'晁君骚辞，细看甚奇丽，信其家多异材耶！然有少意，欲鲁直以渐箴之。凡人为文，宜务使平和，至足之余，溢为奇怪，盖出于不得已耳。晁君喜喜奇似太早，然不可直云尔。非为之讳也，恐伤其迈往之气，当为朋友讲磨之语可耳。'予谓此文章妙诀，学者不可不知,故表出之。"

大师的胸怀,大师的关爱,从这一席话中,千年以后的读书写作的人,也能体会到大师的体贴和温馨。联想到时下那些加引号的"大师",凡谀己者皆荣宠之,凡异己者皆粪土之,踏破门槛者为高足,不去磕头者为叛逆,无所谓是非,也不辨真伪,只以个人好恶而定爱憎。而真正的大师,永远是旗帜鲜明地支持应该支持的文坛新秀。也许他并不喜欢他,如欧阳修之对王安石,后来两个人甚至成为政敌,但不因此改变他对王安石文学才华的看法。

因为大师有这样足够的自信。

其实作家的自信,是和他的创作状态紧密相关的。任何一个作家,都有其创作的始创期、鼎盛期、衰微期三个阶段。一旦到了写不出,即使写出也写不好的那一天,便不大愿意看到别人好过自己,更不愿意看到小字辈超越自己,这种类似妇女更年期的折腾现象,也是许多作家难以逃脱的病态。所以,你千万不要去向作家本人打听,"您是属于三者中的哪一期?"因为所有作家都相信自己处于良好的状态之中。即使连一个屁也放不出来了,这作家招牌也不会放下的。历史上,只有一位作家,甘于承认自己不灵的,那就是南朝的江淹,至今也不能不佩服他的老实坦白。所以,有"江郎才尽"这成语,除此以外,我们没听过有张郎李郎王郎赵郎才尽这一说,都认为自己的才华如不尽长江,滚滚而来。

实际并非如此,作家与世间万物一样,有其新陈代谢的规律,会衰老的。虽然这种老化现象与年龄并无一定的关系,有些高寿的作家,照样才华洋溢,笔力雄健;有些年纪尚轻的作家,也可能中气不足,未老先衰。问题就在于想写和能写,写得出与写得好，并非依主观意志而定。欧阳修的"避路精神"，我们为之大声喝彩的同时，也看到他的自信，唯其自信，敢于避路，让出一头地。而有些前辈，唯其不自信，才对年青人，横挑鼻子竖挑眼。欧阳修虽然说，三十年后，我就没戏了，但实际上他到今天还是有戏；与时下文坛上那些以为自己将要不朽，或已经自觉不朽的作家，人还未死，作品已亡的状态相比，便知道大师二字，不是随随便便，像萝卜白菜一样论堆卖的东西。

现在，还有这样乐于助人，特别是助新生代一把的大师吗？当然有，这是毋庸置疑的。中国文人的人梯精神、团队意识，自会薪火相传，香烟不绝的。但在正如太史公所言"天下攘攘，皆为利往，天下熙熙，皆为利来"的特别强调物质的社会里，此风纵存，大概为数也不多了。而像欧、苏如此摩顶放踵，不遗余力为文坛新进推波助澜的大师，几乎看不大到了。

物质时代，不大容易产生精神上的大师，但类似大师，或近乎大师，或被人捧作大师，或有可能成为预备大师、候补大师的人物，还是能够套用苏联电影《列宁在一九一八》里那句脍炙人口的"面包会有的"的台词，无妨可以自豪地说一句："大师会有的"，这也是我们的一种幸运了。

不过，在物质时代的大师，也有难能免俗的物质欲望，或忙于建造纪念自己的楼堂馆殿，或忙于保留自己有可能成为文物的故居，或忙于成立研究自己著作的学会，或忙于口授、对讲、自撰自己的回忆录等等塑造流芳百世的形象之类的工作，大师太忙，使他们无暇顾及后来者，由着文坛这班小八腊子自生自长，也就可以谅解的了。所以，像欧苏那种大师风范，一时间竟也真成了空谷遗音呢！

"蜗角虚名，蝇头微利，算来着甚干忙？"古代的大师似乎比今天的大师要想得开,所以,他们不怎么忙,因而有时间为文学发展,培养新人,做一些事情。至于身后,欧阳修顶多也就是和梅尧臣约定,我死了以后你给我写墓志铭而已,苏东坡连这一点甚至没有想到,他死后的纪传,只好由其弟苏辙编撰了。即使没有研究会,没有回忆录,也依然是中国文学史上的大师。

想想也真是感到遗憾,由于欧阳修处于朝廷政治斗争的漩涡中,苏东坡处于流放坐牢的颠沛生涯里,这两位大师竟没工夫,也没有想到,应该向城建部门去办理一下故居的保留权,永远不予拆迁,以供后人瞻仰。所以,至今在四川眉山没有苏轼的故居,在江西永丰也找不到欧阳修什么祖屋之类。这当然令对这些真正大师的崇敬者,多少有点惋惜。眉山的一处公园里,尚有一座东坡先生的塑像,永丰那里的六一居士的遗址,早就荡然无存。转而一想,没有故居留存下来,影响他们的伟大吗?我想答案是否定的。"环滁皆山也"的醉翁亭,"毕竟西湖六月中"的苏堤,不比一处两处故居,更具有文学价值吗?

写到这里,不禁生出一种杞人忧天的思虑:要是把所有活着的大师或准大师或其实也不是什么大师的故居,都保留下来的话,活人还有立脚之地吗?

# 李清照

"红藕香残玉簟秋，轻解罗裳，独上兰舟。云中谁寄锦书来，雁字回时，月满西楼。花自飘零水自流，一种相思，两处闲愁。此情无计可消除，才下眉头，却上心头。"这首《一剪梅》是李清照的早期作品，当作于1103年（北宋崇宁二年）的秋天。"花自飘零水自流"这一句，实在是条极不吉祥的预言，像埃及金字塔里那条法老的诅咒——"谁要触动了我，谁就不得好死"那样，其应验之灵之准，使得她的一生，那任由沉浮的际遇，那难以自主的命运，果然脱不开"花自飘零"四字谶语。

李清照作此词时，芳龄二十，是与赵明诚婚后的第三年。花样年华，新婚燕尔，应该是女人最好的岁月。然而，正是从这首词开始，被流水不知带往何方的飘零命运，也就开始了。这位才女，其命运不济的一生，其不知所终的结局，既是一个女人的悲剧，也是一代文人的悲剧，更准确地说，是在中国封建社会的政治绞肉机中，生生将一个最有天才的女诗人毁灭的悲剧。

故事得从1100年（元符三年）说起，正月，哲宗驾崩，赵佶嗣位，是为徽宗。这位在中国历史上数得着的昏君，一上台，便倒行逆施起来。他那助纣为虐的助手，便是臭名昭著的蔡京。如果说北宋王朝逃脱不了灭亡的命运，那这两个如暹罗双胞胎亲密的一对混蛋,则是加速北宋亡国的推进器。若无他俩,这个病入膏肓的王朝,也许还能在病榻上牵延数年,可是经赵佶、蔡京以及童贯、杨戬、高俅、朱勔、王黼、梁师成、李彦等一干人疯狂地折腾以后,这个本来已奄奄一息的王朝,便气绝身亡。

李清照的不幸是从1102年(崇宁元年)开始,七月,蔡京得势,八月,诏司马光二十名重臣子弟不得在京师任职,这道圣旨,对她来讲,绝非好兆。在中国,无论过去的政治运动,还是以后的政治运动,株连、同坐、扩大化,是必然之义,宁左勿右,严惩不贷,宁信其有,不信其无,宁可错杀一千,不可放过一个,哪怕错了以后再进行平反,也要挖地三尺,务求完胜。中国人要是极端化起来,相当可怕,运动初期,发动群众,那烈火烹油之势,那雷霆万钧之力,由不得李清照不考虑自己父亲的命运,由不得不担忧自己在劫难逃牵连。而且,所有投入这场政治运动的干将打手,上至决策人物,下到跑腿喽啰,无不一副杀气腾腾之脸,一双摩拳擦掌之手,一对人皆为敌之眼,一挂食肉寝皮之心,真是让她心惊肉跳,无法安生。

一心复仇的蔡京,先为右相,复为左相,高举绍述大旗,一手封王安石为舒王,配享孔庙,一手大开杀戒,将司马光、文彦博、苏轼等,籍为"元祐奸党"。七月乙酉,"以文章受知于苏轼"(《宋史》),为苏门后四学士之一的李格非(李清照之父),在劫难逃。定案"元祐奸党"十七人,李格非名列第五,罢官。从此,李清照就走上了"花自飘零水自流"的不幸道路。九月,蔡京及其子蔡攸并其客叶梦得,将元符末忠孝人分正上、正中、正下三级,计四十多人,均予升官。对所谓奸邪人,又分邪上尤甚、邪上、邪中、邪下四级,凡五百四十二人,分别予以贬降。这其中,将元祐、元符旧党中坚人物,执政官文彦博、宰相司马光等二十二人，待制官以上的如范祖禹、程明道、程伊川、苏辙、苏轼、吕公著、吕诲等，凡一百一十九人籍做奸党，御书刻石，立于端门，以示儆尤，李格非名列其中，充军广西象郡。十二月，限制行动自由。1103年（崇宁二年）三月，诏党人的亲子弟，不得擅到阙下。1103年（崇宁二年）四月，毁司马光、吕公著等绘像，及三苏、秦、黄等人文集。九月，令天下监司长吏厅各立"元祐奸党碑"。党人碑刻三百零九人，李格非名列第二十六。

1104年（崇宁三年）诏御书所书写之奸党，不得在汴梁居住，凡亲属，无论亲疏，遣返原籍。1106年（崇宁五年）春正月，彗星出西方，太白昼见，诏求直言，方有毁碑之举。1108年（大观二年）春正月壬子朔，宋徽宗大赦天下，党禁至此稍弛。（据上海古籍出版社《李清照集笺注》）

李清照的父亲李格非，苏门弟子，著《洛阳名园记》，谓"洛阳之盛衰，天下治乱之候也。其后洛阳陷于金，人以为知言"而闻名，声闻海内。以礼部员外郎，拜提点京东刑狱，作为河南、山东一带的司法厅长、警察总监，也非等闲人物。由于蔡京切齿恨苏，对他的文章，对他的书法，对他的碑刻，对他的出版物，无不一网打尽，比之"文革"期间造反派和红卫兵除四旧还要彻底。李格非受业于苏轼，划为党人，列入党籍，遭遇清洗，也就难逃一劫。平心而论，混账如赵佶者，尽管修理文人，不遗余力，加之蔡京助纣为虐，大搞宋朝的"文化大革命"，宋朝的这次政治运动，倒没有开过杀戒，没有砍人脑袋，总算不违祖宗规矩。不过，他先打"元祐奸党"，后打"元符奸党"，雷厉风行，严惩不贷，斗争从严，处理也从严，充军发配，妻离子散，打得京师内外，大河上下，杀气腾腾，鬼哭狼嚎，也是蛮恐怖的。

最滑稽者,居然运动过后,还有平反改正,落实政策一说。"元祐奸党"案,从1102年,到1108年,也颇符合当代政治运动"七八年来一次"的大限,实在让人不禁感叹系之。历史原来是一条环行路,敢情这一切都是古已有之的,能不令人咋舌?北宋自神宗变法以来,到徽宗的双打,知识分子就不停地被翻烧饼,烙了这面再烙那面,烤焦这边,再烤那边,今天把这拨打下去,明天把那拨抬上来,后天,给打下来的这拨昭雪,再后天,又将抬上来的那拨打下去。这过程,正是李格非所受到免官、下放、复职、再谪的政治噩运。他在哲宗朝元祐年间,因蜀党被起用,到了徽宗朝崇宁年间洛党抬头,又被打下去。在中国,无论过去,也无论后来,只要是这种收拾知识分子的政治运动,组成对立的两面,一为正直君子,一为无耻小人,其分野是非常清晰的,其结局也是十分明确的。

有才华的文人,当不了打手,只能当写手,而狗屁不是的小人,拿笔杆不行,拿棍棒却行。一般来讲,古往今来,君子绝对搞不过小人,小人绝对能把君子搞倒搞臭。而且保证不会手软,往往极尽刁钻刻薄之能事,搞得你连想死也不能那么痛快。士可杀而不可辱,辱比杀更能挫折识文断字之辈。宋徽宗搞的这种铭刻在石板上的"奸党碑",可以算是中国四大发明之外的第五大发明,比西方的耻辱柱,不知早了多少年?

现在已经找不到李格非到广西以后的情况资料,但他女儿却因为是奸党的亲属,在开封的日子,不怎么好过。第一,她不能不挂念谪放远方的老爹;第二,她不能不犯愁自己要被遣送的命运。株连一说,虽然出自秦朝,但是各朝各代的统治者,无不奉为圭臬。宋朝,不可能有伟大领袖的"可以教育好子女"的"给出路"政策，但不可能没有以蔡京为首的"双打办公室"，以高俅领衔的"清查奸党工作组"。在中国，只要一搞运动，整人者，层出不穷，告密者，纷纷出笼，检举者，望风扑影，打小报告者，如影随形，立刻就是小人辈出，奸佞纷呈，恶狗满村，爬虫遍地的兴旺景象。一个诗词写得如此出色，人品生得如此出众的女诗人，能逃脱得掉这么许多业余警察的眼睛吗？

幸好，李清照的先生赵明诚很爱她，是那不堪屈辱的日子里，唯一的精神支柱。这位在太学读研或者考博的丈夫，既没有跟她真离婚或假离婚以划清界限，也没有立时三刻大义灭亲让她扫地出门，而是四处求情，辗转托人，送礼请客，以求宽容，挨一天算一天，尽量拖延着不走。

实际上，赵明诚完全可以求他的父亲赵挺之，这位官至尚书左丞除中书侍郎，相当于副首相的高级干部，只消说一句话，谁敢拿他的儿媳怎样。然而，此人很不是东西，"炙手可热心可寒"，就是李清照对这位长辈的评价。我不知道赵佶搞这次政治运动，会不会成立一个中央领导小组？如此今古一体的话，向来就是反苏轼、反蜀党、反"元祐党人"的赵挺之，这个急先锋，不是这个机构的成员才怪！估计，他很卖力气，很受赵佶赏识，很快擢升为尚书右仆射。任何一次政治运动，有倒霉者的同时，必有得利者。倘无论功行赏，谁肯去当打手？

赵挺之不会为"双打分子"的子女李清照缓颊的，一方面是亲不亲，路线分。另一方面便是一种阴暗心理了，此人几乎诌不出几句像点样子的诗词，很生闷气。

正是这许许多多的外部因素，李清照相当不是滋味，才有这首前景渺茫、后果难料的《一剪梅》。明人王世贞评说此词："可谓憔悴支离矣"（《弇州山人词评》）。这四字评语，可谓大奇。

只有箇中人、过来人，才能作此等语。因为王世贞之父王忬，藏有《清明上河图》，严东楼想要，王不敢不给，但又舍不得，只好搞了一份赝品送去。谁知被人揭发，由此忤怒严嵩，便找了别的藉口，将他关进大牢。王世贞营救无计，眼看其父瘐毙狱中。这种相类似的感受，从时代背景这个大的角度，来忖度李清照写作时的心态，是说到了点子上的。

李清照崛起于北宋词林，实在是个异数。

她有一篇在中国文学史上，最为直言无讳的批评文章，开头处先讲述了一个故事。

"开元天宝间，有李八郎者，能歌擅天下，时新及第进士开宴曲江，榜中一名士先召李，使易服隐名姓，衣冠故敝，精神惨沮，与同之宴所，曰：'表弟愿与座末。'众皆不顾。既酒行乐作，歌者进。时曹元谦、念奴为冠，歌罢，众皆咨嗟称赏。名士忽指李曰：'请表弟歌。'众皆哂，或有怒者。及转喉发声，歌一阕，众皆泣下，罗拜，曰：'此李八郎也。'"（《词论》）

这位突兀而来的李八郎，凌空出世、满座拜服的精彩表演，其实也是她，震惊京师、征服文坛的写照。

当这位小女子由家乡山东济南来到开封的时候，词坛好比那曲江进士宴，无人把她放在眼下。斯其时也，柳永、宋祁、晏殊、欧阳修、苏轼、张子野、晏几道、秦观、黄庭坚……词藻纷出，华章迭起，一阕歌罢，满城传写。凡歌场舞榭，盛会宴集，三瓦两舍，游乐醵聚，啸歌唱赋，非苏即柳，不是"大江东去"，就是"晓风残月"，莺莺燕燕为之一展歌喉，弦索笛管为之喧闹嘈杂，词坛光彩悉为须眉夺去，文学风流尽在男性世界。

这位新人不能不煞费踌躇了，性别歧视是不容置疑的，更主要的，来晚了的她，发现这桌文学的盛宴，已没有她的一席之地。文学，有时比政治还势利，比经济还现实，错失时机，淹塞一生，满腹才情，萤草同腐，完全是有可能的。得先机者，善哄抬者，抢风头者，敢弄潮者，比较不那么要脸的硬充数者，往往倒得到便宜。因此，一旦别人捷足先登，后来者就只有站着看热闹的份。况且，在文坛上，蹲着茅坑不拉屎的家伙，尤其不识相，哪怕连个屁也放不出来了，决不提溜起裤子，甘心给别人让位的。所以，必如李八郎那般，穿云裂石，金声玉振，余音绕梁，三日不绝，一举点中众人的死穴，目瞪口呆，哑口无言，才会被人承认。

李清照本可以打出美女作家的招牌，在文坛那张桌子上，挤进去一张椅子。我揣度她会觉得那很下作，因为她说过的："譬如贫家美女，虽极妍丽丰逸，而终乏富贵态。""富贵"是物质，在李清照笔下的这个"富贵"，却是百分之百的精神。以色相在文坛讨一口饭吃，那是巴尔扎克所嗤笑的外省小家碧玉，才干得出来的肮脏勾当，这位大家闺秀肯定不屑为之的。

尽管有关她的生平记载，缺乏细节描写，更无绘声绘色之笔墨，但从她这篇藐视一切、睥睨名家的《词论》推断，可以想象得出她的自信。本小姐不写也则罢了，既要写，必定以惊世骇俗之气，不主故常之变，初写黄庭之美，出神入化之境，让开封城大吃一惊。

果然，不鸣则已，一鸣惊人，飞鸿掠影，石破天惊，"当时文士莫不击节赞赏"（明人蒋一葵《尧山堂外记》）。

阮阅《诗话总龟》后集《丽人门》："近时妇人能文词如李易安，颇多佳句。小词云：'昨夜雨疏风骤，浓睡不消残酒。试问卷帘人，却道海棠依旧。知否，知否？应是绿肥红瘦。''绿肥红瘦'，此言甚新。"

陈郁《藏一话腴》甲集云:"李易安工造语,故《如梦令》'绿肥红瘦'之句,天下称之。"

黄升《花庵词选》云:"前辈尝称易安'绿肥红瘦'为佳句,余谓此篇(《念奴娇·萧条庭院》)'宠柳娇花'之句,亦甚奇俊,前此未有能道之者。"

据研究者言,同时代人对于李清照的评述,大都近乎苛刻,对其生平,尤多訾议。但从以上宋人评价,可以想象当时的汴梁城里,这位新出炉的诗人,肯定是一个最热门、最流行的话题。如曹植《洛神赋》所写"翩若惊鸿,婉若游龙"那样令人感到新鲜,感到好奇。她的端丽形象,恐怕是北宋灭亡前,那末世文坛的最后一抹亮色。

《一剪梅》中,远走之苦,恋念之深,绮丽的离情,委婉的别绪,无可傍依的忧愁,无计排遣的惆怅,字字句句,无不使人共鸣。全词无一字政治,但政治的阴霾,笼罩全词。这还不过是她飘零一生的序曲,嗣后,靖康之国灭,南渡之家亡,逃生之艰难,孤奔之无助,更是无穷无尽的与政治扭结在一起的悲剧。甚至直到最后,死在哪年?死在哪里?也是一个无法解开的谜。

尽管,她很不幸,但她留给文学史的不多的词,很少的诗,极少的文章,无一不精彩,无一不出色。甚至断简残篇,只言片字,也流露着她的睿智。在中国文学的天空里,李清照堪称是女性文人中最为熠熠发光的星。

"宋人中填词,李易安亦称冠绝,使在衣冠,当与秦七、黄九争雄,不独雄于闺阁也"(明人杨慎《词品》)。

"清照以一妇人,而词格乃抗轶周、柳。张端义《贵耳集》极推崇其元宵《永遇乐》、《声声慢》,以为闺阁中有此文笔,殆为闲气,良非虚美。虽篇帙无多,固不能不宝而存之,为词家一大宗也"(清人纪昀《四库全书总目提要》)。

一个作家,一个诗人,能给后人留下充分的话语余地,说好也罢,说坏也罢,能够有话好说,那就不简单,可谓不虚此一生。作品问世,不是马上呜呼哀哉,不是转眼烟飞焰灭,而是说上数十年,甚至数百年,像李清照这样,才是所谓真正的不朽。至于时下我等厕身之文坛,耳闻目睹、恭逢其盛的"不朽",无论个人吹出来的,还是哥儿们、姐儿们捧出来的,无论怎样厚颜无耻,大言不惭,至多,只能说是一种乐此不疲的文学手淫而已。

李清照的这首很政治化而无任何政治蛛丝马迹的《一剪梅》,长期以来,是被看作一首闺情诗,一首思妇词,被人吟哦传诵。在最早的版本上,甚至还有编辑多情加上的题注。"易安结缡未久,明诚即负笈远游,易安殊不忍别,觅锦帕书《一剪梅》词以送之。"甚至还有更艳丽的演义,那块锦帕,也就是李清照手迹的此诗真本,到了元代,还被画家倪云林所收藏云云。如果真是这样罗曼蒂克的话,那倒是适合拍好莱坞爱情电影的上好素材。

其实,这是面对政治迫害的恋恋不舍之歌,走也得走,不走也得走,那是很痛苦的诀别。不能抗命的无法逃脱,难以名状的凄凉情绪,无可奈何的强迫分手,心碎郁闷的长远相思,就绝非泛泛的离情别绪所能涵括,而是更深层次的悲恨怨愤。要真是"花自飘零水自流",花归花,水归水,各走各的路,倒相安无事的。可是,落花无意,流水有情,"双打办"也好,"清奸肃党办公室"也好,频频敲开她家的大门,不断关切她何时启程。于是,"远游"的,只能是她。告别汴梁,沿河而下,回到原籍齐州章丘,也就是山东济南,饮她飘零人生的第一杯苦酒。

与此同时,北宋当局的腐败政权,也开始江河直下地向灭亡走去。宋徽宗在位二十五年,宠用奸宄小人,残害忠臣良将,搜刮民脂民膏，大肆挥霍浪费，内有农民起义，外有强敌逼境，只知贡币求和，以得苟且偷安。在中国，人人都能当皇帝，人人都想当皇帝，但不是人人都能干好皇帝这差使的。宋徽宗赵佶，其实应该当一名画家，一名诗人，一名风流公子，与李师师谈恋爱，也许是此中当行的风头人物。治理国家，经营政府，内政外交，国防军事，他就是一个地道白痴了。

到了公元1125年（宣和七年），赵佶实在干不下去了，退位给赵桓，自任太上皇。李清照也就跟着大倒其霉，虽说是个人的命运，在大时代的背景下，无关宏旨，但随着异族侵略者的金戈铁马，步步南下，一个弱女子，也不能不与家国的命运联系在一起。如果说"花自飘零"的话，在她四十岁以前，犹是在薄风细浪中回转，那么四十岁以后，便跌落到一劫不复的深渊，永无平稳之日了。

李清照先受到其父，后受到其夫之父，两起截然相反的政治风波牵连，也曾饱受冷遇，尝尽白眼，也曾过着提心吊胆的日子，不知哪一天又有什么祸事光临？但她终究不是直接当事人，花虽飘零，还只是萍踪浪迹，波回岸阻，中流荡漾，无所凭依罢了。尽管"红藕香残玉簟秋"有点凄冷，尽管"轻解罗裳，独上兰舟"，有点孤独，然而，她与赵明诚，那两相爱恋着的小环境，还是温馨的；共同之好，积二十年之久的金石收藏，那意气相投的小气候，还是很融洽的。那些年月里，有过痛苦，也有过欢乐，有过挫折，也有过成功，有过碰壁，也有过收获，有过阴风冷雨，也有过鸟语花香。

接下来的1126年，赵佶的儿子赵桓继位，是为靖康。第二年，金兵破汴梁，北宋政权便画了句号。这年，李清照四十三岁。

"靖康丙午岁，侯（即其夫赵明诚）守淄川，闻金人犯京师，

四顾茫然,盈箱溢箧,且恋恋,且怅怅,知其必不为己有矣。"(《金石录后序》)

残酷的战争,迫使他们不得不过起浪迹天涯的逃亡生活。胡骑南下,狼烟四起,烽火鸣镝,遍野而来。那看不到头的黑暗,擦不干净的泪水,永无休止的行色匆匆,没完没了的赶路颠簸。便一直伴随着这位"花自飘零"的诗人。

疾风险浪,波涛翻滚,云涌雾障,天晦日暗,可想而知,飘零在水里的花瓣,会有什么结果了。

现在,很难想象九百年前,一为书生、一为弱女的这对夫妇,将至少有两三个集装箱的文物,上千件的金石、图画、书籍、珍玩等物,为了不落入侵略者手里,追随着败亡的逃跑政府,如何由山东青州的老家启程,一路晓行夜宿,餐风饮露,舟载车运,人驮马拉,辗转千里,运往江南的?

他们总是追不上逃得比他们还快的南宋高宗皇帝赵构,他们追到江南,高宗到了杭州,他们追到浙江,高宗又逃往海上。中国知识分子那种"天下兴亡,匹夫有责"的使命感,尽管意识到最后那一无所有的结果,然而,面对这些辛苦收集的文化瑰宝,不保护到最后一刻,不敢轻言放弃,无论如何,也将竭尽全力保全,不使其失散湮没。

可他们的苦难之旅,有谁能来分担一些呢?无能的政府不管,无耻的官僚不管,投降主义者看你的笑话,认贼作父者下你的毒手,然而,这也阻挡不住他们,铁了心跟随着奉为正朔的流亡朝廷,往南逃奔。这就是中国知识分子独有的苦恋情结了,皇帝王八蛋,政府王八蛋,可死也不敢将收藏品丢失、放弃、转手的这对夫妇,一定要为这个国家,这个民族,尽到绵薄之力,你可能嘲笑他们太愚,太腐,但你不能不尊敬他们这种难能可贵的品质，要没有这样一份忠忱之心、竭诚之意，哪有五千年来中国文化的辉煌？

到了钦宗靖康二年，也就是高宗建炎元年，他们的全部积累，不但成为他们夫妇的负担，甚至成为她不幸一生的灾难。

"既长物不能尽载，乃先去书之重大印本者，又去画之多幅者，又去古器之无款识者，后又去书之监本者，画之平常者，器之重大者，凡屡减去，尚载书十五车。至东海，连舻渡淮，又渡江，至建康。青州故地，尚锁书册什物用屋十余间，期明年再具舟载之。"

"次年（建炎二年），十二月，金人陷青州，凡所谓十余屋者，已皆为煨烬矣。"

存放在故土的遗物，悉被胡骑付之一炬，千辛万苦随身运来的，又不得不再次割爱。当这些穷半生之力，倾全部家产，费无数心血，已是他们生命一部分的金石藏品，无论多么珍惜，也只有忍痛抛弃，那真是难舍难分。当时，还要面临着丈夫赴任，只剩下她茕子一人，远走他乡，孤灯残烛，凄凉驿路，"时犹有书两万卷，金石刻二千卷，器皿茵褥可待百客，他长物称是。"独自照管着这一大摊子家当，她肩上所承担的分量，也实在是太重了。

而她更想不到的沉重打击，接踵而至，丈夫这一去，竟成死别。

"（明诚）独赴召，六月十三日，始负担舍舟，坐岸上，葛衣岸巾，精神如虎，目光烂烂射人，望舟中告别。余意甚恶，呼曰：'如传闻城中缓急，奈何'戟手遥应曰：'从众，必不得已，先弃辎重，次衣被，次书册卷轴，次古器，独所谓宗器者，可自抱负，与身俱存亡，勿误。'"

"遂驰马去，途中奔驰，冒大暑，感疾，至行在，病痁。七月末,书报卧病,余惊怛,念侯素性急,奈何病痁?或热,必服寒药,疾可忧。遂解舟下,一日夜行三百里。比至,果大服柴胡、黄芩药,疟且痢,病危在膏肓。余悲泣仓皇,不忍问后事。八月十八日,遂不起。取笔作诗,绝笔而终。"

李清照的《金石录后序》,至今读来,那段愁怅,那份追思,犹令人怦然心动。

在中国历史上,真正的文人,为这个民族,为这块土地,可以有所作为,可以施展抱负的领域,其实是非常有限的。凡是有利可图、有名可沾、有福可享、有美可赏的所在,还未等你涉足,早就有手先伸过去了。而这双手,一定生在有权、有势、有威、有力量、有野心、有欲望、敢无耻的人身上。区区文人,何足挂齿?谁会把你的真诚愿望当回事。你一旦不知趣地也要参预,要介入,也许你未必想分一杯羹,只是尽一点心,效一点力,略尽绵薄,聊表热忱,那也会遭到明枪暗箭,文攻武卫,左抵右挡,雷池设防的。

然而,中国文人,无不以薪火相传为己任,无不以兴灭继绝为己责,总是要为弘扬文化,做些力所能及的事情,庶不致辜负一生。李清照和她丈夫赵明诚,节衣缩食,好古博雅,典当质押,搜罗金石,本来就是吃力不讨好的事情。大敌当前,危机四起,殚思竭虑,奔走跋涉,以求保全文物于万一,这在他人眼中,更是愚不可及的书呆子行为。到了最后,她的藏品,失散、丢弃、遗落、败损,加之被窃、被盗、强借、勒索,"何得之艰难失之易也","所谓岿然独存者,乃十去其七八。所有一二残零不成部帙书册,三数种平平书帖,犹爱惜如护头目",连诗人自己也忍不住嘲笑自己,"何愚也邪!"

经过这场生命途程中,最漫长,也是最艰辛的奔波以后,然后，又是一系列的麻烦，不幸，官司，谣诼，包围着她，使她在精神的夺力下，消耗尽她的全部创作能量。她本来应该写得更多，然而，她只能抱憾。

在这个世界上，最不能得到宽容的，是太出众的才华，最不能得到理解的，是太超常的智慧，最不能得到支持的，是太完美的成功，所以，凡才华、智慧，无一不是在重重阻断下难产而出，凡成功，凡完美，无一不遭遇到嫉妒和排斥。她付出了一生，她得到了文学史上的辉煌，然而，她在这个小人结群、豺狼当道、精英受害、君子蒙难的时代里，除了"花自飘零水自流"之外，简直别无生计。

因此，中国文人的最大不幸，不是生错了时代，就是生错了地方，而身心疲惫的她，神劳力绌的她，既生错了时代，又生错了地方，也就只有凋落沉没，无声无息，不知所终，无影无踪。

李清照，号易安居士，山东济南人。生于公元1084年（神宗元丰七年），卒年不见载籍，约为公元1156年（高宗绍兴二十六年），故而具体死亡日期和地点，却湮没无闻，无从查考。一个曾经美丽过，而且始终在文学史上留下美丽诗词的诗人，大才未展、大志未尽的退出，其飘然而逝、杳然而去的形象，其落寞之中悄然淡去的身影，给人留下更多的遐思瞑想。

如果，再回过头去品味她那首《乌江》诗："生当作人杰，死亦为鬼雄，至今思项羽，不肯过江东。"因此，无论她怎么样死，如何的死，她那双诗人的眼睛，是不肯闭上的。

若是假以时日，给她一个充分施展的机会，这位中国文学史上的第一女性，也不至于只留下一本薄薄的《漱玉集》给后世了。然而，悔则何益？"花自飘零水自流"，对于文人无奈的命运，也只能是无聊的空叹罢了。

# 方孝孺

在中国，自明初方孝孺被诛十族以后，再也没有一个知识分子以死报君了。

从此以后的中国人，为主义赴死者，有；为真理牺牲者，有；为情人割腕切脉者，有；甚至，为赌一个什么东道以生命下注者，有；但是，在最高层面的权力斗争中，像方孝孺这样傻不唧唧地去为一个背时的皇帝，献出老命者，是不会有的了。不是士不肯为知己者死，从此狡猾；也不是以死来一报知己的价值观，从此绝迹，而是在统治者无休无止的夺权游戏中，为失败者殉葬的愚蠢性，已为智者所不取。

皇帝死了还会有皇帝，而脑袋掉了却不会再长出一个来。随后的士大夫，渐渐地聪明起来。陪你玩，可以，陪你死，则决不干了。为争权夺位的统治者火中取栗，犯不着，弄不好会烫伤自家的爪子；而最后坐在龙椅上剥吃糖炒栗子的那位，未必会赐你几粒尝尝。于是，做出慷慨激昂者，有之，喊出誓死捍卫者，有之。而为了效忠，甘心陪葬，找来一根绳子勒死自己，或者喝下一碗鸩汁毒杀自己，如此这般的傻瓜，就不多见了。

方孝孺（1357—1402），字希直，号逊志，浙江宁海人。在朱棣发动"靖难之役"攻入南京后，杀侄篡位，为朱元璋孙朱允炊之师的方孝孺，拒绝合作，敌对到底。因为他是惠文帝的老师，朱棣要他为自己登基，起草诏书。一是考虑到国之大儒的尊崇地位，二是考虑到帝王之师的法理身份。但是，好说歹说，决不从命。被激怒了的朱棣，拍案顿足，威胁他说，难道你就不怕诛灭九族么？方孝孺说，你就是诛十族，我也不会为你写一个字。朱棣气急败坏，在九族（上数四代，下数四代的直系及旁支同宗同族者）之外又加一族，即他的老师和门生也受牵连，在中国历史上，这是最残忍的一次血腥屠杀。大开杀戒的朱棣，凌迟、杀头、入狱、充军，无所不为，此案遇难者，总数当超过两千人。

　　据鲁迅晚年的《病中杂记》，朱棣在处理惠文朝黄子澄、刘泰、铁弦等人时，除实施极刑，以泄其愤外，亲笔御批，要将他们的妻女，送进军营，令军士轮奸，生出小龟儿子，可以想见朱氏父子做了皇帝，其实内里，很大程度上还是一个畜牲。至此，中国文人彻底明白一条，死得再多，不耽误人家当皇帝。与其死了白死，不若不死，看谁熬得过谁。于是，豁然贯通，能不朝枪口上碰，就决不主动找死，尤其不能为皇帝殉葬。虽然，由明而清的文字狱迫害，到了登峰造极的地步，中国知识分子的命运，总是凄风苦雨，如肉俎上，不怎么见好，但命运尽管不济，生命力倒是十分顽强。就像东北地区那种叫做"死不了"的植物，看似一段死气沉沉的枯木朽枝，只要稍沾一点水，就会透出一线生机，隔不数日，居然青枝绿叶，甚至还能开出一两朵小小的花来。所以，对"士"而言，即或是苟且的活，也要活下来，绝不去壮烈。

　　有什么办法呢？软鸡蛋也是有它赖以保全的生存哲学。那时，作为牛鬼蛇神的我，心里也是这样想的：不错，你伟大，但你总有死毬的一天；不错，我伟小，可也许会活得比你长久。所以，在十年（对我来讲，还得加上十年）的比拼过程中，很多人都抱着这样的宗旨：我要倒下，就是人家看着我死，而我不倒，那就有可能看着别人死。为这一天，为这一刻，无论如何得想方设法活下来，哪怕当癞皮狗，哪怕当三孙子，也在所不惜。

我记得，七十年代末，一次全国性的文艺界大聚会，在人民大会堂，许多被整得九死一生者，劫后重逢，发现不但自己活着，别人也一个个都活着，那"额手相庆"的场面，虽有点滑稽，但足以说明"好死不如赖活着"的生存哲学，不但是明清之际"士"的立身之本，也是后来的知识分子在各项政治运动中的不倒之术。事实证明，对于士大夫的修理，虽然见效一时，而无恒久的功能，从长远的历史角度来看，最后绑在耻辱柱上的，常常是貌似强大的修理人者，而非软鸡蛋式的被修理者。

所以，商末孤竹国的伯夷、叔齐，耻不食周粟，饿死在首阳山。虽然在正史上，是以肯定的口气来叙述这哥儿俩的原则立场，但这种其实是挺傻帽的行为，在后来的知识分子眼里，是不以为然的。只有那些非常一根筋，特别认死理的"士"，才认定天底下都像华山那样，只有一条路好走。方孝孺，恐怕是中国最后一位伯夷叔齐式的知识分子，他，只有选择死之一途。

其实，就在方孝孺的明代，读书人也并不那么傻了。朱由检在景山上吊，陪他死的只是贴身太监，没有一位知识分子为之殉难。那个钱谦益本来想跳水赴死，效忠崇祯的，可是一摸湖水太凉，就不想成仁了。那个龚鼎孳也想以一死回报君王，可是想到漂亮的小老婆马上要被别人搂着，便打消死节的念头。所以，方孝孺在朱棣攻下南京，建文帝自焚以后，唯求速死，在这两位江左名流眼里，自是不识时宜的方巾迂腐了。

因为，他本可以不死，有一个叫道衍的和尚，很为他在朱棣面前说了情。

"先是，成祖发北平，姚广孝以孝孺为托，曰：'城下之日，彼必不降，幸勿杀之。杀孝孺，天下读书种子绝矣！'成祖颔之。"（《明史·方孝孺传》）

这个保方孝孺的姚广孝，可不是凡人。燕王朱棣，敢于冒天下之大不韪，夺他侄子朱允炆的江山，某种程度上说，这个和尚所起的作用，是决定性的。他对于朱棣来讲，远不是一个普通的军师或者谋士这样的角色，说他是朱棣这次靖难之役的总智囊、总策划，也不为过分。据明人笔记《革除逸史》载：朱到南京后，"未几，获文学博士方孝孺，上欲用之，示其意，执不从，遂就刑"，看来，朱的确打算放方一马，甚至，还想重用的。所以，很给大儒一点面子，召至帝座跟前，下榻握手，捧茶延坐，商量起草登基诏书事宜。朱棣本有乃父朱元璋的流氓气，但此刻依旧以国师之礼待方，显然，姚广孝的话，是相当起作用的。

然而，一切都如和尚所料，方"必不降"，朱也必"杀孝孺"。死难消息一来，他只有双手合十，阿弥陀佛，摇头轻叹了事。因为，姚广孝与方孝孺，虽同为知识分子，却分属两类，姚是明白人中极明白的一类，绝不做傻事，方则是看似明白，其实并不明白的一类，常常倒做不成什么事。方不可能降朱，朱也不可能宥方，他早就估计到这出性格悲剧。但是，若不为方求情，有点说不过去，情求过了，朱也点头了，他的良心也就得到安宁。虽然他对朱说了"幸勿杀"，并没有说绝对不能杀，再说他有什么资格，对未来的皇帝下命令。因此，方不领情，是方的事，朱要杀方，是朱的事，与本人无关。我做到我能做的，不做我不能做的，这是姚广孝的行事方式。我能做到的偏不做，做不到的偏要做,这是方孝孺透得相当不明白的地方。

最后,朱棣把话对方孝孺说到这种地步:这是我们朱家的事,用得着你狗拿耗子,多管闲事?方偏要管,一个劲地激朱求死,朱哪里受得了,大开杀戒,方孝孺一案死难者达八百四十七人,充军发配者不可胜计。方得到了于事无补的壮烈,气节是有的了,可多少人陪着粉身碎骨啊!古人对此也有微言。"孝孺十族之诛,有以激之也。愈激愈杀,愈杀愈激,至于断舌碎骨,湛宗燔墓而不顾。"(明钱士升《皇明表忠记》)

中国的所谓"士",所谓"文人",所谓"知识分子",如果一定要分类,不是方孝孺式的,偏执,拘谨,认死理,不知好歹,常常采取霸王硬上弓的方法蛮干;就是姚广孝式的,灵活,圆通,识大局,趋利避害,往往以低姿态矮身段不张扬的手法达到目的。非此即彼,非彼即此,至多程度上有所不同而已。历史有时爱开开玩笑的,偏偏让这两类价值取向不同的知识分子,奇巧地组合在同一舞台,同一背景下,一个辅永乐,得到大成功,一个佐建文,结局大失败。所有看过这出戏的观众,都会做出自己的选择。于是,从此以后,像姚这类明白人,越来越多,像方这类傻而直、呆而方、迂而正的不明白人,越来越少。这或许就是时代的进步了,要是知识分子总那么傻不唧唧,还真是够呛呢!

《明史》中描写的姚广孝和方孝孺,一为"目三角,形如病虎"的方外和尚,一为"双眸炯炯","虽粗蔬粝食,视其色,如饫万钟者"的读书种子,一为"颇毁先儒,识者鄙焉"的左道旁门,一为"顾末视文艺,恒以明王道,致太平为己任","讲学不倦,陈说道德"的一代学宗,两人几乎找不到共同点。虽然姚"少好学,工诗","宋濂亦推奖之",按说,方孝孺出宋濂门下,应该与这个看来不三不四的和尚,有些往来才对,然而,史无记载。不过,一个正襟危坐、过于严肃的方正君子,与和尚坐不到一条板凳上,说不定有点鄙视和不屑,也有可能。但是,姚能张嘴向朱棣说情,其识见,其器度,就不是书呆子方孝孺可比的了。

方孝孺应该做学问,姚广孝才是玩政治的,从他一生行状看,他是一个不那么安分的和尚,不安于做一日和尚撞一日钟的日子,是一个迫切追求成就感的知识分子。恰巧马皇后逝世,朱元璋把儿子从分封地集中到南京来守孝,据《明史·姚广孝传》,"太祖选高僧侍诸王,为诵经荐福。"于是,通过关系,与野心勃勃的燕王朱棣挂上了钩。

这个和尚私下里对朱棣许诺:"你要用我的话,我会给王爷一顶白帽子戴。"如此露骨的暗示,连黄口小儿都猜得出来,"王"字上面加一"白"字,不就是一个"皇"字吗?朱心领神会,引为知己,遂将这位主录僧,带回北平。从此,他便成了燕王的思想库,和进行反中央的地下活动的总指挥。"阴选将校,勾军卒,收材勇异能之士。燕邸,故元宫也,深邃。道衍练兵后苑中。穴地作重屋,缭以厚垣,日夜铸军器,畜鹅鸭乱其声。"

他那时"住持庆寿寺",但"出入府中,迹甚密,时时屏人语",朱棣当然想造他侄子的反,因为,建文帝接受了齐泰、黄子澄,还有方孝孺的削藩建议,正准备收拾他。但是,以一隅反天下,朱棣也不由得不心虚。有一天,他作对联,刚吟出上句,"天寒地冻,水无一点不成冰",姚立刻应口而出,"世乱民贫,王不出头谁作主"。"王"字出头,即为"主",看似文字游戏的小手段,却起到坚定其信心的作用。

所以,没有姚的煽动,朱未必敢举事,没有姚的擘画,朱也未必能成事。起兵以后,靖难军经过两三年与中央军的拉锯战,姚突出奇招，建议轻骑挺进，径取南京，"毋下城邑，疾趋京师，京师单弱，势必举"，这场无妨说是姚广孝与方孝孺的角力，玩政治的行家，终于把只会做学问的书呆子摆平。朱棣很快渡过长江，取得天下，当他的永乐皇帝。

所以，这位特别倚仗的心腹，出来为方孝孺求情，对于朱棣，那影响力是可想而知的。朱棣起事，檄文天下，以清君侧的名义，矛头指向建文帝倚为股肱的齐泰、黄子澄，其实，方孝孺作为建文帝的老师，在他眼里，也是参与过对他的迫害，属于铲除的奸恶之列，是毫无疑问的。然而，姚广孝求他"幸勿杀"，居然"颔之"，看来姚广孝面子够大。

在中国封建社会中，围绕在皇帝身边，有头有脸有发言权者，说一不二，使帝王言听计从者，大有人在。但伴君如伴虎，最后能够得到好下场者，就比较罕见了。姚广孝这样一个不官不民，亦官亦民的和尚，作为皇帝的宾客，运筹帷幄，出谋划策，位极人臣，倚重中枢，最后能够善始善终，实在是极为奇特的例子。

他披的这件袈裟，固然冲淡了朱棣对他的戒心，更主要的是姚广孝深谙与狼共舞的游戏规则。越得意，越检束，越成功，越退缩，越是登峰造极，也越要激流勇退。可是，能懂得这点道理而做到抽身自退者，实在太少。权力这东西，如海洛因，上瘾以后，是太难戒掉的。唐人胡曾《咏史诗》："上蔡东门狡兔肥，李斯何事忘南归？功成不解谋身退，直待云阳血染衣。"那个不可一世的李斯，最后的悲剧下场，不就是他"不解"进退之道吗？等到身首异处这一天，老先生想起与儿子牵黄犬，出上蔡东门逐狡兔的快乐不再，刀架在脖颈上，哭悔也来不及了。

姚广孝按《老子》"功成身退，天之道"，"为而不恃，功成而弗居"的箴言行事。靖难之役，朱棣率军"转战山东、河北，在军三年,或旋或否,战守机事皆决于道衍。道衍未尝临战阵,然帝用兵有天下,道衍力为多",等朱棣得天下后,论功行赏,姚为第一,举朝上下,竭力推崇,甚至到了"帝与语,呼少师而不名"的亲昵程度,他老兄还是坚持在庙里,当他的和尚,做他的佛事。朱棣急了,"命蓄发,不肯,赐第及两宫人,皆不受。常居僧寺,冠带而朝,退仍缁衣。"(《明史·姚广孝传》)

这样一个能够扭转明室乾坤的和尚,还保持其清醒的分寸感,一生不敢越位。那么,有济世之志,无匡时之才的方孝孺,就缺乏自知之明了。居然在南北激战的烽火硝烟之下,还饶有兴致地引导建文帝进行复古改制的尝试,宫殿名,城门名,悉数恢复古称。官制,也按《周官》重订,本是翰林侍讲的他,改成颇有二十世纪味道的文学博士。当时的老百姓,肯定分不清他这个博士和茶楼酒肆里的茶博士,有些什么区别?大概,越没有什么真本事的人,越喜欢做表面文章,以表示那一股虚火的革命激情。"文革"期间的红卫兵,也曾经歇斯底里地将东安市场改成东风市场,将协和医院改成反帝医院,结果又如何,不过给历史添小笑柄而已。

最不可思议的滑稽,莫过于这位博士计划恢复古代的井田制度了。在明代历史上,除了方孝孺,还有一个海刚峰,都是背时的保守主义者,都好笑地进行过这种白日见鬼的讨论,可见让一个或数个严重与现实脱节的知识分子,进入权力高层发号施令,是多么致命的决定。建文帝的倒霉,多少也是他咎由自取,谁教他任用非人呢!应该说,好学不倦的朱允炆,与这位座师切磋学问,是可以的,但是把国家交给这位书呆子,那就是开天大的玩笑了。

据明姜清的《姜氏秘史》:"初,孝孺被召入京,王叔英预以书告之曰：'天下事有可行于今者，有行于古而难行于今者。可行者行之，则人之从之亦易，而乐其利。难行者行之，则人之从之也难，而受其患。此用世所以贵时措之宜也！'孝孺好古，故叔英及之。"显然，有识之士早看到了他性格中的保守、愚直、迂腐、偏执的一面，作为一个学问家，确是好的榜样，作为一个政治家，就远远不及格了，作为一个军事家，更是糟糕得一塌糊涂。建文帝没有他这样一位精神上的导师，也许不至于最后走向自焚的死亡之途。用人不当，贻患无穷，虽然，他为建文帝殉节，死得那样壮烈，也算对得住年青皇帝，但若是说方孝孺为朱允炆的催命鬼，也并不冤枉他。

坐镇北平的姚广孝，辅佐王子，确保后方，率大军步步进逼京师的朱棣，胜利在望。而齐泰，黄子澄，加上方孝孺，书生意气，清谈误国，欲罢不能，欲战不成，弄得建文帝输不起，赢不了，进退失据，不知所措。同是知识分子，姚广孝有把握全局之力，一盘棋下得无子不活，方孝孺无审时度势之能，每步棋都走成了死招。

最可怕的，方孝孺还相信自己特棒，还要瞎指挥。第一手，他搞了一次缓兵计，派人到北平做燕王工作，赦他无罪，要他罢兵，谁知这位信使，到了那里，连大门也不敢出。第二手，他又搞了一次离间计，想挑拨燕王两个儿子内讧，哪知道事与愿违，朱棣的大儿子朱高炽把送信人和信，一块儿交给他的父王，以示清白。这就是方孝孺书读得太多的本本主义了，孙子兵法上有成功的例子，但到你方大军师此刻就不灵了，你不想想，南京已经不站在优势一方，北平干吗要买你的账呢？

"燕兵遂渡江，时六月乙卯也。帝忧惧，或劝帝他幸，图兴复。孝孺力请守京城以待缓兵，即事不济，当死社稷了。"（《明史·方孝孺传》），历史上有很多从首都出逃，然后回来复辟的帝王，为什么建文帝就不可以？何况，朱棣虽攻下京师，大半壁江山并不在他的控制之下，回转的余地还是很大的。然而，他要求朱允炆"死社稷"，这是方孝孺最臭最臭的一招了。

尤其令方孝孺恶心的是，偏偏打开金川门，不战自降，迎接燕王进京的，是他的好友，朱元璋的女婿李景隆。据《姜氏秘史》："说者又谓孝孺与景隆父子交谊甚笃，景隆帅师北伐，实由孝孺，既而兵败，渐有异志，人多知之，告于帝，帝雅信孝孺，遂不复疑，卒成开门之变，盖不免于误国云。"

他的学生建文帝，听老师的教导，终于跳进熊熊大火之中，"死社稷"了，那么，老师要不跟着也"死社稷"的话，还有什么脸面活在人间呢？于是，就有了《明史》上的这段对话和随后的血腥场面。

"至是欲使草诏。召至，悲恸声彻殿陛。成祖降榻劳曰：'先生毋自苦，予欲效法周公辅成王耳。'孝孺曰：'成王安在？'成祖曰：'彼自焚死。'孝孺曰：'何不立成王之子？'成祖曰：'国赖长君。'孝孺曰：'何不立成王之弟？'成祖曰：'此朕家事。'顾左右授笔札，曰：'诏天下，非先生草不可。'孝孺投笔于地，且哭且骂曰：'死即死耳，诏不可草。'成祖怒，命磔诸市。"

方孝孺，这个历史上的唯一，"三代以来所未有也"（姜清语），倒在了血泊之中。然而，顶个屁用，连朱棣的毫毛，也未触动一根。如果方孝孺聪明一点，智慧一点，转换一下思路，从长计议，徐图报复，君子报仇，十年不晚，还未必就能断定未来的局面，不会发生变化，谁笑到最后，恐怕还得两说着呢！所以，以死抗争的古老做法，在今天看来，便是十分的愚不可及了。

活着，就是一切。

# 张苍水

说实在的，中国人的血性，从来没有像明末清初这样一个剧变时期中，表现出来如此的刚烈。中国文人的骨头，也从来没有像在这样一个大势已去、败亡已定、求死求生都不容易的二十年里，表现出来如此的坚强。中国知识分子讲气节，提倡这种绝对属于精神，属于价值观的坚守，也从来没有像在明清改朝换代之际，表现出来如此的张扬。要知道，这种坚守，是以鲜血、头颅、死亡、身家性命为代价，才能经受得住的考验。尽管如此，仍有众多的明末遗民，不弯腰低头，不苟且存身，表现出来如此坚贞的气节。

当这块土地颠覆震荡，当国家、民族面临危机，最先触动的就是这些读书种子、文化精英。李世民给萧瑀的一首诗："疾风知劲草，板荡识诚臣，勇夫安知义，智者必怀仁。"便可了解在明清易代之际，为什么会有如此众多的爱国文人，表现出忧国忧民的情怀，大义凛然的斗志，宁死不屈的节烈，视死如归的精神。在改朝换代的这段岁月中，仅以文人为例，如张煌言这样的为捍卫自己的价值观，与异族统治者，进行殊死战斗而殉难者，可以开列出来一个很长很长的单子：

刘宗周，万历二十九年进士，1645年，南京、杭州相继失守，绝食而亡。

史可法，崇祯元年进士，1645年，坚守扬州，城破被俘，清亲王多铎劝降，宁死不屈，遭杀害。

左懋第，崇祯四年进士，1645年，北行议和，不辱使命，清摄政王多尔衮亲自劝降，不从，被杀。

夏允彝，崇祯进士，1645年，因清兵进松江，其友人皆及难，乃赋绝命辞，投深渊死。

侯峒曾，天启五年进士，1645年，率领嘉定军民据城反抗，城破，与二子投水。气未绝而清兵追至，父子三人皆遇害。

朱大典，万历进士，1646年，守金华。城中有火药库，恐陷后资敌，在清军攻进城后，引爆自杀。

黄道周，天启二年进士，1646年，在婺源为清兵所败，被俘，在南京被杀。

万元吉，天启五年进士，1646年，坚守赣州半年，城破，投水自杀。

吴易，崇祯十六年进士，1646年，夺敌辎重，再屯太湖，战败，被俘杀。

张家玉，崇祯十六年进士，1647年，受困增城，兵败自杀。

陈子龙，崇祯进士，1647年，联结太湖兵，谋再举事，事泄被俘，乘隙投水死。

陈邦彦，举人出身，1647年，因城破被俘，不降，遭杀害。

夏完淳，诸生，夏允彝之子，1647年，起义失败，被捕，牺牲时年仅十七岁。

钱肃乐，崇祯十年进士，1648年，兵败连江，忧愤至甚，呕血而死。

黄毓祺,天启元年恩贡,孤身起兵抗清,1648年被执,不降,死于南京狱中。

何腾蛟,举人出身,1649年,湘潭被俘,绝食七日,不屈而死。

瞿式耜,万历四十四年进士,1650年,守桂林,清兵入城,逼降不屈,从容就义。

……

在吴伟业的《鹿樵纪闻》、戴名世的《乙酉扬州城守纪略》、陈贞慧《过江七事》,以及《东南纪事》《浙东纪略》等清初著作中,还有很多这样可歌可泣的人物和故事。张煌言,也就是张苍水,只是最后将这段抗清斗争史,画了句号的英雄人物。在中国文学史上,以文名而振者为绝大多数,后世读者,多记住的是他们的作品,而不大说得上他们在世时的行状。但是,同是这部文学史,还有极少数的优秀分子,既以文章名天下,更以人品存青史。张煌言就是这样一个诗人。他的诗,激昂慷慨,忧国忧民,可以用"饮血吞泪,气壮山河"八个字来形容。这也是我们至今犹忆张苍水的缘故,因为自从公元1644年明朝崇祯上吊起,一直到公元1664年,整整二十年,已经是清朝康熙三年,他始终反清,直至最后一刻;始终战斗,直至最后一位。张苍水的名字,对东南半壁的中国人来说,他不死,表示还有人不曾薙发留辫,膺服新朝;他不死,表明大清王朝,还说不上百分之百地入主中原,一统宇内;他不死,意味着朱明王朝的最后一口气,还没有咽绝,还具有某种生命迹象。这种象征意义,着实教北京的最高当局,教杭州的巡抚衙门,大伤脑筋。而对当时苟活于满清铁蹄下的中国人,总算能在满天雾霾中看到一丝光明,一线希望。

直到公元1664年,他殉难于浙江杭州城区中的一个名叫弼教坊的街区,统治中国已经二十年的大清王朝,才算得上是完完全全地一统江山。

张煌言(1620—1664),字元箸,号苍水。崇祯十五年举人,浙江鄞县人。其实,他是一位文人,更具体地说,他是一位诗人。他的诗写很出色,人们将他比拟为南宋的文天祥。因为他的作品中,洋溢着慷慨豪迈的民族大义,充满了悲愤壮烈的家国情怀。如他在杭州狱壁上所题《放歌》:"予生则中华兮死则大明,寸丹为重兮七尺为轻。予之浩气兮化为雷霆,予之精魂兮变为日星。尚足留纲常于万祀兮,垂节义于千龄。"如他被捕之后的《甲辰七月被执进定海关》:"何事孤臣竟息机?鲁戈不复挽斜晖。到来晚节同松柏,此去清风笑翠微。双鬓难容五岳住,一帆仍向十州归。叠山返死文山早,青史他年任是非。"如他拘至杭州的《入武林》:"国破家亡欲何之?西子湖头有我师,日月又悬于氏墓,乾坤半壁岳家祠。惭将赤手分三席,拟为丹心借一枝。他日素车东浙路,怒涛岂必属鸱夷。"在这些诗篇中,所透露出来他意志之不屈,勇气之无畏,斗志之坚定,信念之忠贞,总结起来,就是气节这两个大字。

后人谈到张煌言时,首先不是他的作品,而是他的征战,他的流亡,他的失败,他的就义。中国历史上发生过多次改朝换代,但从来比不上明末清初的数十年间,抗争之不断,声势之壮大,虽然最后都被清廷镇压了,但那些抗清英雄,宁死之不屈,杀身之成仁,令后世人为之感动,为之钦佩。人们至今犹忆张苍水,因为他是一个完整的中国人,因为他在国破家亡时刻所选择的站着活、立着生的气节。

人是需要一点气节的,你可以怯懦,不可以叛变;你可能沉默,不可以出卖;你可以逃避,不可以无耻;你可以低头,不可以成为一个精神上的矮子,尤其不可以为已是侏儒而津津自得。特别当这个国家,这个民族,面临存亡危机的那一刻,你可以苟且图生,不可以为虎作伥。张苍水之所以难以忘怀,就是因为他在生死关头,表现出一份难得的壮烈,就是因为与之对比的,明、清之际那些学问比他大的,名气比他响的,资历比他老的,科第比他早的同行,离战火很远,离刀枪很远,离死亡更远,离地狱更远,膝盖就先软了,脊梁就先软了,"扑通"一声趴下成一摊泥了。当清军南下,将过扬子江时,南京城里那些投降派的丑态,正如唐人刘禹锡《西塞山怀古》里所写"一片降幡出石头"那样,令人气瘪。

当摄政王多尔衮之弟,豫亲王多铎率部进入金陵城时,那时的文化大佬,如钱谦益等人,那时的文学大腕,如阮圆海之流,立刻就变节了,附敌了,更来不及地跳出来,如跳梁小丑地手舞足蹈,那就更让人齿冷了。也许并不是巧合,就如我们当下看到的,不过才是境外几个恶霸或恶棍的国家,对我寻衅挑事,对我动手动脚,对我诋毁叫嚣,对我说三道四,国内一些软不拉塌的鼻涕虫,一些洋人放屁立刻接着的应声虫,便一窝蜂地跳将出来,为其洋主子帮腔搭调,助威呐喊,奴才嘴脸,原形毕露,汉奸面貌,彻底暴露。所以,四百年前的钱谦益,联合一个叫王铎的三流作家,拟一纸《降清文》,赶快跑到南京下关码头向多铎呈递上去,也就不必惊讶。这种非要为强虏张目,非要认外贼为父的劣根性,都是古今一些投机倒把、抓尖卖快、没有节操、不知羞耻的精英分子,认为时机已到,便不甘寂寞,便粉墨登场,便抹白自己的鼻子作小丑,借此大捞一把的卖身行径,你有什么办法?

这篇《降清文》，提倡投降有理，鼓吹活命第一，称得上是中国文学史上，由第一流文人撰写出来的第一等无耻文章。"谁非忠臣，谁非孝子，识天命之有归，知大事之已去，投诚归命，保全亿万生灵，此仁人志士之所为，为大丈夫可以自决矣！"钱谦益，江左三大家之一，他的诗文，在文学史上占有一席之地。这篇令人作呕的《降清文》，让我看到他灵魂中肮脏的一面。同样，时下那些鼻子高不起来的洋奴走狗，既无钱牧斋的名气，更无绛云楼的才识，说白了，拾老外之牙慧，唬中国之百姓，就掩不住鲁迅先生所描写的那个"假洋鬼子"的德行了。

张苍水之举事，一是他的爱国精神，一是他的民族大义，既是偶然，也是必然。这也是他只有抗清，而不降清的一道好走，也是他和钱谦益之流的根本分歧所在。然而，正如佚名著《兵部左侍郎张公传》所称那样："自丙戌至甲辰，盖十九年矣，煌言死而明亡。"一个人，在历史的河流中，是非常渺小的。若是能够给某个进程，在某个阶段，起到一个句号的作用，也算是一种难得的光荣。张苍水这个名字的标志性意义，就在于他如长夜里在天空一掠而过的流星，使人明白，这暝暗的世界，不会永远这样沉沦下去。

老实讲，这个非常清醒的知识分子，举事之初，就将前因后果看得清清楚楚。第一，明之不可救，因为是从里往外烂朽；第二，南明之不可为，因为压根儿就不成气候。张苍水叹息过自己"鲁阳挥戈"，知其不可救，而救，知其不可为，而为，不过是尽到一份士大夫的大义罢了。这就是说，他知道，这一天早早晚晚总是要来到的，但是，他的伟大，就在于不因知道这个结果而袖手，而作壁上观。十年前，他在答复清廷两江总督郎廷佐的诱降书中，说得很清楚：大丈夫"所争者天经地义，所图者国恤家仇，所期待者豪杰事功，圣贤学问。故每茹雪自甘，胆薪深厉，而卒以成事"。至于本人，"仆于将略原非所长，只以读书知大义。"但"左袒一呼，甲盾山立，济则赖君灵，不济则全臣节。凭陵风涛，纵横锋镝，今逾一纪矣，岂复以浮词曲说动其心哉"？

明弘光元年（1645），清兵陷南京，他从家乡鄞县，来到府城宁波，一看那些文武官员，或弃城而走，或仓皇遁逃，或打算降清，或策划献城。他奔走联络，振臂高呼，士民集者数万人，会于府城隍庙。拥戴刑部员外郎钱肃乐举义。一腔热血的张苍水，先是随钱肃乐的义军，驰骋宁、绍，转战浙东，后又与张名振的部队，互为声气，共同行动，接着，天台会师，张苍水倡议勤王，集师举义。并奉表到天台请鲁王朱以海北上监国，得到郑成功的盟军支持。

张名振为石浦游击，死后，将武装力量托付给张苍水。由于兵力单薄，加之清兵过钱塘江，不敌强虏的他，遂游击于浙闽沿海，进行抗清活动。南明永历八年（1654），趁敌空虚，首师北伐，入长江，趋瓜洲，捣仪真，抵燕子矶，威震江宁。十三年（1659），又与郑成功分兵两路反攻，他率军深入安徽，不到半个月时间，就连克宁国、歙县。大江南北，相率迎降，共得四府、三州、二十二县，清廷惊骇。黄宗羲在其《兵部左侍郎苍水张公墓志铭》中，有一段精彩文字，极写张煌言之智勇，之胆略。他全盛时，兵不过万，船不满百，但他懂政治，懂大局，懂得联络这些反清力量，一致竭力戮贼。

明年（即公元1659年，顺治十五年）五月，延平（郑成功）全师入江，公以所部义从数千人并发。至崇明，公谓延平：崇沙，江海门户，悬洲可守，不若先定之为老营，脱有疏虞，进退自依。不听。将取瓜州，延平以公为前茅。时金、焦间铁索横江，夹岸皆西洋大炮。炮声雷轰，波涛起立，公舟出其间。风定行迟，登柁楼，露香祝曰：成败在此一举。天若祚国，从枕席上过师，否则，以余身为斋粉，亦始愿之所及也。鼓棹前进，飞火夹船而堕，若有阴相助者。明日，延平始至，克其城。议师所向，延平先金陵，公先京口。延平曰：吾顿兵京口，金陵援骑朝发夕至，为之奈何？公曰：吾以偏师水道，薄观音门，金陵将自守不暇，岂能分援他郡？延平然之，即请公往。未至仪真五十里，吏民迎降。六月二十八日，抵观音门，延平已下京口，水师毕至。七月朔，公哨卒七有，掠江浦，取之。五日，公所遣别将以芜湖降书至。延平谓芜城上游门户，倘留都不旦夕下，则江、楚之援日至，控扼要害，非公不足办。七日，至芜湖，相度形势，一军出溧阳以窥广德，一军镇池郡以截上流，一军拔和阳以固采石，一军入宁国以逼新安。传檄郡邑，江之南北相率来归。郡则太平、宁国、池州、徽州，县则当涂、芜湖、繁昌、宣城、宁国、南宁、南陵、太平、旌德、贵池、铜陵、东流、建德、青阳、石埭、泾县、巢县、含山、舒城、庐江、高淳、溧阳、建平，州则广德、无为、和阳，凡得府四、州三、县二十四。江、楚、鲁、卫豪杰，多诣军门受约束，归许犄牙相应。当是时，公师所过，吏人喜悦，争持牛酒迎劳。父老扶杖炷香、携壶浆以献者，终日不绝，见其衣冠，莫不垂涕。

一个绝对不是领兵打仗的文人，二十年来，居然运筹帷幄，指挥若定，出江入海，攻城掠地，让清廷一筹莫展，硬是抓不住他，终顺治一朝，就是消灭不了这小股武装。而且，深入腹地，袭击要津，如风似影，行踪莫测。"于时海内升平，滇南统绝，八闽澜安，独公风帆浪迹，傲岸于明、台之间。"确如古人所言，"时穷节乃见"，"疾风知劲草"，国破家亡之际，一介书生，爆发出来巨大能量，实在让人赞叹。一个文人能打出江南这半壁江山，真是应了"乱世出英雄"这句名言。这个张煌言，做出如此泼胆的天大事业，让已经坐稳江山的大清王朝，倾其全力来对付，来收拾，足足花了二十年功夫，未能得逞，未能敉平，那是何等厉害的角色？

由于郑成功（即延平王）在战略、战术上的一些错误，占据南京后不思进取，致使这次北伐招致惨败。再加上南明政权内部分裂和战略上的失误，几次大规模的军事行动都遭清军镇压。张苍水最后被迫退守浙东沿海的舟山岛，准备东山再起。1662年4月南明永历帝在昆明被吴三桂所杀，五月，在台湾的抗清民族英雄郑成功病死，次年十一月，鲁王又死于金门。抗清斗争局势每况愈下，浙东一隅只剩张苍水独力支撑。直到清康熙登基三年之后，张苍水还扼守着一个约数平方公里的岛屿，那大概是大明王朝的最后一块土地了。居然用旧朝正朔，居然存故国衣冠，居然与大清王朝为敌到底，这一切，都是这个文人所为，实在是中国文学史值得大书特书的一件事。

张苍水犹在海上，张苍水犹在抗清，张苍水置重金高官诱降于不顾……在民众口中，有关张苍水的一切传闻，一切消息，不胫而走，尽人皆知。张煌言，或张苍水，这个名字成了清廷重臣的一块心病，成了杭城衙门为之焦头烂额、急得跳脚的大事。抓又抓不住，除又除不掉，诱降不顶屁用，发兵围剿，大海捞针，突袭孤岛，多次扑空。渠首张苍水，成为清廷芒刺在背的隐患。

事情发展到这一步，已非军事上的考量，而是脸面上挂不住，下不来，绝对是一个严重的政治问题。二十年了，这个张苍水猖狂于东海，嚣张于穷岛，就是捉拿不来，让大清王朝怎么张嘴说天下一统？

鲁王病逝金门，明王朝的最后苗裔也不在世间了，使他失去信心，战斗二十年，为之复辟的"辟"都没了，还有什么还我大明的意义。从这天起，张苍水决定以他自己的方式，结束一生。先是解散部队，后是遁居孤岛，在这大明版图的孑遗之地，作精神上的最后坚守。由于浙江巡抚和水师衙门，采取坚壁清野的迁界政策，强迫沿海居民内迁，用以隔断张苍水残部的联系和供给。常年在孤岛之上，口粮储备有限，必须时不时地偷渡大陆采购。一来二去，暴露行踪。《海东逸史》称："北帅惧终为患，募得其故校，以夜半从山背缘籇逾岭而入，暗中执之。"康熙三年七月二十日，清军接获眼线侦得的线索，水师黉夜出海，围岛偷袭。张煌言及随从人等，猝不及防，悉皆被俘。

大清王朝，终于拿获这个最后的反叛，喜出望外；浙省督抚，终于捕捉到多年不得的对手，如释重负。我估计北京城里的最高当局，很想借此舆论造势一把，看哪！明朝最后的一个反叛渠首，也落网称降了。于是，先羁押府城宁波，再解送省城杭州，让他频频出镜，招摇过市。这数十天里，对其颇为优容，俨然上宾款待。宗旨只有一条，着力招安，反复劝降。

大义凛然的张苍水，不为所动，慷慨从容，一心求死。

公元1664年10月25日，也就是康熙三年九月初七日，清政府见这位抗清志士难以投诚，也就死了心，将他杀害于杭州弼教坊。张苍水临死不跪，先说了一句："好河山！"再说了一句："竟落得如此腥膻！"然后，坐而服刑。天忽大雨，万民哭送，为什么？就是说，中国文人也是有能够让人敬服的硬骨头，连苍天也陪着百姓一起落泪。

杭州弼教坊，在宋为官巷，在明为检署，如今已淹没于花花绿绿的闹市之中，成为一个街区。旧衙荡然，遗址难觅，不过，提起这个地名，与之相牵系着的血腥记忆，那是不大容易磨灭的。历史的镜鉴意义，就在于当需要的时候，它会出来见证。所以不管隔多少年，多少代，只有中国人的情怀中，尚存骨气节操，尚知家国大义，弼教坊的图腾意味，便起到酵母作用，永远会令人生出知耻惕厉之心。

# 纳兰性德

"穷而后工",是对文人经历磨难而写出成功作品的褒誉之言。

这句话当然很中听,但若是一个文人为了"工",而认可这个"穷",那可真是有点贱骨头了。

何谓"穷"?一般都指物质上的穷。而对文人来讲,没得吃,没得穿,没得银子的穷,固然难熬。统治者对于文人的折腾、打击、压迫、摧残,还包括不一定付诸行动,只是成年累月悬在脑袋上,不知何时掉下来的那种达摩克利斯之剑的紧张,或者,如观音大士套在孙悟空脑门子上那道看不见、摸不着的箍,唐僧一念紧箍咒,就疼得死去活来的恐惧,这种精神上的穷,要比物质上的穷,更教文人吃不消,受不了。

尽管如此,一部中国文学史上,还是有很多大师,在这双"穷"的处境之下,能够得以成就其"工",也许这就是中国文人的伟大之处了。

于是,不禁要问,这种物质上的"穷",加之精神上的"穷",为什么,反而能激起作家奋发、努力,写出成功作品呢?先前的"穷",后来的"工",这其中有些什么必然的关联么?

读清人蒲松龄《聊斋志异》,其中有一篇《鸽异》,似可悟出一些道理来。

> 鸽然甚繁,名不可屈以指,惟好事者能辨之也。邹平张公子幼量,癖好之,按经以求,务尽其种。其养之也,如保婴儿,冷则疗以粉草,热则投以盐颗。鸽善睡,睡太甚,有病麻痹而死者。张在广陵以十金购一鸽,体最小,善走,置地上,盘旋无已时,不至于死不休也。故常须人把握之。夜置群中使惊诸鸽,可以免痹股之病,是名"夜游"。

这只名曰"夜游"的鸽子,一夕数惊鸽群,使其免于"痹股之病"的强迫做法,与南方渔民进城贩卖活鱼的措施相同,都要在鱼桶里放进一条吃鱼的鱼,唯其别的鱼怕被"追杀",就得闪避,就得逃脱,就得不停游动,这样,可以保持长时间的鲜活状态。看来,制造紧张,制造不安,制造恐惧,制造痛苦的所谓"穷",也是激活文人的生命力和创造力的所谓"工"的过程。

若果真如此,从文学发展的角度,说不定倒要向历代制造文字狱的帝王鞠一大躬。

想起上个世纪的苏联作家索尔仁尼琴,倒有可能是一个眼前的、现成的,为大家所熟知的例证。此公作为囚徒,流放到古拉格群岛,挣扎在死亡的边缘多年,很悲惨,很艰难,自不待言。然而,他能够在活下来都不容易的炼狱中,以想象不到的毅力,写出那部关于集中营的煌煌巨著,着实令人敬佩。

后来,他走运了,逃离古拉格,后来,他更走运了,获得了诺贝尔奖,再后来,他更更走运了,冲出铁幕定居美国。但他始料不及,向纽约港口那尊女神鼎礼膜拜的同时,有了自由,是不必说的了,从此却没了文学,至少再没有像样的文学,这真是欲哭无泪,无可奈何之事。

问题的症结在什么地方呢?当他在古拉格群岛煎熬的年代里,克格勃无所不在的恐怖,实际起到了蒲留仙笔下那只停不下来的"夜游"效应,起到了南方渔民水桶里那条吃鱼的鱼的"追杀"效应。老用手枪顶住你的脑门,老用封条糊住你的嘴巴,老用绳索绑住你的手脚,老用死亡威胁你的生命,激发了这位在恐怖下生存的大师,要在恐怖下写作的强烈欲望。

后来,这个外部条件不复存在了,他的创造力也就无法激活,便不可避免地患上蒲氏所说的"痹股之病"。我看过他在美国寓所的一张照片,站在门口,有点像伊凡雷帝的那个弱智儿子,恹恹地甚乏生气,那张脸,很像一条肚子翻了过来的死鱼模样。估计,从今往后,他的文学的翅膀也许还能展开一二,但若想飞得很高,很远,是不可能的了。

这大概就是他在自由的美利坚,再写不出什么具有震撼力作品的缘故。

《国语·鲁语下》里有这样一句名言:"沃土之民不材,淫也。瘠土之民向义,劳也。"中国古人这种言简意赅,精彩非常的论断,就是对一个人的遭遇,太快乐和太不快乐,会产生出什么效应的高度概括。

"沃土",或者"瘠土",某种意义上说,也就是作家赖以生存的好与坏的条件,藉以写作的优与劣的环境。愤怒出诗人,苦难出文学,若是太快活了,太安逸了,太优越了,连性命都会受到影响的。生于忧患,死于安乐,谓予不信,康熙朝的早夭诗人纳兰性德,他的短命,则是证明这句古语的典型事例。

大清三百年,有无数出名的和不出名的文人,没有一位比他更幸运。很长时间内,中国的索隐派红学家,认定他就是贾宝玉的原型人物。因为他的确也是一位特别多情、特别浪漫的富贵公子。在文学史上，有人可能风流，可并不富贵；有人可能富贵，但并不风流。有人可能是才子，可讨不来佳人芳心；有人可能很得女人垂青，但作品写得很撒烂污。唯这位纳兰性德，却是想要什么，就有什么的幸运儿。他太舒服了，他太幸福了，美女如云，情愫泛滥，春风得意，心花怒放。诗篇脱手，京都传诵，文人兴会，赞声四起。那时的天子脚下，谁能拥有这位康熙御前侍卫的体面光彩呢？

他的感情生活，他的爱情故事，他的浪漫插曲，他的情人踪影，简直让人艳羡不已。

> 纳兰眷一女，绝色也，有婚姻之约，旋此女入宫，顿成陌路。容若愁思郁结，誓必一见，了此宿因。会遭国丧，喇嘛每日应入宫唪经，容若贿通喇嘛，披袈裟，居然入宫，果得一见彼姝，而宫禁森严，竟如汉武帝重见李夫人故事，始终无由通一词，怅然而去。（蒋瑞藻《小说考证》引《海沤闲话》）

老天给他的风流很多，给他的才华也很多，但是这个世界上，哪有可能百分之百的全部拥有呢？留给他挥洒文采的岁月却很少，留给他享受爱情的日子则更少。也许他意识到上帝的吝啬，感觉到生命之短促，所以在他的词章里，拼命描写男女丰富的情感，竭力描写世间美丽的女性。他的《饮水词》，"哀感顽艳"，确是一部"呕其心血，掬其眼泪，和墨铸成的珍品"。（张秉戌《纳兰词笺注》）

纳兰擅写女性心理，特别在表现贵族女子的空闺孤守、离愁别绪、相思情深、恩爱难舍的情感方面,细致入微,体贴动人。他笔下的女性,无不美艳绝伦,而最让人心往神驰的,是他总是要着重写出来的,这些女性的青丝秀发。在中国古往今来的诗人当中,他也许是最善于描写女性发饰的一位。

"锦帏初卷蝉去绕,却待要,起来还早。"《秋千索》
"风鬟雨鬓,偏是来无准。"《清平乐》
"向拥髻灯前提起,甚日还来,同领略,夜雨空阶滋味。"《秋水·听雨》
"睡起惺忪强自支,经常倾蝉鬓下帘时,夜来悉损小腰肢。"《浣溪纱》
"相逢不语,一朵芙蓉着秋雨。小晕红潮,斜溜鬟心只凤翘。"《减字木兰花》
"谁见薄衫低髻子,抱膝思量。"《浪淘沙》
"曲罢髻鬟偏,风姿真可怜。"《菩萨蛮》

当代作家写女性时,物质的欲望很强烈,精神的享受很浅薄,色情的目光通常都形而下、下流的心理离不开裤裆。几乎没有一位我的同行,会在那些飘逸潇洒的青丝秀发上,很下笔墨功夫。试想一下,纳兰笔下那"薄衫低髻子,抱膝思量"的闺秀,那"曲罢髻鬟偏,风姿可怜"的歌女,让我们读着读着,生出多么绮丽的画面和丰富的想象啊!若无这美发的点染,饰物的增光,这些情致优雅的小姐,该是减色不少呢!

纳兰性德,原名成德,字容若,号楞伽山人,满洲正黄旗人,纳兰氏。其父为吏部尚书、武英殿大学士明珠,是康熙的重臣,权倾一时。清康熙朝,满人的汉化程度还不算十分明显,而纳兰为世家，为贵族，早就无所顾忌地全盘接受汉文化影响，曾拜尚书徐乾学为师，并与汉族的官绅、宿儒、名流、文士，广泛交往，过从甚密。

康熙本人尽管很在意满汉之大防，但他却受汉文化影响甚深。对这位与他同龄的重臣之后，才俊之士，实为满族融入汉文化的楷模，既眷注，也关切。圣祖待纳兰，"异于他侍卫，久之，晋二等，寻晋一等，上之幸海子、沙河，及西山、汤泉，及畿辅、五台、口外、盛京、乌剌，及登东岳，幸阙里，省江南，未尝不从。先后赐金牌、彩缎、上尊、御馔、袍帽、鞍马、弧矢、字帖、佩刀、香扇之属甚夥。"（徐乾学《纳兰君神道碑文》）

从赠物中之鞍马、弧矢之类来看，这位满清皇帝，不无提醒这位年青侍卫，别忘了种族根本之意。纳兰十七为诸生，十八举乡试，十九成进士，二十二授乾清门侍卫，但他志不在此，一心要追蹑李商隐、李后主，要在文学史上开创属于他的开地。

当时有"满洲词人，男有成容若，女有顾太春"之说，其实，纳兰性德作品的成就，在词的造诣上力臻尽善尽美，称得上是领一代风骚的词宗。如果他不是死得那么早，若有更多的杰作佳构存世，他将是清文学史上不同凡响的诗人，会产生更大的影响。然而，实在令人非常伤感的是，生于1654年，死于1685年的他，匆匆而来，匆匆而去，只活了三十一岁。

因为，对于这位出自满洲贵族家庭的诗人来说，优裕的物质环境，优雅的精神世界，优容的贵族生活，优渥的政治待遇……联想到"穷而后工"这种说法，幸乎，不幸乎，还真值得斟酌。

他的《饮水词》，无论当时的评论，还是后来的研究者，常以南唐主、玉田生与之比拟。但是，天不假之以年，纵有盖世才华，也不得淋漓尽致地发挥，唯有赍恨而没。这就是他老师在

《神道碑文》中不胜叹息的,"甫及三十,奄忽辞世,使千古而下,与颜子渊、贾太傅并称"。

由此可见,过于幸福,过于美满,过于无忧无虑,过于安逸享受的"沃土",对于文人,对于文学,未必太值得额手称庆。家世的显赫,仕途的顺遂,朝野的褒誉,帝王的恩宠,也无法弥补这位词人短命的遗憾了。

但是,一位皇帝对于一位文人格外施恩的宠遇,在历史上也许并不罕见,但在如今被捧为"盛世"的三朝里,清王朝以异族统治天下二百六十八年期间,对于文人之镇压,世所罕见,史所罕见,纳兰性德甚至敢于同遭遇文字狱的文人来往,在那样杀一儆百的恐怖政策下,当时的汉族文人,没有一个不是战战兢兢,而他却拥有这一份自由,恐怕是唯一的例外。

大清王朝以异族统治者御临天下二百六十八年期间,对于文人之镇压,世所罕见,史所罕见。据记载,满清仅中央政府一级,这三朝一共搞了一百六十余起文字狱案件,平均一年半就要对文人开刀问斩一次。掉脑袋的,坐大牢的,流放宁古塔,或更远的黑龙江,乌苏里江,给披甲人为奴的,每起少则数十人,多则数百上千人。加上各级地方政府为了邀功,为了政绩,打击面的扩大化,加之文人之间的出首告讦,检举揭发,全中国到底杀、关、流了多少知识分子,恐怕是个统计不出的巨大数字。所谓"盛世"时期的文人,如临深渊、如履薄冰的日子,并不比索尔仁尼琴在古拉格群岛的遭遇,好到哪里去。

试看乾隆年间曹雪芹写《红楼梦》时,隔三差五,就要跳出来大呼皇恩浩荡,歌功颂德的卑微心态,纯粹是文人脑袋掉得太多而吓出来的后遗症,大体上也能体会到作一个这样"盛世"文人的可怜了。一直到道光年间,龚自珍在《咏史》一诗中,犹有

"避席畏闻文字狱,著书只为稻粱谋"的诗句,说明康雍乾三朝收拾文人的残酷,一个世纪过去,晚清文人仍是心有余悸的。

清人进关,是以一个文化落后的民族,来统治一个文化先进的民族,其心灵深处,对于文化,对于文明,对于拥有悠久文化传统,拥有深厚文明积淀的,然而是被他们统治着的,非我族类的知识分子,有一种胎里带的怀疑、猜忌、不信任,视作异己的劣根性,是很难排除的。一个视知识分子为敌的病态政权,一个年平均一次文字狱的恐怖政权,能出现"盛世"气象,那简直就是天方夜谭了。所以,对时下流行的昧心之论"盛世说",我是持质疑态度的。

虽然,康熙设馆编修《明史》,编纂《古今图书集成》《全唐诗》《佩文韵府》《康熙字典》;而乾隆设馆编纂的《四库全书》,更是中国文化史上的创举,他个人一生写诗四万首,数量等于唐诗总和,至今还无一个中国诗人打破他的高产纪录。这一切,说明这些帝王,早已脱离了骑在马背上剽劫游牧为生的文化落后,原始愚昧的状态。尤其康熙,对于自然科学,诸如历算、数学、水利、测量,多所涉猎,在中国最高统治者中间,很少见的。但是,尽管他们个人称得上是高级知识分子,但这种精神上的软肋,这种灵魂上的忌讳,是万万碰不得的。所以,纳兰性德这样一个幸运儿,实在难能可贵,可他却死得这么早,成了太幸运而反倒短命的个例。

尽管对纳兰之外的文人,康、雍、乾大兴文字狱,尽管既有物质的穷,更有精神的穷,清代文人的生命力,大都活得很坚韧,很结实,创造力不但不被扼杀,而是表现得更蓬勃,更生气,这就教人不禁生出咄咄之感了。

从公元1662年起,到公元1796年止的一百三十四年间,可以说是中国文人最走背字的时期,也是中国文人骨头收得最紧、脑袋掉得最多的的时期。虽然,玄烨活到68岁,胤禛活到57岁,弘历活到88岁,但是,这三朝,长寿文人之多,称得上是历代之冠。

据不完全统计:

享年九旬以上者有,孙奇逢91岁,毛奇龄90岁,沈德潜96岁;

享年八旬以上者有,朱舜水82岁,冒辟疆82岁,黄宗羲85岁,尤侗86岁,吴历86岁,朱彝尊80岁,蒲松龄85岁,王翚85岁,胡渭81岁,梅文鼎88岁,赵执信82岁,方苞81岁,张廷玉83岁,纪昀81岁,赵翼87岁,袁枚81岁,姚鼐84岁,段玉裁80岁,王念孙88岁。

达到人过七十古来稀者,查继佐75岁,傅山77岁,丁耀亢70岁,顾炎武70岁,王夫之73岁,谷应泰70岁,朱耷79岁,李颙78岁,颜元77岁,陈维崧73岁,王士禛70岁,孔尚任70岁,郑板桥73岁,卢文弨78岁,钱大昕76岁……。对当时平均寿命不超过50岁的大多数中国人来说,文人群落中的寿星老,可谓多矣!

于是,我也不禁纳闷,到底帝王的生命力强,还是文人的生命力强?在这场统治者和文人谁活得过谁的"友谊"赛中,看来,不得不做出这样一个"痛苦"结论,强者虽强未必享寿,弱者虽弱未必殒折。那结果必然是:强者愈折腾,弱者愈健壮;强者愈打击,弱者愈来劲;强者愈压迫,弱者愈长寿;强者愈摧残,弱者愈不死。

这三朝文人生命力之顽强,你不由得不惊讶,尽管文字狱平均一年半搞一次,一个个硬是活到七老八十,硬是活到帝王伸腿瞪眼,真是很令后来为文的我辈振奋不已。所以,作文人者,作帝王者,在这种数日子的较量中,到底谁输谁赢,把眼光放远一点,从历史的角度来看,还真是南面者未必南,而败北者未必北呢!

因为,在中国历史上,几乎所有的统治者,都不大"待见"文人,特别那些捣蛋的文人,恨不得掐死一个少一个,可事与愿违,无论怎么收拾,怎么作践,谁也不到阎罗王那里去报到,相反,"穷而后工",而得到文学史上的不朽,这颇使历朝历代的帝王伤透脑筋。

不过,到了当下这个初级阶段的物质时代,要是让文人在"纳兰性德"与"穷而后工"两者择一而为的话,我就不知道谁会选谁了?